穏やか貴族の休暇のすすめ。

A MILD NOBLE'S VACATION SUGGESTION

8

著
岬

TOブックス

もくじ

穏やか貴族の休暇のすすめ。8

A MILD NOBLE'S VACATION SUGGESTION

CONTENTS

イラスト：さんど
デザイン：TOブックスデザイン室

A MILD NOBLE'S
VACATION SUGGESTION

CHARACTERS

人物紹介

リゼル

とある国王に仕える貴族だったが、何故かよく似た世界に迷い込んだ。全力で休暇を満喫中。冒険者になってみたが大抵二度見される。

ジル

冒険者最強と噂される冒険者。恐らく実際に最強。趣味は迷宮攻略。

イレヴン

元、国を脅かすレベルの盗賊団の頭。蛇の獣人。リゼルに懐いてこれでも落ち着いた。

ジャッジ

店舗持ちの商人。鑑定が得意。気弱に見えて割と押す。

スタッド

冒険者ギルドの職員。無表情がデフォルト。通称“絶対零度”。

ナハス

アスタルニア魔鳥騎兵団の副隊長。世話焼かれ力の高いリゼルと出会って世話焼き力がカンストした。

小説家

若い女性向けの作風を持つアスタルニアの新鋭作家。団長とは戦友。幼女(大人)。

宿主

リゼルたちが泊まる宿の主人。ただそれだけの男。“やどぬし”と読む。

93

アスタルニアの祭りは何でもかんでも盛り上がる。

王都で行われた建国祭も着飾った人々に溢れた華やかなものだったが、国の中心部では厳粛《げんしゅく》な式典が行われていた。街で屋台だ、出し物だと騒いでいた人々も式典では落ち着いていたものだ。

しかし此処《ここ》では違う。どこへ行こうと盛り上がる。そもそも王族が筆頭となって盛り上げる。たとえ建国を祝おうが森の恵みに感謝しようが、静粛《せいしゅく》という言葉とは無縁な催しばかり。

とにかく賑やかな事が大好きな国民ばかりだ。普段の様子を見ていて分かるとおり、それが祭りともなればどうなるかは想像がつくだろう。

「船上祭《せんしょうさい》、ですか？」

「そ」

ギルドで依頼達成の確認を待つ間、テーブルを一つ占領していたリゼル達はとある祭りについて話していた。

近々行われるらしい。最近、人々がそわそわと落ち着かない空気を醸《かも》し出していたのは気付いていたし、それが祭りの所為《せい》だとも聞いていたが、リゼルとジルはその内容まで詳しく知らなかった。

だが昔ながらの祭りらしく、アスタルニア出身のイレヴンは知っているようだ。普段は森の中で過ごしていても、流石《さすが》に国を挙げての祭りともなれば顔を出す事もあったのだろう。

「俺ん時と変わってなけりゃ、国が持ってるでっかい船を真ん中にして凄《すげ》ぇ数の船が集まんスよ。船同士、簡単な橋とかただの板とかで繋《つな》いで自由に行き来出来んの」

「小さい船は大変そうですね」

「や、中心らへんの船はでかいけど、端っこは小さい船多かった気がする」

どうやら安全祈願も兼ねているらしく、縁起を担いで参加する船も多いようだ。

船の上ではそれぞれ出し物や催し物が行われており、大型船ともなれば船上パーティーなどが開かれ、小型船でも屋台代わりに様々なものを売ったりするという。

飾り立てた船が並ぶ様は、さぞ見ごたえがあるだろう。リゼルは頷《うなず》き、周囲を見渡した。その為の依頼が増えてきている事もあり、冒険者達の話題にも船上祭は多く上がっている。

「港も賑やかになるんでしょうね」

「屋台ばっかだけど」

「あれ以上煩《うるさ》くなってどうすんだよ」

祭りの醍醐味《だいごみ》というのが全く理解できないジルが、嫌そうに顔を顰《しか》めた。

それに対し、周りと一緒に浮かれれば良いのにと可笑《おか》しそうに笑うリゼルだったが、ふいにギルド職員に声をかけられて立ち上がる。ようやく依頼達成の確認がとれたのだろう。

依頼によっては、納品した品の品質などによって報酬が変動したりする。一律でない報酬ではギルド職員も慎重な判断が必要なのだろう、それを思うとスタッドがタイムラグなしに冒険者を捌《さば》いていたのは何だったのかと思わないでもないが。

「ちょっと待っててください」

「あぁ」

「行ってらっしゃーい」

優秀な子だからなぁ、と疑問が解決していそうでしていない結論に達しながら、リゼルが受付へと向かう。わざわざ三人で行く必要もない。

青の外套《がいとう》を揺らしながら離れていく背を、にっこりと笑ってイレヴンは見送った。ひらひらと手を振り、そしてジルと二人になったテーブルで行儀悪く肘《ひじ》をつく。掌《てのひら》に押しつけた頬につられ、笑みの形に歪んだ唇を更に深めた。

「建国祭の時とかもだけど、煩ぇのキライとか言いながらリーダーに誘われりゃ行くんだもんなァ」

「だから何だよ」

「別に？　リーダー楽しそうだし俺も大歓迎」

あっさりと認めたジルに、イレヴンはケラケラと笑った。

確かに言い淀む必要は何処《どこ》にもない。リゼルが望んだのならば喧騒など然《さ》したる問題ではないのだから。しかし、とイレヴンは受付で何やら話しているリゼルの横顔を窺《うかが》う。そして再びジルへと視線を向けると、煽《あお》るように目を細めてみせた。

「喧嘩《けんか》してから甘ぇし、今回も誘われたら断らねぇんだろうなーってだけ」

微《かす》かに眉を寄せたジルに、イレヴンがニンマリと笑う。

こういう時、地味に後を引くのがジルだ。今回の喧嘩は自分に落ち度があると思っているのもあるだろう。

「別にそう甘やかしてもねぇだろ」

「甘やかしてはねぇけどさァ、何つうの？　ちょいちょい出んじゃん、やっぱ」

機嫌をとっているとも言えない些細《ささい》なものだが、イレヴンが見ていてもふとした瞬間に〝何かいつもと違う気がする〟と思うような仕草が度々見られる。それはつまり、そういう事なのだろう。

ジルにしてみれば無意識なのかどうなのか。ただしイレヴンに悟られたのは不本意らしく、一つだけ舌打ちを零《こぼ》していた。

ちなみにリゼルは何も気にしない。終わってしまえば気にしない。

「リーダー変なところ男らしいよなァ」

「楽で良いだろ」

「何がですか？」

丁度戻って来たリゼルが、向けられた二つの視線に首を傾《かし》げていた。

いつもどおり報酬を三等分し、長居は無用とばかりにリゼル達はギルドを出た。

相変わらず手早く依頼を終わらせた為《ため》、空は茜色に染まる一歩手前。宿に引き上げるには微妙に早く、三人がさてどうしようと何となしに歩いていた時のことだ。

ふいに、背後から聞き覚えのある声がした。

「そこ行く変わった三人組、ちょっと待ってほしいかなって！」

「今日は二人とも飲みに行くんですか？」

「飲みじゃねぇけど夜はいいねぇ」

「俺は飲みー。祭り前で良い酒多いし」

「何で本当に変わってる人に限って自分のこと普通だと思ってるのかな！　待って速い！」

まさか自分達を呼び止めている訳ではないだろうとスルーしていたが、駆け寄ってくる足音と声に三人は足を止めた。何だか失礼な事を言われた気がする、と振り返れば、意識して下を向かなければ視線の合わないような幼い少女が懸命に走り寄ってくる。

異様な組み合わせに、居合わせた人々の視線が集まった。ただでさえ冒険者と少女という組み合わせはあまり見ない上、それがリゼル達なのだから尚更だ。

「小説家さん、こんにちは。どうかしましたか？」

「あ、えっと、突然ごめんね。本当は君たちに依頼に来たんだけど、見かけたからつい、声かけちゃったかなって」

運動不足が祟《たた》り、息を切らしている小説家が乱れた前髪をせっせと直す。

彼女は見上げた先の三人を前にして、さりげなく一歩後ろへ下がった。以前は座って向かい合っていたし次もリゼルだけだったしで、立っているジルやイレヴンを見上げると地味に怖かったのだろう。

そんな彼女がリゼル達と同年代などと、知らなければ誰も気付かない。集まる視線に、しかしリゼルは気にせずに優しく微笑んだ。

「指名依頼ですね。どんな内容でしょう」

「ちょっと相談に乗ってほしいことがあって、私って男の人の知り合い少ないし、君たちに聞けたら良いかなって思ったんだけど……」

言葉を濁《にご》した小説家に、リゼルは言いにくい事なのだろうかと内心首を傾げる。

ならば道の真ん中ではなく、何処か落ち着ける場所に移動したほうが良いだろう。そう提案しようとした時だ、幼く大きな瞳が強い意思を宿してリゼル達を見上げた。

彼女は意気込むように息を吸い、決意を露《あらわ》にはっきりと宣言する。

「男を一発でオトす方法について聞きたいかなって!!」

「場所を移しましょうか」

周りもビクリと肩を震わせるなか、リゼルの微笑みは揺るがない。そしてジルは一瞬で何処かへ消え、イレヴンは爆笑すれば良いのか引けば良いのか分からず口元を引き攣《ひっ》らせていた。

何故これを自分達に相談しようと思ったのか。男の意見が聞きたいというのは分かるが、果たしてこれで良いのか。リゼルは色々と考えながらも、満足げに頷いている小説家へと近くの店を指差してみせる。

「え、でもこれ以上話すなら、依頼にしてちゃんと依頼料払ったほうが良いかなって……」

「気にするトコそこじゃねぇよ」

「今回は大丈夫ですよ。気にしないでください」

突っ込むイレヴンに苦笑し、さりげなく店へと誘導する。

店は大衆食堂だった。

開放的な店内は食事時でもないのにそこそこ賑わっており、しかし席の空きは多い。勝手に好きな席に座って良いらしいので、三人は窓際のテーブルを選んだ。

「つうかニィサン何処行った？」

「いつの間にか消えてましたね」

リゼルなど逃げ去る姿を見てもいない。だが恐らく、盛大に嫌そうな顔をして去って行ったのだろうと可笑しそうに笑った。

店員がやってきて水を差しだしてくれる。依頼帰りで喉も渇いているし、と早速それを一口飲んで小説家を見た。

「それで、どうして相談を？」

「リーダー、何か頼んで良い？」

「イレヴン」

一気に水を飲み干したイレヴンは、相談事に興味がないと隠そうともしない。

リゼルはそれを咎《とが》めるように呼び、叱る代わりに隣に座った彼の頬を触れるように叩く。それに目を細めて笑うイレヴンに反省した様子は一切ない。仕方がないと苦笑すれば、彼は近くを通った店員を呼び寄せて好き放題頼み始めた。

「小説家さん、すみません……あの？」

「えっ、あ、ううん、何でもないかなって！」

イレヴンからの怒濤《どとう》の注文を必死で覚えている店員、その豊満な胸を荒《すさ》んだ目で凝視していた小説家がハッとしたように口を開く。

「そう、それで相談に乗ってほしいかなって」

「はい」

現実から目を背けるように話を切り出した小説家は、荒んだ目を瞬時に恋する乙女のものへと変えた。予想はついていたが意中の男性ができたらしいと、リゼルは促すように穏やかに頷く。

「今度の船上祭、一緒に行こうって誘われたかな。その時に初めて話した同い年の男の人なんだけど」

「犯罪の匂いがする」

「騎兵団呼びましょうか？」

「どうしてそうなるのかなって‼」

リゼル達が間髪入れずそう判断したのも仕方がないだろう。

なにせ目の前の小説家は、初対面では幼い少女にしか見えないのだ。そんな彼女を誘う男の真意を疑うのは当然の事であり、もしそれが純愛だとしても色々と問題がある。

これで互いをよく知る友人男性だったのなら素直に応援できるだろうが、そうでないのなら果たしてアドバイスをして送り出して良いものか。

「最初はあの子に相談したんだけど、『知るかコンニャロ！』で終わっちゃったし」

「団長さんらしいですね」

予想どおりと言っては失礼だが、とある劇団の団長は演劇に関係のない他人の色恋沙汰《ざた》など全く興味がないようだ。そして恐らく自身の色恋沙汰にも興味がない。

団長演じる魔王に恋をしている、とある冒険者の望みがどんどん薄れていく。彼の恋心は未だに色あせないというのに。

「落としたい、というなら小説家さんも彼の事を気に入ったんですよね」

「顔が結構好みかなって！」

意気込み的に相当入れ込んでいるのかと思いきや、そうでもなかった。

理由は意外と浅い。ならば場合によっては、最終手段の運行を発動しても良さそうだ。

「へー、どんな顔？」

気まぐれに気になったのだろう。

運ばれてきた料理にもぐもぐと口を動かしながらイレヴンが問いかけた。ついでに頼んでおいたコーヒーも来たので、リゼルは小説家の前へとそれを差し出す。

「ありがと。うーん、そうだなぁ」

コーヒーを両手で握り、彼女はふへっと口元を緩めた。今まで縁がなさすぎた事もあり舞い上がりまくっている。

「えっとね、目元がしゅっとしてるけど優しそうで」

「それってリーダーとどっちが優しくて甘い目してる？」

「冒険者さんかな。それと、ちょっと大人っぽい顔してるけど笑うと柔らかくなって」

「それってリーダーの微笑みとどっちが柔らけぇの？」

「冒険者さんかな。あと、アスタルニアでは珍しい清潔感ある雰囲気かなって！」

「それってリーダーと」

「イレヴン、流石に恥ずかしいです」

何故自分を使って対抗するのか。

リゼルは微かに眉を落として苦笑し、イレヴンの口にテーブルの上にあったパンを押し当ててやる。彼は当然のように大きく口を開き、そのままもぐりとパンを齧《かじ》りとっていった。

しかし問いかけるイレヴンもイレヴンだが、悩みもせず断言してみせた小説家も小説家だろう。

何故今から落とそうという男と比べてリゼルに軍配《ぐんばい》を上げるのか。祭りに男連れで行きたいが為に何かを間違ってはいないだろうか。

小説家にしてみれば、我ながら口にした印象は確かに似ているかもと思わないでもないが、比べてみれば全然違うし格も違う。そう思っているのだが。

「あ」

その時、ふいに小説家が窓の外へと視線を向けた。

リゼルとイレヴンがつられるようにそちらを見れば、一人の男性が小説家を見つけて足を止めている。彼は小説家とリゼル達を見比べ、状況が呑《の》み込めないとばかりに目を丸くしていた。

「例の方ですか？」

「う、ううん。そう、え、こういう時ってどう、え、何、話しかけたほうが良いのかな、図々しいかな⁉」

「は、何で？」

オムレツを口に放り込みながら全く理解できないと告げるイレヴンに、これだからと小説家は勢い良くコーヒーを飲み干した。そう軽々しく話しかけられるのなら、わざわざ相談などしていないのだ。

そんな彼女に、リゼルは安心させるように微笑んでみせる。

「好意を寄せる女性に話しかけられて嫌がる男はいませんよ」

「こ、好意……そ、そうだよね、行って来ようかなって！　見てて！　お願いだから此処で見守っててほしいかなって！　何かあったらさりげなく教えてね！」

勢いよく立ち上がり、忙しなく店を出て行った小説家は余程心細いのだろう。普通は見られたくないだろうにと、そう思いながらリゼル達はそれを見送る。

窓に面した席では、頼まれずとも外の様子はよく見えた。本来ならば余り行儀の良い真似ではないと見ないようにしただろうが、本人に必死に頼まれてしまえば見ない訳にもいかない。

「あいつ実は男嫌いなんじゃねぇスか、凄ぇテンパってったけど」

「不慣れなだけでしょう、普段は余り異性に接しないって言ってましたし」

それならば何故自分達は平気なのかと不思議そうな二人は、そういった対象を超越した存在だと思われている事を知らない。それを聞いた団長が分からんでもないと頷いていた事も。

窓の外では丁度、小説家が男に走り寄った所だった。前髪を押さえるように手を当て、少しそわそわとしながら相手を見上げている。

「あ、俺達のこと聞かれてますね」

「あれ、兄妹にしか見えねぇんだけど」

「小説家さんの前で言っちゃ駄目ですよ」

小説家によってリゼル達の事を〝お世話になってる冒険者〟だと説明された男が二人を二度見したが、リゼル達は見ていたのがバレないように視線を外した。

小説家と男はそれからも順調に会話を交わしている。とはいえ互いに軽く話すだけのつもりだったようで、挨拶《あいさつ》と差しさわりのない会話で済ませようとしていたが。

「あれを一発で落とすのかァ」

「もうちょっと情報が欲しいですね」

のんびりと話していると、視線の先で小説家の顔に力が籠《こも》る。

別れの挨拶を前に気合を入れているらしい。まるで睨《にら》みつけるように相手を見ているのに、本人は気付いていないようだ。

リゼルはひらりと手を振って彼女の視線を引き寄せた。そしてトントンと自らの眉間を叩いてみせる。それに気付いて、慌てたように小説家が表情を緩めた。

「あ、あのあの」

「何？」

「私のこと、どうして誘ってくれたのかなって。もっと、その」

彼女は隣を通り過ぎていった女性をちらりと見る。

具体的に言えば、その胸元で揺れる二つの塊《かたまり》を。もはや憎しみさえ感じる視線に、幸いな事に男は気付かなかったようだ。

「そりゃ、君じゃなきゃ誘わないから」

「お、おぉ……」

恥じらうより前に感心してしまった小説家に、リゼルは手で小さくバッテンを作ってみせた。そこは恥じらうべきだろう、男のほうだって少し照れているのだから感心されたら立つ瀬がない。

小説家も我ながら今のリアクションはないなと気付いたらしい。半分開いていた口を閉じて、慌てたように男を見上げる。

「だって俺の好みって包容力のある少女なんだよね。君を見つけた事、運命としか思えなくってさ。存分に甘やかしてくれそうだなって！」

その日が死んだ。

小説家は潰《つぶ》れた種喰いワームより汚らわしい物を見たかのように、目の前の男を下から思い切り見下す。

「背が低いだけじゃ駄目でさ、やっぱ肌とか一番大事なトコが違うじゃん？　その点君は完っ璧で、前に雨に濡れた肌が水を弾いてるのにビビッと来たんだよね！　ねぇ同い年だから良いよね、ちょっとだけ触らせ」

通報《ナハス呼んだ》した。

リゼルが宿へと戻ると、丁度ジルが出掛けるところだった。

何処に出掛けるかは知らないが、冒険者装備なので国の外には行くのだろう。ジルはリゼルが開いた扉に手をかけ、その背後を一瞥《いちべつ》する。イレヴンがいない事に気付いたのか。

自然といつもより近い立ち位置で向き合いながら、彼は何かを思い出したかのように呟《つぶや》いた。

「そういや飲みっつってたな」

「はい、途中でそのまま。ジルも今からですか？」

「ああ。……相談どうなった」

「事情聴取に落ち着きそうです」

心底興味はないのだから聞かなきゃ良かったと無言になったジルだった。

「小説家さん、団長さんに男装で一緒に行って貰《もら》うって意気込んでましたよ」

リゼルがほのほの微笑めば、結局はどうでも良いのだろう。変な事に巻き込まれなかったらそれで良いとばかりに適当に頷き、一歩ずれたリゼルの隣を通り過ぎていった。

「明日には帰る」

「行ってらっしゃい」

リゼルは黒い背へと声をかけ、特に見送る事なく宿へと入る。

扉を閉め、自室へ続く階段へ。アリムの所から借りた本も未読のものが残っているし、後は読書をして過ごそうか。そんな事を考えていた時だ。

「あ、貴族なお客さんお帰りなさい」

雑巾《ぞうきん》片手に通りがかった宿主に歩みを止める。

「他の二人は夕食いらないっぽいですけどお客さんはどうします？」

「どうしようかな……うん、俺も無しでお願いします」

「分かりましたけど俺ちょっと寂しい気がする」

わざとらしく肩を落としながらも、宿主は快く頷いて去っていった。

三人共いない時など珍しくないだろうにと、内心で笑みを零しながらリゼルは階段を上る。自室の扉を開けば、所々に本が積まれている見慣れた部屋が姿を現した。

身に着けていたポーチを外して椅子の背にかける。胸元と腰のベルトを外して上着も脱いで、壁のフックへとかけた。首筋の髪に手を差し込んでネックレスを外しながら机へ。

積んである本の横にそれを置いて椅子を引く。そうして身軽になったリゼルは、そのまま早速とばかりに本を開いて読み始めた。


予定していた時間を過ぎ、すっかりと暗くなってしまった街並みをリゼルは歩いていた。

向かっているのはとある酒場。初めて訪れた際、酒を飲まない事に対して絡まれた店だ。今では馴染みの客は全員リゼルが飲めないことを知っており、時折新顔に絡まれそうになると全員総出で庇《かば》ってくれるので大変楽だったりする。

飲めなくとも、いかにも酒場らしい美食を気に入って時折訪れていた。落ち着きとは無縁の場所なので一人で行くと常連に絡まれたりもするが、色々な話を聞けるのでリゼルはむしろ好んでいる。

「（混んでるかな）」

目当ての店を見つけ、半開きの扉を覗いてみる。

周りの店から聞こえる喧騒に負けない賑やかな声に、今日も繁盛しているようだと頷いた。とはいえ幾つかの椅子は空いているので座れそうだ。扉を開いて入店すれば、新たな客の出現にほぼ無意識で向けられただろう視線が、外される事なく固定される。

いい加減慣れてくれないだろうかと苦笑して店内を見渡した。酔って上機嫌に「よく来たな」と歓迎してくれるのが常連達で、酔いが覚める勢いで不可解な顔をしているのが馴染みのない客だ。分かりやすい。

テーブル席は全て埋まっているのでカウンター席へと向かう。しかし、その途中で一つのテーブルから歓迎の声が上がった。

「おおい、冒険者殿こっち来い！」

「今日は一人かぁ？」

働き盛りの男達の声に微笑み、招かれるままにそちらへ向かう。

彼らは国の管轄である貿易船で荷物の積み下ろしを行う作業員達だ。同じ港で働いている所為だろう、何処で耳にしたのか漁師達が呼ぶようにリゼル達を〝冒険者殿〟と呼ぶ。

この酒場には他にも冒険者が訪れるが、彼ら海の男達が敬称をつけるのはリゼル達のパーティのみ。随分と持ち上げられているなと思うが、リゼルも本来ならば持ち上げられる事が仕事のようなものだ。特に嫌という訳でもないので好きなように呼ばせている。

「ほら、ここ座って良いぞ」

「有難うございます」

男達の一人が背を反らすように背後の空き椅子を引《ひ》き摺《ず》って自らの横へと置いた。

それに礼を告げ、平然と腰かける。力仕事に相応しい体格を持つ男ばかりだが、元の世界では屈強な傭兵達とも交流のあったリゼルが何を気にする事もない。

「おい品書きどこやった！」

「てめぇがさっき使ってたじゃねぇかぁ！」

「そこの皿の下にあんだろうが」

食欲をそそる匂いの漂う料理、その皿の下敷きになっていたメニューを渡されてリゼルはそれを眺めた。その日の仕入れによってメニューが変わることも多いので、見覚えのない品もあって毎回悩んでしまう。

取り敢えず、以前食べて美味《おい》しかった貝の酒蒸しは頼もう。そう考えながら、他は何にしようかと髪を耳にかけながらゆるりと首を傾けた。

魚の魔物なら図鑑に載っている分はほぼ覚えたが、普通に魚の名前となるとどんな魚か分からない事も多い。元の世界と全く同じ魚が全く同じ名称でいる事もあれば、名称は同じでも呼び名が違う事もある。不思議と同じ魚で正式名称も違うというのはないのだが。

「俺らみたいなのに囲まれてんのに、あの人仕草崩れねぇよなぁ」

「うちの嫁さんも見習えってんだよ。品がねぇよ品が」

「おいおい、また喧嘩したっつって飲んだくれても付き合ってやんねぇぞ」

黙々と考えているリゼルを眺め、同じテーブルにつく男達は笑いながら酒を飲んだ。

アスタルニア国民のフレンドリーさはこういう時に発揮される。王都では飲んだくれが自らのテーブルにリゼルを呼ぶ事などなかったし、そんな事があれば周囲は即行タチの悪い絡み酒を連想しただろう。

リゼルは静かに食事をとるのも好ましいし、騒がしく食事をとるのも新鮮で楽しいのでどちらでも良いのだが。とはいえ誘われると素直に嬉しい。

「ん、決まりました」

「おい、注文だ注文！」

頷いたリゼルに、隣に座る男が大声で店員を呼んでくれる。

本に集中しすぎて夕食が遅れたのもあって、リゼルは結構お腹が空いていた。貝の酒蒸しやらオススメの魚の煮付けやら色々頼む。周りも摘《つま》むので少し多めに。

「そういや久々じゃねぇか」

「そうですね。外食自体は結構してたんですけど」

「あれか、王族への授業ってやつが忙しかったか？」

彼らはリゼルが王族に古代言語を教授しに行っているのを知っている。

何せわざわざ公言していないとはいえ、聞かれて秘密にしておく理由もない。いずれは何処からでも広がるだろうと、リゼルは以前に話の流れでそれを口にした事がある。全員総出で酒を噴き出された。

とはいえ彼らに古代言語といっても訳が分からないだろう。何か小難しい事を教えに行ってる、その程度だ。

「いえ、元々暇な時にってお約束なので。ただ他にも美味しい店があるなら行きたいじゃないですか」

「店員の前でそういうの堂々と言うトコ、嫌いじゃないッスわ……」

お待ちどう、と幾つもの料理が年若い店員によって運ばれてきた。

既にテーブルの上は皿で埋まっており、男達があれをどかせそれをどかせとスペースを作っていく。リゼルも自分の前にあった空の皿を重ねようとしたが、それをしようとすると毎回「良いって良いって」と言われてしまう。今回も例に漏れず手伝わせて貰えなかった。

最終的に店員に手渡された水のグラスだけを持って待機していれば、見事数々の料理がテーブルへと並べられた。グラスを置き、早速とばかりにフォークを持って酒蒸しを。

「おら、貴族さん手だ、手」

「あ」

しかし男の声にリゼルは可笑しそうに笑ってフォークを置いた。

一番美味しい食べ方だと、彼らがそう力説するからだ。包み込むように殻《から》を持ち、口元へ。身をひたすスープを口へと含み、こくりと飲み込んだ。そしてパクリと身を食べる。

「ん、美味しいです」

「だろ、やっぱ齧《かぶ》り付《つ》かねぇとなぁ！」

「おう、貰うぞー」

「頂きまーす」

男達も今までそれなりに食べている筈だが、リゼルが促せば遠慮なく料理に手をつける。

その顔が嬉しそうなのは、少しばかりお高い品も混じっているからだろう。リゼルは値段を見る習慣があまりなく、オススメでと旬の魚ばかり頼むので必然的に値段も上がる。

「この国の魚って、全体的に美味しくて良いですね」

「あったり前よ！」

「あんた達が獲ってきた鎧鮫《よろいざめ》には敵わねぇだろうけどなぁ！」

笑い声を上げながら男達が酒を呷《あお》る。美味しそうで何よりだ。

その時、鎧鮫という言葉に反応してか、離れた席に座っていた冒険者がリゼル達のテーブルを見た。一刀《いっとう》のパーティが鎧王鮫《オリハルコンシャーク》を討伐したという噂は流れているが、リゼルを前にそれと結びつけられる者など滅多にいない。冒険者らしくない冒険者と聞いていても無理だろう。

その冒険者達も確信を得られず怪訝《けげん》そうに何やら話し合っているが、リゼル達がそれに気付く事はなかった。

「そういや前に鎧鮫《よろいざめ》の肉、屋台で売ったって？　今度はいつやるんだ？」

「予定は無いですよ。しばらく〝人魚姫《セイレーン》の洞《ほら》〟にも潜らないでしょうし」

「俺この間手に入れ損ねたんだよ。欲しかったんだがなぁ」

「俺ぁ喧嘩中の嫁に買ってってったら一発で機嫌直してたぜ！　ありゃあ美味かった！」

鎧土鮫《オリハルコンシャーク》の会話に花を咲かせていると、次の料理が運ばれてくる。

ぞくぞくと届く料理にテーブルの上は皿で溢れかえっていた。空腹だったとはいえ一気に頼みすぎたかとリゼルは苦笑する。普段はイレヴンが頼んだ先から消費していくので、頼みすぎで困る事などないのだが。

「お、でも今度の船上祭で魔物肉が出るって聞いたぜ」

「何だと、そりゃ何処の船だ！」

「噂でしかねぇよ。頑固爺《じじい》の漁船か、中央船のパーティーとかじゃねぇか」

船上祭、やはり此処でも話題に上がるようだ。

中央船というのはイレヴンが言っていた国所有の巨大船だろうか。ぱちりと目を瞬《また》かせれば、向かい側に座っていた男がニヤリと笑う。自慢するような笑みに、良い国だと思わず口元をほころばせた。

「そういや冒険者殿は船上祭初めてだよな。何だ、興味あるかぁ？」

「はい、とても」

にこりと笑えば、そりゃいけねぇと他の男も盛り上がる。

国を上げての大祭だ。知らないなんて以《もっ》ての外《ほか》、魅力を知らないままでいるなどアスタルニア国民として見逃せないのだろう。

「中央に国の船を置いて、その周りにも船が集まるとは聞いたんですけど。あ、それと催し物も」

「それだけじゃ全然足りねぇよ！　そうだな、船丸々一つ酒蔵にするトコがあるってのは知ってるか？　あんたのツレはよく飲むだろ」

成程、ジル達に教えれば喜びそうだ。

リゼルが飲めない事実を思い出したのか隣に座る男が目頭を押さえているが、あれは酔っているのだろうか。今の所、酔っ払いによる直接的な被害を受けた事はないので気にしないが。

思えば過去に一度、年若い店員に「あなたが来ると、収拾つかない事態が起こらなくて良いッスわ……掃除少ないって幸せ」と遠い目をして呟かれた事がある。リゼルは見た事がないが、彼らもいつもはもっと激しい酔い方をしているのかもしれない。

「目玉は王族も参加する船上パーティーだろうが！　賑やかだぜぇ、酒だの踊りだの演奏だの料理だのとにかく盛り上がる！」

「盛り上がるんですか？」

「あん？　そりゃそうだろ」

リゼルの想像する船上パーティーでは酒といえばシャンパンかワインで、踊りと演奏といえばオーケストラの横で踊るワルツなのだが何やら違うようだ。流石アスタルニア、と頷いて水を飲む。

少なくなったそれに気付いて、男の一人が店員を呼んでくれた。

「それって全員参加できる訳ではないんでしょう？」

「まーそりゃな、船にも限度あるし。三日前ぐらいに抽選すんのが毎年恒例だなぁ」

「後は招待客っつうのもあるから、冒険者殿は招待されんじゃねぇか？」

「どうでしょう、国の賓客《ひんきゃく》って訳じゃないので無いと思いますけど」

ぱくりと貝を口に含み、もぐもぐと咀嚼《そしゃく》しながら何かを考えるように小さく首を傾けたリゼルを、男達は「招待されないほうがびっくりなんだが」と眺める。本人が言うのなら確かに国の賓客ではないのだろうが、招待されて当然だと思えてしまうのだから仕方ない。

しかしリゼルからしてみれば、招待される理由がない。王族の知り合いなど一人しかいない上、その一人も確実に書庫に引き籠って不参加なのだから。

「王族の方も参加、って全員参加じゃないんですよね」

「そりゃなぁ、うちの王族は国に居ねぇのも多いし」

「居りゃ絶対出るだろ。パーティーどころか他の船で普通に飲んだり遊んだりで、楽しんでるからな」

中央船から離れた、なんて事ない小型船にも普通にいるらしい。

男達の口調からは、王族と共に祭りを楽しめるのを心待ちにしているのだと伝わってきた。よく慕われているのだろう。しかし王族全員の顔を覚えている者など滅多にいなければ、人数すら定かではないというのだから本人を前に判別がつくかは微妙か。

「お勧めの船ってありますか？」

「冒険者殿が楽しめるような船か……何でもあるぞぉ。ギャンブル、お化け屋敷、釣り体験」

「ここでしかできねぇっつうなら子供限定だが魔鳥体験もあんな」

国の誇る魔鳥騎《まちょうき》兵団《へいだん》が出し物扱いされている。

「釣り、良いですね。最近ちょっとやってみたんですけど楽しかったです」

とはいえリゼルは既に魔鳥には乗った事がある。

興味を惹《ひ》かれるのはそれ以外。特に釣りはなかなかに興味深かった。

「おっ、今までやった事ねぇなんざ勿体《もったい》ねぇな！」

「漁師さんにも言われました」

やはりアスタルニア国民にとっては子供時代に必ず経験する遊びなのだろう。

あそこの釣り場が良い、いつの何処が釣れる、あの場所であの餌を使って何が釣れたなどと、全員が流れるように話してくれる。釣り経験一回のリゼルにはよく分からない単語もあったが、その都度説明してくれたので非常に有難い。

今度やる時はより釣り人らしくやろうと頷き、リゼルは竿を振るフォームのレクチャーを受けた。しかし似合わないなと、誰もが口に出さないままに内心の一致を遂げた事など知る由もない。

「どうだ、初釣りは釣れたか？　漁師のおっさんに場所教えてもらったら坊主って事ぁねぇだろ」

「はい、釣れたほうだと思います。餌は種喰いワームを使って」

「お、おう」

微笑んで語ったらやや引かれた。

「でも一種類しか釣れなかったんです。一緒に釣ってる人に、毒持ちだって言われて」

「あー、今の時期多いよなアレ」

「あれ凄ぇ舌痺《しび》れっけど、味自体は美味《うま》いよなぁ。どっかのお高い店が毒抜きして出してた筈《はず》だぜ、ちょっと痺れを残すから癖になるっつってな」

「へぇ。そのお店、教えて貰って良いですか？」

リゼルが聞けば、男は快く記憶の彼方に放ってあった情報を思い出してくれた。

店名すら覚えておらず、場所も曖昧《あいまい》だが大体この辺りというだけで充分だ。お高い店だけあって周辺ではそれなりの知名度を誇るだろう。あとは調べれば分かる。

少し宿から遠そうだが、毒抜きにも特殊な技術が必要だとか。宿主からそういった話は出なかったので、やはり店に行かなければ食べられないだろう。

「あ、それなら全部イレヴンに食べて貰わないで、頼んで料理して貰うっていうのも有りでしたね」

男達が真顔でリゼルを見た。

釣った毒持ちを容赦なく食べさせるような人間にはとても見えないからだ。聞き間違いだろうと結論づける。蛇の獣人が他国と比べて多いとはいえ、その特性を知る者は少ない。

「そういや前に凄ぇ商人連れて歩いてたんだってな！」

「おうそうだ、俺らのトップが凄ぇ慌ててたぜ」

彼らは聞かなかった事にして話題を変えた。

ちなみに悪戯《いたずら》でも何でもなく素で毒入り魚を食べさせられたイレヴンだが、最後には美味しい美味しいと食べていた。話が逸《そ》らされた事に気付いて、弁解したほうが良いだろうかと一瞬悩んだリゼルだったが、まぁ良いかと逸らされた先の話題に乗る。

「インサイさんの事でしょうか。俺もお世話になって」

「おい、ちょっと良いか」

ふいに言葉が遮《さえぎ》られた。

見れば、離れた席で飲んでいた冒険者達がすぐ隣に立ち塞がっている。あまり見覚えはない。一度二度ギルドで見た気はするので、最近この国にやってきた冒険者だろう。

同時に、同席していた男達が威嚇《いかく》するように立ち上がった。この国の男達は冒険者相手だろうが一歩も引かない。

「おう、この人に何の用だ兄ちゃん達よ。オジャベリしにきた顔じゃねぇなぁ」

「あ？　関係ねぇ奴はすっこんでろや」

メンチを切り合う両者をリゼルは見比べる。

何故最初から喧嘩腰で行くのかと思うが、彼らにとっては慣れた対応なのだろう。とはいえ冒険者達の言い分も尤《もっと》もで、自分に用事のようだからと男達を下がらせる。

男達はしぶしぶ引き下がりながらも立ったまま酒を呷り、視線は射るように目の前の冒険者を睨みつけている。別にリゼルの為という訳でもないだろう。アスタルニアの男達の条件反射のようなものだ。

「それで、俺に何の用でしょう」

「鎧鮫とか言ってただろ。お前が獲《と》ったってのは信じられねぇが」

「そうなんですよ。俺が売ってたってだけで勘違いされちゃって」

あっさりと告げる。

その言葉にやっぱりかと舌打ちを零した冒険者達は、しかし笑いを堪えきれずに酒を噴き出した男達に厄介払いされかけたと気付いたのだろう。羞恥と憤りに顔を顰め、リゼルを睨みつけた。

ドンッと机に掌が叩きつけられる。リゼルはそれを一瞥し、平静のままに相手を見上げた。

「喧嘩売ってんのかテメェ！」

「信じられないなら無理する必要ないですよって言いたかったんですけど……気に障《さわ》りました？」

暗に喧嘩を売ったのはそちらだと返せば、ビキリと冒険者の額に血管が浮かぶ。

そもそも他国からアスタルニアに辿りつけるような冒険者は己の実力に自負がある。勿論、商隊に同行したりと人数を揃えてきたのならばその限りではないが。果たして彼らはどちらなのか。

どちらにせよ、リゼルのような一見して優男《やさおとこ》に煽られて黙ってなどいられないだろう。

「鎧鮫が出回ったっつう噂《うわさ》は聞いてんだよ。てめぇが何かは関係ねぇが、素材持ってんのは確かだろ」

「そうですね」

「俺らに安く売っちゃくれねぇかって頼みに来たんだよ、なァ！」

穏やかな相貌を前に、脅せば一発だとでも思ったのだろうか。

しかしリゼルは胸倉へと伸ばされた腕を音を立てて弾いた。まさか反撃がくるとは思わなかったのか、冒険者が一瞬あっけにとられたように弾かれた手を見下ろす。

それを気にかける事なく、ひらひらと手を振った。意外と痛かったのだ。

「君みたいな人って絶対ここを摑みにくるんですよね。流石に俺も覚えました」

「な……」

さりげなく水の入ったグラスで痺れる手を冷やしながら言葉を続ける。

「先に言っておきます。脅しは意味がないし、お金を積まれようと譲る気はありません。それと、暴れるなら他の方の迷惑になるので外に行きましょう」

リゼルは冷やしていた手でひょいっと扉を指差してみせた。

しかし冒険者達はその場に縫《ぬ》い留《と》められたかのように動かない。余裕のある態度に真意を測りかねているのか、あるいは平然とした口調に喧嘩を売られているのかどうか判断がつかないのか。

更には取りうる行動の全てが無意味だと断言されたのだから、どうしようもなくなったのだろう。

そんな彼らに、リゼルは仕方なさそうに微笑んだ。

「店員さん、彼らの会計は？」

「え、はい、銀貨五と銅貨三ッス……」

「らしいですよ。そろそろ二軒目っていうのはどうでしょう」

冒険者達に、従う以外の選択肢などなかった。

まるで操られているかのように呆然と支払いを済ませて去って行く彼らを見送り、そして扉が酒場に不釣り合いな静かな音を立てて閉まった瞬間だ。店の中が爆発したように盛り上がる。

「有難うございます、有難うございます！　今日は何枚割れた皿片付けるんだろうと思ってたッスわ！　確実に喧嘩の流れでした！」

「いいえ、原因は俺にもあるので」

「良いじゃねぇか冒険者殿、最ッ高だ！　ああいうのに喧嘩売られて流すだけじゃあ男じゃねぇ！」

「流したようなものですよ」

苦笑するリゼルにもお構いなしに、異様にテンションの高い店内で盛大なカンパイコールが響く。

それを聞きながら、当事者なのに乗れないなぁとリゼルはしみじみと握った水入りのグラスを見下ろすのだった。

「あ、イレヴンのが早かったですね。シャワー次、使います」

「どーぞ。リーダー珍しく遅かっ……うっわ、酒臭《さけくさ》！　飲んだ⁉」

「一滴も飲んでないです。ただ、周りが浴びるように飲んでました」

「臭いで酔うようなタチじゃなくて良かったっつうか……うわ、服だけじゃなくて髪にもついてる。リーダーの匂いがこれって俺無理だから早く風呂入って」

その後、しっかりと洗ったにも拘《かかわ》らず獣人の嗅覚によってアウト判定を出され、リゼルはやり直しを宣言したイレヴンの手によって再度洗われる羽目となった。

94.

船上祭が近付いていようと、リゼル達のやる事は変わらない。

冒険者として依頼をこなし、森を歩き迷宮に潜る。そうでない時は国の中をブラついたり知り合いに会ったり、アリムの古代言語の授業もあまり日を空けずに行っている。

だが、授業に関してはそろそろ終わる目途《めど》がついてしまった。リゼルは残念そうにそう話しながら、今日も朝からギルドを訪れている。

「何が不満なんだよ」

「まだ読みたい本が残ってるのに、と思って」

「あのデンカだったら何もなくても入れてくれるんじゃねッスか」

「どうでしょう。口実がないとナハスさんに怒られませんか？」

　依頼ボードの隣にある警告ボードには、明け方の大雨で地盤が緩んでいるのだろう。森の所々に赤のチョークで×が書かれていた。地崩れ注意のマークだ。

　それを流し見て依頼ボードの前に立った三人は、相変わらずFランクから順番に目を通していく。ただ眺めるだけでなく、時々本当にFだのEだのの依頼を選ぶリゼルを知っている周りの冒険者が、さて今日は何を選ぶのだろうと好奇の視線を向けていた。

「あんだけ読んどいて何がまだ気になんだよ」

「だって王宮の書庫だけあって珍しい本も多いんですよ。この前読んだ本なんかも面白くて、古代言語が使われていた時代の戦闘民族の中には魔力を」

「おら」

　生き生きと語り出そうとしたリゼルの頭をジルは掴み、ふいに横を向かせた。

聞いてくれても良いのに、と思いながらもリゼルが素直にそちらを見れば、待ち構えていたかのようにピラリと一枚の紙を此方へ向けているイレヴンの姿。何という連携プレイ。

　しかし感心するより先に、向けられたポスターの内容が目に入る。一体何処から剝《は》がしてきたのか、一番上には〝冒険者ギルド主催『迷宮品展示会』〟の文字があった。

「迷宮品募集……船上祭にギルドも参加するんですね」

「微妙な企画だよな」

「まぁ珍しいっちゃ珍しいし、そこそこ賑わいそう？」

冒険者には馴染みのある迷宮品だが、基本的にあまり出回らない。

迷宮の宝箱も潜る度に見つかる訳でもなければ、いつも迷宮品が出る訳でもない。むしろ迷宮でなくても店で手に入るような武具や道具が出る事も多く、それも深層の宝箱でもなければ大した値のつかないものばかりだ。

迷宮固有の品、種類は多岐にわたるが特殊な効果がついたもののみが迷宮品と呼ばれ、その特異性ゆえに店に並ぶ事なく求める誰かの手に渡ってしまう事も多い。

「ん、でも詳細がないですね」

「毎年やってんなら書く必要もねぇんだろ」

「リーダー参加してぇの？」

「参加すればそれなりのメリットもあると思うので」

気になる、とリゼルはイレヴンの手からポスターを受け取った。

参加手続きは専用窓口まで、と書いてあるのに気付いて受付カウンターを見る。すると、一番端の窓口に見慣れた筋骨隆々なギルド職員が立っていた。彼の前には〝迷宮品展示窓口〟の札が置かれている。

眺めていると、ふいに職員と目が合った。何故か厳しい目で見られる。

「ポスター剝がすんじゃねぇ！　何枚もねぇんだから！」

「あ、これ何処かに貼ってあったんですか？」

「あっち」

「勝手に剝がしちゃ駄目ですよ」

イレヴンが指差したのはギルドからのお知らせなどが貼ってある掲示板で、確かに一番目立つだろう中心がぽっかりと空いている。いつの間にと思いながらポスターを返せば、イレヴンはしぶしぶと貼り直しにいった。

「あ、曲がってます」

「あいつ雑だな」

本人も曲がった事には気付いたようだが、まぁ良いかとそのまま戻ってくる。

恐らく後で職員の誰かが貼り直してくれるだろう。リゼル達はひとまず詳しい話を聞こうと専用の窓口へと歩いた。その先ではギルド職員が斜めのポスターを眺め、諦めたように首を振っている。

「お早うございます、職員さん」

「おう。展示に関してだな？」

「はい」

リゼル達の用件を先回りして言い当てた職員は、今までにも何回も同じような説明をしているのだろう。初参加の冒険者が少ないならば口頭で説明したほうが早いと割り切っているのか。

アスタルニアは地形的に入ってくる冒険者も出ていく冒険者も少ないので、大した手間ではないのかもしれない。

「まぁ、やるこたぁ見たままだ。お前らに迷宮品を取ってきて貰って、俺らがでかい船貸し切って展示する。結構盛況なんだぜ」

以前にも聞いた魔物の人気投票といい今回といい、このギルドでは冒険者に親しみを持って貰おうと色々と試行錯誤しているようだ。良くも悪くもノリが良すぎる気質の所為で、喧嘩でも何でもすぐに盛り上がり冒険者被害が絶えない為か。

とはいえ同じような気質を持つ国民達なので、易々《やすやす》と悪感情は持たれないだろう。それにしても対策が洒落《しゃれ》っ気《け》に溢れているなと、リゼルは感心したように頷いた。ギルド長の趣味だろうか。

「迷宮品って何でも良いの？」

「勿論だ。ただ此処で申し込んでから取ってきたやつに限る」

「は、何で？」

「見栄張って店で買われちゃ面白くねぇだろ。運と実力で手に入れた全力で空気読まれてる迷宮品を見りゃ、そのパーティがどんなパーティかも一目瞭然《いちもくりょうぜん》だしな」

それが醍醐味だ、と職員が大笑いしながら告げる。彼自身も楽しみにしているのだろう。

迷宮品はパーティ名と一緒に展示されるらしく、なければメンバーの名前が綴《つづ》られる。つまり冒険者側も余りにお粗末な迷宮品を出せば恥をかくのだが、不正をすればギルドカードを通じてバレてしまうのでズルはできない。

「皆さん、参加するんですか？」

「おう、大抵な。見返りも出すし」

「見返りって？」

「持ってきた迷宮品をランク分けして、それごとに特典があんだよ。魔道具の貸し出し半額だの無料だの、それが一回だの二回だのな」

成程、主催がギルドだという事を最大限に生かしているのだろう。

日々金欠と戦い、満足に道具も揃えられない下位には嬉しい仕様だ。上位も上位で高ランクの依頼になるほど必要となる魔道具は希少なものになる。誰もが嬉《うれ》しい特典だ。

とはいえ三人に関しては、ジルが力技で何とかしたりイレヴンが器用に何とかしたりリゼルが自由な発想で何とかしたりするのでその限りではないが。商人少女のツッコミが響き渡りそうだ。

「できりゃ、お前らにも参加して貰いてぇんだがな」

「何でだよ」

「そりゃあ、深層も深層で出るような迷宮品は集まりにくいからな」

職員が腕を組み、にやりと笑う。

「他の奴らも見栄張っていつもより潜るたぁいえ、最高品質の迷宮品を手に入れられる奴は限られてんだろ。そういうのをガンガン展示すりゃ、ギルドの株も上がるってもんだ」

冒険者には見栄を張るなと言っておいて、当のギルドは例外のようだ。

リゼルは可笑しそうに笑い、さてどうしようかと今まで見た事のある迷宮品を思い出す。ギルドが望むのは見るだけで分かる凄さ、ともすれば〝伝説の〟と形容されるような迷宮品だろう。

ならば以前、ジルがいかにも雰囲気のある漆黒《しっこく》のフルプレートを出していた。そしてイレヴンに黒い黒いと爆笑されていた。そのイレヴンも存分に装飾の施された煌《きら》びやかなカトラスを出して、使いにくい使いにくいと文句を言っていた事もある。

見返りに魅力は感じないが、冒険者として船上祭に参加するのはとても楽しそうだ。

「ジル、どうですか？」

「やりてぇならやれ」

「イレヴンは？」

「お好きにドーゾ」

此方を見下ろして軽く顎《あご》で促すジルと、目を細めてニコリと笑ってみせるイレヴンにリゼルは微笑んだ。今日は〝人魚姫《セイレーン》の洞《ほら》〟以外の海の迷宮に向かう予定だったが、変更になりそうだ。

「参加します」

「そうこなくちゃな！」

職員は胸を張って歓迎を示した。

それはただ希少な迷宮品を展示できるが故の喜びではなく、彼がアスタルニア国民の例に漏れず何より祭好きだからだろう。船上祭初参加のリゼル達に精いっぱい楽しんで貰いたいと思っているのが伝わってきた。

「よし、ちょいとギルドカード貰うぞ」

「依頼じゃねぇのに？」

「最初に手に入れた迷宮品が分かるように弄《いじ》んだよ」

「高性能だよな」

「物凄く応用が利くし、迷宮品が組み込まれてるのかも」

「そこら辺あんま考えんじゃねぇぞ、一応機密だしな……」

ちなみに、提出できるのは本当に最初に手に入れた一つだけ。

職員曰く、〝選べちゃ面白くない〟とのこと。どうやら迷宮がギルドの事情を察してくれているのか何なのか、空気を読みまくってパーティに合わせた特色を持つ迷宮品が宝箱からよく出るという。

「迷宮も祭りに浮かれてるんでしょうか」

「いつもだろ」

「いつもッスね」

ジルとイレヴンの即答に、リゼルは成程と頷いた。

そして自らのポーチからギルドカードを取り出し、更に二人の分も纏《まと》めて渡そうとジル達へ手を差し出しかけた時だ。

「あ、お前の分だけで良いぞ。リーダー、ようはパーティの顔が出した迷宮品を並べるからな」

リゼルの動きが止まった。

ジルとイレヴンはその姿をニヤニヤと見ている。じっと自分のギルドカードを見下ろし始めた姿をニヤニヤと見ている。そこで「やっぱり止めるか」と声をかけてやるような人格者など何処にもいない。

「おら、腹くくれ」

「ちょっと待ってください」

「リーダーほらほら、カード出さなきゃ」

「考え中です」

促すように背を押されたり腕をつつかれたりしながらリゼルは考えた。

冒険者らしくなる事を諦めていないリゼルにとって、此処は正念場だ。例えばテディベアなど出そうものなら、周囲から余計に冒険者らしくないと思われるに違いない。

おもむろに今まで手に入れた迷宮品を思い出してみる。一番冒険者らしい迷宮品は何だっただろうか。ボタンを押すと鳴く巨大迷宮ボスフィギュアか、それとも迷宮内会話集〝戯《たわむ》れに叫んでみた必殺技編〟の書物か。

「(子爵も喜んでたし、セーフかも)」

纓《いちる》の望みを胸に抱き、ちらりとギルド職員を見た。

「お前らなら白銀のフルプレートやらミスリルの杖やら出るんだろうな！」

いや、アウトだった。

ジル達が面白がって見守る中、リゼルは真剣な顔をして暫《しば》く黙々と考える。そしてふいに力強く頷いて顔を上げた。

「男に二言はありません」

「リーダーそういうの何処で覚えてくんの？」

「言ってみてぇからってタイミング図んじゃねぇよ」

何とも言えない、または呆れたような視線を受けながらリゼルはカードを手渡した。

それを受け取った職員は、一体何を悩んでいたのかと不思議そうだ。しかし手元はスムーズに魔道具にカードをセットしていた。

「悪ぃな、ちょい時間かかるから座って待ってろ」

「はい」

「えー」

「そんなにはかかんねぇよ」

不満そうなイレヴンの声にカラカラと笑う職員に見送られ、リゼル達は空いているテーブルへと向かった。朝の混む時間帯ではあるが、さっさと依頼を受けて出ていく者が大半なので空きは幾つもある。

「受けんだな」

「君達のほうが乗り気だったじゃないですか」

「そりゃな」

少しばかり拗《す》ねてみせたリゼルに、ジルが可笑しげに目を細める。

行き交う冒険者を避けながら辿り着いたテーブルに、三人はそれぞれ腰かけた。イレヴンが揶揄《からか》うようにリゼルを覗き込む。

「ヤだった？」

「そんな事ないですよ。何が出ようと損はないですし」

口元を綻《ほころ》ばせ、リゼルは寄せられた赤い髪を撫でた。

何だかんだで興味を持てば何にでも参加してきたリゼルだ。今回も色々悩んでいたが参加すると
は思っていた、とジル達も納得して寛ぎ始める。

「じゃあ今日、迷宮潜んスよね。深層狙いっつうならニィサン攻略してるとこ?」

「そうですね、そのほうが楽ですし」

趣味だとばかりに日々迷宮を踏破しているジルのお陰で、選択肢は多くある。ならば何処に行く
のかと考えるリゼルとイレヴンに、別に迷宮に潜る依頼のついでに探しても良いのではとジルが口
を開きかけた時だ。

「〝荘厳《そうごん》なる王城〟、踏破してますか。ジル」

「あ?」

「そこが良いです」

リゼルはそう断言して、訝《いぶか》しみながらも踏破済みだと告げたジルに満足げに頷いた。

そして考え込むように視線を流す。その視線の先では冒険者達がリゼル達の参加を聞いて、一体
何を持ってくるのかと雑談のネタにしていた。

「出来るだけ王道な迷宮のほうが変わり種は出にくいでしょうし、あ、でも確実なのはまだ踏破し
てない迷宮の踏破報酬……流石に迷宮品認定されないでしょうか」

損はないとかほのほの言っておきながらガチだ。

「リーダーまだ諦めてねぇの？」

「俺らがまともなもん出すと不満そうだしな」

リゼルが宝箱から出すものは、たとえ冒険者らしくなくとも価値としては階層相応。本人もそれならば問題はないと考えているが、それはそれ。諦めている訳ではない。冒険者らしい剣とか装備とか回復薬とか出してみたい。

恐らく迷宮が祭りの為に空気を読んでくれる今回が最大のチャンスだろう。それをリゼルが逃す筈がなかった。

「おい、手続き終わったぞ！」

「あ、行ってきますね」

考え込んでいた顔を上げ、微笑んで受付へ向かうリゼルの背を眺めながらイレヴンはぽつりと呟いた。

「全力で逆向きに空気読まれそうな気がする」

「言うな」


〝荘厳なる王城〟はアスタルニアから比較的森の奥にあるのだが、冒険者には人気の迷宮でもある。最大の理由は階層が多いこと。それは一階層が他と比べて狭いので次の魔法陣へと辿りつきやすく、更に階層ごとに現れる魔物の強さの落差が小さいので攻略を進めやすいという事だ。

それこそ最初の階層はFランクから臨めるし、深層ではAランク相応の魔物も宝箱も出る。必然的に訪れる冒険者は多かった。

「混んでますね」

「こんなもんだろ」

よって朝一では扉の前に列ができる事もあった。

門が開き、一組パーティが入り、閉じる。同じ迷宮へと向かう冒険者が同じ馬車に多く乗っていた時は、地味にそれで待つのだ。何組かのパーティが次々と扉の向こう側に消えていくのを眺めながら、リゼル達はのんびりと自分達の番を待っていた。

「依頼、丁度良いのがあって良かったですね」

「ッスね」

結局のところ宝箱を発見できるかどうかは運だ。たとえ何階層も潜っても一個も見つからない時もある。そうなっては手持ち無沙汰だからと、目的の迷宮でこなせる依頼を三人はちゃっかり受けてきた。

「プレートアーマーの腕輪ってどんな腕輪なんでしょう」

「手甲に時々、白銀のごつい腕輪つけてる奴がいるんスよ。それ」

「つけてるかはランダムだけどな」

動き回る中身のない全身鎧、それが今回の獲物だ。

城系の迷宮に多い魔物で、リゼルが〝一番それっぽい〟と依頼を選んだ。つまり、襲いかかってくる鎧を倒した先にある宝箱狙い。いかにも冒険者らしい装備が入っていそうだろう。

「次だぞ」

「はい」

前に並んでいたパーティが扉を潜り、三人は閉じたそれの前に立った。

扉というよりは門。まるで本当に王城にありそうな豪奢《ごうしゃ》なデザインだ。リゼルが触れれば、まるで来訪者を自ら招き入れるようにゆっくりと開いていく。

リゼルとしては雰囲気があって素晴らしいのだが、冒険者の中にはパッと開いてパッと閉じてくれれば待たなくていいのにと言う者が多い。

「俺は初だなァ」

「イレヴン、一人迷宮の時は近場が多いですよね」

「黙って馬車乗ってんのつまんねぇもん。ニィサン一人で何してんの？」

「何《なん》もしてねぇか寝てる」

話しながら足を踏み入れれば、視界に煌びやかなエントランスが飛び込んできた。

天井は高く、一面に色鮮やかな絵画が描かれている。そこから数多の細かいガラスに光を反射させた巨大なシャンデリアが下がり、足元には真紅の絨毯《じゅうたん》が真っ直ぐに奥へと伸びていた。それに沿うように点在する白亜《はくあ》の柱には素晴らしい彫刻。

「リーダー懐かしい？」

「んー、うちはこんなに豪華絢爛《ごうかけんらん》じゃなくて、もっと研ぎ澄まされた感じでしょうか」

少女ならば恍惚《こうこつ》としながら自らの傍らに王子を想像するだろう空間で、リゼル達は特に感慨を覚えずスタスタと絨毯の上を歩いていった。ジルは踏破済み、イレヴンも王都で一度城を見たので既に興味はなく、リゼルなど見慣れているからだ。

そして広いエントランスの真ん中、シャンデリアの真下。絨毯が十字に形を変えた中央で魔法陣がぼんやりと光っていた。

「プレートアーマーが出るのは七十階以降でしたよね」

「最深層までは出てた気ぃすんな。もっと先からでも良いんじゃねぇの」

「じゃあ……百が最後なので九十九までですね」

「八十ぐらいから進んでって、最後にボスっつうのも有り？」

最初の一部屋は魔物が出ないので、三人はああだこうだと遠慮なく話し合う。

迷宮へは結構な時間を馬車に揺られるのでその間にも話し合えるのだが、リゼル達は基本的に自らのスペースを確保しながら雑談している事が多い。もっとも確保しているのはジルとイレヴンだけで、リゼルは全く乗り慣れない満員馬車の何処に足を置いていいかも分からないのだが。

「ボスを目指したほうが宝箱って出やすいですか？」

「ランダムだろ、関係ねぇよ」

「ここって小部屋多いじゃん。そこに有んならそれっぽくねッスか」

「良いですね、それ」

そうなると、地道に見つけた扉を開いていくしかないだろう。

リゼルは今回、普段は利用しない迷宮の地図もギルドから購入していた。今日の馬車はそれを眺める時間であったが、そこで全て覚えきってしまったくらい宝箱に本気だ。

「じゃあ八十階から始めてボスを目指しましょう。それまでに宝箱が出れば良いんですけど」

魔物に苦戦しないジルとイレヴン、あまり迷わないリゼルの攻略ペースは異常に早い。

二十階層も隅々まで歩いて探せば、恐らく宝箱の一つや二つ見つかるだろう。見つからなければ運が悪かったと素直に諦め、出直すだけだ。

そしてリゼル達は魔法陣の上に足を踏み入れた。ぼんやりとした光が強くなり、慣れきっている少しの浮遊感と共に景色が変わる。

「近ッ‼」

転移直後、己の視界を覆いつくした〝空飛ぶ本《フライングブック》〟へとイレヴンは反射的に剣を突き立てた。

「流石に深層となると平和に転移もできませんね」

「てめぇ顔面で飛ばれてたぞ」

「近すぎて魔物かどうかも分かんなかった」

もはや位置取り的に襲い掛かられたというよりは、たまたまそこに居た近さだった。

イレヴンがばたばたとページを動かす魔物から剣を引けば、古臭い紙面にインクを滲《にじ》ませたそれがポトリと床に落ちる。

「触るなよ」

「分かってます」

もはや震えるだけの虫の息である魔物をリゼルは覗き込んだ。

似たようなタイプの魔物は別の迷宮でも見た事があるが、そちらは中が白紙だった。だが目の前の本には何かが書きこまれており、興味を引かれたからだ。

「これ何か書いてあんの？」

「波線《なみせん》にしかみえねぇな」

「波線ですね」

びっしり書き込まれているように見せかけているだけだった。

何かしらの雰囲気を出したかったのかもしれないが、そんな落書きみたいにと思わないでもない。

確かに白紙よりは格好がつくか。

三人はすっかりと動かなくなった魔物から顔を上げ、さて進もうかと歩を進めた。

「ちょっと残念です」

「魔物に何を期待してんだよ」

真っ直ぐで広い廊下を進み、時折曲がり角を見つけては曲がる。

多少は分かれ道もあるが、既に地図を覚えきったリゼルの足取りに迷いはない。ジル達も一切疑うことなく彼に続く。

「なるべく豪華な扉のが良い？」

「良い迷宮品がありそうですしね」

通路に面して幾つもの扉が並ぶ廊下で、のんびりとそれを眺めながら選んでいく。

「部屋っつっても罠だったり魔物出たりするし、俺開けよっか」

「なら順番に開けましょう。運だめしです」

「俺らが開けても宝箱の中身は変わんねぇぞ」

暫く歩けば、二つの石像に挟まれた扉を発見した。

誰から行こうかと話し合い、取り敢えずリゼルがドアノブに手をかける。気負わずに黄金の取っ手を引いて、扉の向こう側が姿を現す直前。頭に乗せられた手によって、リゼルは踏み込もうとした足を止められた。

背後から突き出された見慣れた大剣が、バキンッと何かがひしゃげるようなけたたましい音を立てて目前のバシネット型のヘルムを破壊する。

「今日は運が悪いんでしょうか」

「や、目当ての魔物だし逆に良いんじゃねッスか」

頭に触れる手袋越しの体温が離れていくのを感じながら、リゼルは真剣に呟いた。何せメインの目的は迷宮品、運が悪いと変なものしか出ないかもしれない。

そんなリゼルにケラケラと笑い、イレヴンも双剣を抜いた。ジルが破壊したプレートアーマーが剣を振り上げたまま崩れ落ちた向こう側、そこにはまだ複数体が待ち構えている。

「硬そうですね」

リゼルは二人に道を譲るように一歩後ろへ下がりながら、くるりと戯れるように指を回してみせた。顔の横に浮かぶ魔銃《ライフル》、込めるのは貫通力のある風の魔力。全身鎧を揺らしながら近付いてくる相手に向かってそれを撃ち込んだ。

「あ、流石にこれだけ近いと通りますね」

「後ろ貫通してねぇぞ」

「本当ですか？　多めに込めたんですけど」

銃撃に動きを止めた魔物、その四肢を斬り落とすように剣を振るったジルが、床に転がったヘルムを蹴りながら言う。見れば、確かに額当てに空いた風穴が背面には空いていない。

流石は深層の魔物だろう。特にプレートアーマーが防御に特化した魔物だという事もあり、リゼルだけではいまいち決定打に欠ける。とはいえ単体で深層の魔物を討伐できるほうが異常なので気にはしない。

「腕輪してんのいねぇなァ」

「確率が低いんでしょうか。ジルは前、どれくらい見ました？」

「わざわざ気にしてねぇよ」

手に入れられる魔物素材があれば、欠かさず戦闘後に回収するのが冒険者だ。

しかしジルはボス級でもない限り放置する。そしてその影響を受けたリゼルも気になる素材以外は放置するし、イレヴンも大した金にならなければ放置する。

もし迷宮が他の冒険者も入り交じる場所だったのなら、リゼル達の跡をつけようと考える者が出そうだ。深層に潜れる程度の実力を持っている者に限られるが。

「はい、さーいご」

目で追えぬスピードの蹴りにヘルムの側面を蹴りつけられ、壁に叩きつけられた最後の一体が動きを止めた。

「次行きましょうか」

「元の道戻る？　奥の扉行く？」

「奥にしましょう」

入ってきた扉とはまた別に、もう一つあった扉を三人は潜った。

そして繋がったのは代わり映えしない王城の廊下。宝箱はなさそうだ、なんて話しながらリゼル達は時に襲い掛かってくる魔物を殲滅《せんめつ》し、特に気になった扉を開き、その度に何もなかったり罠があったりする部屋を抜ける。

「お」

「あ」

そして、何個目かの扉を開けた時だった。

部屋の中央にポツリと置かれている宝箱を発見する。王城の雰囲気に相応《ふさわ》しい、いかにも宝箱といった豪華な宝箱だ。ジルとイレヴンがリゼルを窺う。

「駄目です」

「あ？」

「は？」

リゼルは悩んだ末、ふるりと首を振った。

「ちょっと寂しい置かれ方をしてますし、良いものは出ない気がします。王城の厨房《ちゅうぼう》で使われてる最高級のお玉とかが絶対出てきます」

「ついにえり好みし始めんのか」

「ウケる」

呆れたジルと爆笑するイレヴンに、何とでも言えと言わんばかりにリゼルは真剣な顔で宝箱を見る。

納得のいくシチュエーションの宝箱を見つけるまで、妥協するつもりはない。どうぞと促せば、ならば遠慮なくとイレヴンが代わりに宝箱を開けた。

「お、回復薬」

入っていたのは、装飾されたガラスの瓶に入っている回復薬だった。

効果は鑑定してみないと分からないが、階層的に上級か中級だろう。回復薬に付き物である〝治る時は実際の怪我より痛い〟を回避できるものかどうかは微妙か。

「何でイレヴンが出すとちゃんとしたのが出るんでしょう」

「やー、でも面白味ねぇッスよ」

慰めているのか揶揄っているのか、手に入れた回復薬を掌で転がしながらケラケラと笑うイレヴンをリゼルは不満そうに見た。恐らく自分が開けていたら、また別のものが出ていた筈だ。

「納得いくモン見つかるまで探しゃ良いだろうが。次行くぞ」

そうしてリゼルの宝箱探しが始まった。

偶然なのか何なのか、出会う宝箱は普段と比べれば随分と多かった。しかしどれも納得のいくものではない。リゼルが求めるのは小部屋にぽんっと置いてあったり、通路の行き止まりにひっそりと置いてあったりするようなものではないのだ。

「おい、小さいのあんぞ」

「あれだけ小さいと最高級のアスタルニア茶が缶に入ってるだけかもしれません。違います」

ジルが開けてみたら小ぶりのナイフが入っていた。洗練された装飾は貴族が飾りで腰に下げていてもおかしくないものだ。

「リーダー凄ぇでかい宝箱。タンスみてぇなの」

「きっと特大の動く造花とかが入ってるに違いないです。俺は大きさなんかに騙されません」

イレヴンが開けてみたら体全体をカバーできるような大盾が入っていた。いかにも城の騎士が持っていそうな装飾がなされている。

「リーダーがどんどん信じる心を失ってる……」

「放っとけ」

一体何と戦っているのか。違う違うと言いながら階層を進んでいくリゼルの目は真剣だ。

その間に依頼の品は集まり、お腹が空いたと宿主特製の弁当を食べ、そしてついには最深層一歩手前の九十九階にまで辿りついてしまった。これで理想の状況に出会えなければ次の機会にしよう、なんて話しながら階段を上りきった時だ。

真っ直ぐ伸びた廊下の正面、まるで玉座《ぎょくざ》に続いているような豪奢な扉。これはまさかと扉を開ければ、目に入った光景にリゼルはぱちりと目を瞬かせる。

「これな気がします」

「これだろ」

「これかァ」

細かな刺繍《ししゅう》の絨毯が足元に広がる、天井の高い部屋。

奥には二段ほどの段差があり、その奥には煌びやかで威厳のある椅子が鎮座している。その椅子の手前に置かれた宝箱は、黄金かつ宝石が埋め込まれたもの。大きさは大きくも小さくもなく、壁に等間隔で並ぶ燭台の明かりで静かに輝いていた。

そして更に手前には、不自然に絨毯に横たわる影。その漆黒が波打つように蠢《うごめ》き、ぐぅと上へと伸びる。現れたのはトカゲに羽をつけたような闇の竜、それは低く唸るような声を上げながら全身を影から引きずり出した。

「そういえば影竜も出るんでしたっけ」

「あんま見ねぇけどな」

流石に最深層手前だけあって随分と手強い魔物だ。

大きさは人の背丈に届かない程度だが、一匹でもAランクパーティを苦戦させる力を持つ。竜という種からしてみれば下位だが、決して侮る事は許されない魔物だ。

影を纏うように絨毯の上に降り立った影竜が、その残滓《ざんし》を散らすように両翼を広げた。リゼル達を見据えながら上体を伏せ、そして狙いを定めるように首を伸ばす。直後、威嚇するような甲高い鳴き声が空気を震わせた。

「魔法はこちらで防ぐので、遠慮なく突っ込んでください」

「ああ」

「りょーかい！」

相手が羽ばたくと同時に、戦闘が始まった。


「よし、開けますよ」

影竜相手に然《さ》して苦戦せずに勝利を収めたリゼル達は今、宝箱の前に立っていた。もっと苦戦したほうがシチュエーションとしては望ましいのかもしれないが、苦戦などしようとしてできるものでもない。そこは諦めるしかないだろう。

リゼルは期待を胸に宝箱の前に膝をつき、蓋に手をかけた。

「ジルとかイレヴンとかに触ってて貰ったほうが良いものが出たり」

「アホ」

最後まで最善を追求し続けるリゼルの頭をジルがぺしりと叩く。

全く痛くないそれに笑みを零し、リゼルはさてと気合を入れてゆっくりと宝箱の蓋を開いた。これで罠だったり魔物だったりしたら彼の信じる心は完全に失われるだろう。

後ろからイレヴンも覗き込むなか、宝箱の中に光が差し込んでいく。そしてついに露になった中身をそっと持ち上げた。

「王冠？」

「あー、ぽいぽい。リーダーっぽい」

これは果たしてどう判断すれば良いのか。

確かに宝箱からは売れば大金になる宝石や装飾品が出てくる事もある。素直に他の冒険者が出すようなものを手に入れたと喜ぶべきか、それとももっと冒険者らしいものが欲しかったと悲しむべきか。

「これ、ただの装飾品なら迷宮品じゃないですよね」

「つけてみりゃ分かんじゃねぇの」

ジャッジがいれば直ぐに解決するのに、とリゼルは立ち上がりながらまじまじと手にした王冠を眺めた。

迷宮品というのなら、何かしらの付加価値がある筈だ。ただ綺麗なだけならば店で売っているものと変わらない。だがその付加価値も決まった法則がある訳ではなく、ただ壊れにくいというだけだったり、ジルが促したように身につける事で発動する何かだったりする。

「(似合わなそう)」

リゼルはそう思いながら自分の頭にそれを乗せてみた。

「どうですか?」

「意外と似合わねぇな」

「リーダーには派手ッスね」

何かしらの効果が現れたかを聞いたのだが、普通にファッションチェックされた。

リゼルは苦笑しながら、王冠を外そうと腕を持ち上げた。特にコメントがないという事は、何の効果も表れなかったのだろう。他の冒険者ならば狂喜乱舞しそうな値打ちものでも、今のリゼルにとっては迷宮品でないのなら意味がない。

「見栄えだけなら今までで一番良いんですけど……」

「あ、ちょい待って」

残念そうに頭上の王冠に触れると、ふいにイレヴンに止められた。

どうしたのかとそちらを向くと、ニヤニヤと後ろの椅子を指差される。座ってみせろという事だろう。

「ほら、折角玉座あんだしさ」

「似合わないって言ったばかりじゃないですか」

「座ったら似合うかもしんねぇじゃん」

見たい見たいと促すイレヴンに仕方なさそうに笑い、リゼルは豪奢な玉座へと腰かけた。

ビロウド張りの椅子は流石に座り心地が良い。元の世界で、元教え子のものだった玉座もこんな感じなのだろうかと懐かしそうに目を細める。

そのまま足を組み、肘置きに腕を乗せてみせた。仕方なさそうだった割にノリが良いリゼルだ。

「へーカもそうやって座んの？」

「陛下はこうですね。肘置きに肘をついて、こう、片足を上に」

「あ、リーダーストップ。違和感が半端ない」

真顔で止めるイレヴンに、そんなにだろうかと乗せかけた足を下ろす。

再び足を組んでジルを見れば、呆れたように此方を見下ろしていた。悪戯っぽく笑い、窺うように首を傾けてみせる。

「似合いますか？」

「さぁな」

王冠に関しては間髪いれず似合わないと言ったのだから、それ程でもないのかもしれない。恐らく色々な意味を孕《はら》んでいるだろう返答にリゼルは可笑しそうに目元を緩め、ちょいちょいと王冠の角度を微調整してくるイレヴンを見上げた。

「満足しました？」

「んー、あ、後なんか命令っぽいの聞きたいかも」

楽しそうな様子に満足したなら良かったと内心で頷き、しかし何を言えば良いのかと考える。自国の王のように「跪《ひざまず》いてねぇ奴が敵だ。命乞いしてぇなら頭下げろ」とでも言えば良いのだろうか。戦場で敵兵に向かって声を張り上げる姿は酷く楽しそうだったと、しみじみ思い出す。

「(あ)」

そういえば、それに似たような事を言われた事があった。

以前、まさにイレヴンが王都の路地裏で言っていたのだ。とある不届き者に尾行もどきをした結果、さて尋問などできるだろうかと告げたリゼルに、そんな姿は想像がつかないと彼は告げた。

『調教とかなら想像つくんスけどね！　跪かせて足を舐《な》めさせてるトコとか――』

膝の触れ合う距離に立つイレヴンへ手を伸ばし、するりと鱗《うろこ》のある頬を撫でる。

酷く愉快げに、そして従順に此方を見下ろす赤水晶に褒めるように笑みを零し、囁《ささや》くように望まれた通りの言葉を口にした。

「今すぐ跪いて、私の足を舐めなさい」

イレヴン自身も当時の事を思い出したのだろう。頬へと触れるリゼルの手を緩く握り、耐えきれず声を上げて笑う。

「ハハッ、なっつかしー！」

「お前言うならもっと冷たく言えよ」

「完全に突き放すような相手にされたい行為でもないじゃないですか。いえ、誰でも嫌ですけど」

「あ、それ凄ぇリーダーっぽい」

リゼルが手を引けば、少しばかり残念そうに見られた。

イレヴンはというと手持ち無沙汰になった手で、再び王冠をいじり始める。気に入ったのだろうかと思いながらリゼルが椅子から立ち上がろうとした時だった。

「まぁリーダーに頼まれれば別に舐めても良……い？」

「イレヴン？」

「は、ちょ、待」

ふいにイレヴンの声に戸惑いが混じる。

リゼルとジルが疑問を浮かべながらそちらを見れば、ふいにイレヴンの体が沈みこんだ。それは正しく、玉座に座るリゼルへと跪いている体勢で。

「あの」

珍しく戸惑いの声を上げるリゼルに構わず、イレヴンの手がリゼルの膝に置かれた。

組んだ足の上、膝からゆっくりと滑った掌がリゼルの腿《もも》のベルトに指先をかける。ぱちり、と留め具が外された。

「イレヴン、本当にしなくても」

「うわ、マジかこれ。すっげぇ勝手に体動く」

三者三様に、どうしようと考えている間にもイレヴンの手は勝手にリゼルのブーツを脱がした。流れるような鮮やかな手際だ、素晴らしい。いや言っている場合じゃないとリゼルは咄嗟《とっさ》に足を引いた。

しかし力でイレヴンに叶う筈もなく、裸になった踵《かかと》を固定する手は全く動かなかった。このままではパーティメンバーに無理矢理足を舐めさせたリーダーになってしまう。冒険者用語でいうリーダーハラスメント。略してリーハラだ。

「もしかして王冠の、イレヴン、待ってください、ストップです」

「いやいや止まんねぇんだけどリーダー頑張って！」

素足を持ち上げられ、跪いたままイレヴンの顔が伏せられる。

パカリと開かれた口から毒々しい程に赤い舌が覗いた。何を言おうと止まらない。何故舐めろという命令は有効で止めろという命令は無効なのか。こんな所で迷宮品の一風変わった仕様を出さないでほしかった。

「待」

そして今まさにイレヴンの舌が足へと触れようとした瞬間。

「つジル」

「ぐぇッ」

リゼルの呼びかけと同時に、イレヴンの首が凄い勢いで仰《の》け反《ぞ》った。

見れば彼の長い髪を引っ張るジルの姿。戸惑いも一瞬に、一連の騒動をいっそ面白そうに傍観していた彼をイレヴンが勢いよく振り向いた。

「痛ッてぇな！　もうちょい……お、動ける」

しゃがんだまま首筋を押さえていた彼は、掌を開け閉めしながら体の自由を確かめる。どうやら今の衝撃で迷宮品の効果が消滅したようだ。

リゼルも素足の足先を引き寄せ、身をかがめて床に落ちたブーツを拾う。盛大な安堵を抱いてそれを履きながら、今まで高みの見物に興じていた男を不満そうに見た。

「見てないで止めてくださいよ」

「お前が焦ってんの珍しいだろ」

鼻で笑って悪びれずそう告げたジルに、自分だって焦る時は普通に焦ってるだろうにと苦笑を零しながら立ち上がる。そして、頭に乗っている王冠を外した。

「これすっげぇ迷宮品じゃねぇの？」

「どうでしょう。流石に〝相手に命令を聞かせる〟っていうのは、幾ら迷宮とはいえ無理がある気がしますけど」

とはいえリゼルが提出する迷宮品はこれに決まった。

パーティの特色と称される展示品が、命令をきかせる王冠。しかもそれを持ち込んだのがリゼルともなればあらぬ疑いを持たれるに違いない。ただでさえ今でも〝何処かの王族貴族がお忍びで〟

などと面白可笑しく噂されている。

「まぁ良いです」

しかしリゼルは王冠を見て、満足そうに頷いた。

「誰が見ても宝箱から出る宝物、冒険者の夢ですよね」

「ねばった甲斐《かい》があったッスね」

「ねばる必要があったかは疑問だけどな」

周りからの評価がどうであれ、分かりやすく貴重な迷宮品が出たのだからリゼルは大喜びだ。しかも性能が意味の分からないものではなく有用。迷宮品としての価値も高いだろう。

そんなリゼルを見て、嬉しいならばそれで良いとジル達はそれぞれ祝いの言葉を投げかけた。


「お、凄ぇじゃねぇか！」

豪奢な王冠を前に、ギルド職員は弾んだ声で惜しみなく称賛の声を上げた。

冒険者らしいかはやや疑問だが、いかにも迷宮深層から出そうな迷宮品だ。国宝として飾られていても、いや実際に王族が身につけていても可笑しくはない。

これは慎重に保管しなければと楽しそうな職員を、リゼルはただ微笑みながら見ていた。その後ろではジル達が笑いを堪えて震えている。

「そういや迷宮品なら何か効果あんだろ？　何だ？　魔物が寄りつかなくなるか？　それとも素材を持つ魔物の出現率があがるか？」

流石はギルド職員、発想が冒険者的だ。

「人に何か頼むと、絶対にして貰えます」

「命令を聞くってことか？　そんなもん本当に伝説の迷宮品じゃねぇか！」

「いえ、頼み事を聞いて貰えます」

リゼルとて命令に絶対服従になるような迷宮品はないと思っていた。よって手に入れた後、検討に検討を重ねてジルにつけさせイレヴンにつけさせ、命令させたりされたりして効果の程は検証済みだ。

何が違うんだと不思議そうなギルド職員に、その検討結果を変わらぬ微笑みのまま告げる。

「頼めば嫌がらずやってくれるような事に限り、命令するとやってくれます」

「…………なら」

普通に頼めよ、という言葉は職員からは続かなかった。噴き出す寸前で咳《せ》き込《こ》むジルとイレヴン、そしてもはや慈愛さえ感じる微笑みのなかで瞳に哀愁を漂わせるリゼルに気がついたからだ。

今までで最大のチャンスを生かしきったのに、ほぼ性能が意味をなさない装飾品もどきで終わった事実がリゼルに多大なる切なさを与えていた。

「す、凄ぇ値段がつきそうだな！」

「そうですね」

いっそ輝きを増した笑みがコクリと頷くのに、職員は耐えきれず視線を逸らした。

しかし、と彼はジル達に揶揄っているのか慰めているのかよく分からない言葉をかけられているリゼルを見る。パーティを、パーティリーダーを象徴する迷宮品と言うのならば、決して的外れではないのではないだろうかと思ったからだ。

命令で強要せずとも容易に周囲を動かしてみせるイメージが確かにあると、酷《ひど》く納得できてしまうのだから。

95.

派手な祭りが多いアスタルニアでも、一、二を争う盛り上がりをみせる船上祭当日。

国中は熱気に包まれ、そこかしこから大きな笑い声と驚嘆の声が上がり、浮ついた空気に煽られて人々は更に盛り上がる。歩みも平静のものとはいかず、大人も子供も逸《はや》るような足取りで港へと向かっていた。

家の中にいようとも喧騒が届き、しかしそれも決して不快なものではない。むしろ笑みさえ滲ませるものだから、例に漏れず昼から祭りに突撃しようと画策している宿主も、掃き掃除をしていた箒《ほうき》を握りしめてフッと笑みを零した。

「まさかの起きてこないっていうね」

そして、個室の並ぶ二階をおもむろに見上げる。

別に全く予想外という訳ではない。今はぎりぎり早朝と呼べる時間、リゼル達が冒険者として活動しない日ならば寝ているのだから。起きてこないということは、今日は依頼を受けない。つまり祭りに参加する気はあるということ。

「あの人達のテンションが爆上がりする時ってあんのかな」

あまりにもいつもどおりすぎる三人に、折角の祭りに早起きして繰り出そうという気はないのだろうかと思わずにはいられない。いやそれはそれで二度見するが。

そんな事を考えていた時だった。扉が開く音に、宿主は箒を下ろしながらそちらを見る。

「おかえりなさーい一足先に祭りを堪能……するわけないですよね分かります」

何処からか帰ってきたジルは、かけられた声にそちらを一瞥した。

顔を引き攣らせる宿主に、いい加減慣れろと思いながらも興味がないとばかりに視線を外す。そして真っ直ぐに階段へと足を進めた。宿主の口ぶりからして、未だリゼルは起きてきていないのだろうと察したからだ。

自分の部屋を通りすぎ、リゼルの部屋の扉へ。ドアノブに手を伸ばしながら中の様子を窺い、間違いなく寝ていることを確認してからノックもなく扉を開く。

「おい」

部屋の薄暗さに一瞬目を眇《すが》め、部屋へと足を踏み入れた。

閉めきった空間がどことなく暑苦しく、襟元を寛《くつろ》げながらベッドへと歩み寄る。その際、起こす為というには少しばかり静かに声をかけるも当然リゼルに反応はなかった。

ベッドの脇に立ち、眠っている顔を見下ろす。いつもは横を向いて寝ているが珍しく仰向けだなと、どうでもいい事を考えながら手を伸ばした。

「起こせっつっただろうが、起きろ」

昨日の夜、祭りに行くから朝それなりの時間になったら起こしてほしいと頼まれた。

どれだけ冒険者を続けようが、相変わらずリゼルは寝起きが良くない。必要ならば起きるので寝《い》汚《ぎたな》くはないのだが、そうでないなら寝起きスッキリとはいかない。

微かに傾いた、いつもより少しだけ幼い顔。頬にかかる髪を普段リゼルがやるように指先で掬《すく》い、耳へとかけてやる。流石に違和感があったのか、伏せられた睫《まつ》毛《げ》が震えた。

そのまま視線を滑らせ、普段は一番上までしっかりと留められているシャツのボタンが一つ外れているのに目を止める。何かの拍子に外れたのだろう。どれほど寝苦しかろうと、リゼルが自分から寛げる事はない。

「起きねぇなら寝かせとくぞ」

ジルは伸ばした手をゆるんだ襟元へ運び、外れたボタンを片手で止めた。

それでも決して息苦しくはならない筈の首元で、コクリと小さく喉が動く。喉が渇いているのかと思いながら、再度呼びかけた。

「おい」

「ん……」

ようやくリゼルが薄《うっす》らと瞼《まぶた》を持ち上げる。

そのまま声の持ち主を探すように瞳を動かし、離れていくジルの手を目で追った。さらりと白金の髪を枕に滑らせながら寝返りをうち、シーツの中へと埋まる姿にジルが呆れたようにため息をつく。

二度寝の為ではないのだろう。どうやら起きるようだと、駄目押しとばかりに指の背で頬を叩いてやった。

「たばこ、すってました？」

「臭うか」

その手を、眉を寄せながら口元に引き寄せる。

自分ではあまり分からないが、確かに移る事もあるだろう。慣れ親しんだ香りが届いた気がして、不快だったかと眉間の皺《しわ》を深めた。

そんなジルを、横たわったままのリゼルが見上げて微笑んだ。寝起きだからか、微睡《まどろ》むアメジストはいつもより甘い。どこぞの年下達が見れば、寝ていろ寝ていろと存分に甘やかす事だろう。

「きらいじゃないから、良いです」

「……そうか」

煙草というよりムスクに近い香りが、煙草を吸った後だけ薄らと香るのをリゼルは気に入っている。自分の前では決して吸わなくなった煙草をジルが吸っていたという唯一の証明だ。

「んー……」

微かに香る掌にくしゃりと髪をかき混ぜられ、リゼルはやっと枕から頭を離した。

シーツに手をついて上体を起こす。顔に落ち放題の髪を何とかよけて、顔を上げた。

「おはようございます、ジル」

「ああ」

リゼルはベッドに腰かけ、ぐっと伸びをする。そして視線を隣室の方角へ。

当然のように部屋の壁しか見えないが、その向こう側にはイレヴンの部屋がある。

「イレヴンは？」

「知らねぇ、まだ寝てんじゃねぇの」

「じゃあ起こしに行かないと」

立ち上がり、さて着替えようとシャツに手をかける。

順にボタンを外しながら、入れ替わるようにベッドに腰かけたジルを見た。服装は私服。王都の建国祭とは違って衣装を変える必要がないとは聞いていたが、装備である必要もないようだ。

とはいえジルもイレヴンも、私服だろうが必ず腰には自らの剣を下げているのだが。その辺りは冒険者によって様々のようだが、欠かさず身につけている者は少数派だろう。

「俺も短剣とか下げてみようかな」

「お前はいつでも得物出せんだろうが」

ベテランっぽくて良い、と変な事を言い出したリゼルに、ジルから正論過ぎる突っ込みが飛んだ。


太陽の光を反射する、色鮮やかな糸の刺繍。それが施された布、溢れんばかりの花々。それらに飾られた屋台が、普段は木箱や漁具に溢れる港を埋め尽くしていた。

色とりどりの美しい光景は左右どちらを見ても延々と続き、何処からか太鼓の音色が人々の喧騒の合間を縫って届く。そして本来ならば眼前に広がる広大な海は、今や無数の船によって姿を隠していた。

隙間を縫うように煌めく海面、そこに浮かぶ船々もまた思い思いに派手な装飾を纏う。見上げれば船上はすでに人に溢れ、船から船へと渡された橋を人々が行き交っていた。

「あれが中央船、でしょうか」

「そッスよ」

「派手だな」

賑やかな港の真ん中で足を止め、リゼル達が眺めているのは真っ直ぐに伸びた一本の桟橋《さんばし》。立派なそれは、今や大通りに負けぬ往来となっていた。

その桟橋の先、正面に停泊しているのがひと際目につく大型船。普段は貿易などに使われているというそれは、ジルの言葉どおり他のどの船より豪華絢爛に飾りつけられていた。

見栄を張りたいというよりは、ただただ祭りに全力。王族らの本気を垣間見た。

「中央船への乗船は正午からですよね」

人波に紛れるよう、リゼル達も桟橋へと足を踏み出した。

この日の為に用意された、幅も長さもケタ違いの桟橋だ。正面の中央船だけでなく、主要な船へと繋がる木造の簡易階段が幾つも枝分かれしている。そしてその主要な船から別の船へと橋が渡され、板が敷かれ、海上の膨大な数の船は全て繋がり合っていた。

「中央船っつっても俺らに関係ねぇじゃん」

「桟橋が混むと嫌じゃないですか」

「あーね」

リゼル達は船上パーティーへ参加する予定がない。

乗船の為の抽選にも参加しなかったし、アリムに古代言語の授業中ふと「必要なら招待状、用意する、けど」と告げられたが断った。それに対して平然と頷いたアリムは今日も元気に書庫に引き籠っている。

「とりあえず何か食べましょうか」

「すっげぇ腹へったー」

折角《せっかく》だし祭りで色々食べようと、リゼル達はまだ何も食べていない。

賑わう桟橋を歩きながら、何が良いかと周りの船を見回す。桟橋からでは大きな船の上に何があるのか全く見えないが、それを見越してそれぞれの船は船体の外側に看板をぶら下げてくれていた。

「あ、ニィサン見て。地酒大量放出だって」

「どうせ夜までいんだろうが。朝から飲んでたら飽きんぞ」

「酔うんじゃなくて飽きる所が流石ですよね。でも、俺も喉が渇きました」

「知ってる」

ん、とリゼルが疑問を抱きながらジルを見るも、揶揄うように目を細められただけで返答はなかった。まぁ良いかと頷き、あの船が良いかこの船が良いかと話し合う。

ひとまずイレヴンが何か腹に入れたいと言うので近場の船に乗り、後はブラつきながら何か食べれば良いだろう。

「じゃあ適当に……あ、あそこの船上レストランなんてどうですか？」

「良いんじゃねぇの」

「俺何でも良い」

普段は何だかんだ選り好みをするイレヴンが何でも良いというのだから、よほど空腹なのだろう。まだ起きてからそれほど時間は経っていないというのに、よくそこまで食欲旺盛になれるものだ。

リゼルは感心しながら、いかにも手書きらしい船上レストランの看板を見上げた。

「あっちから行ける？」

「だな」

桟橋から更に横に伸びた細い橋へ。

曲がって直ぐに見つけた梯子《はしご》を上り、その中型船から板を渡って更に隣の船へ。余談だが、板は申し訳程度に固定されているだけの普通の板だった。落ちても下は海だしとアスタルニア国民は気にしない。

そして辿りついた船上レストランは、爽やかな緑で飾られた小さなレストランだった。焼けた肌を惜しげもなく晒《さら》した少女がにっこりと笑って歓迎してくれる。幼さも抜けるだろう年頃だが、黒い髪に飾られた大きな花飾りが可愛らしい。

「いらっしゃいませー！　三名様ですね」

「はい」

「こちらにどうぞ！」

本当にこの国では子供だろうが冒険者に対して物怖《ものお》じしないなぁと、そう考えているリゼルは知らない。余所《よそ》の国のこんなに品が良い人まで来てくれるなんて嬉しいなぁと、冒険者どころか観光客扱いされている事を。

「こちらの席をどうぞ！」

「有難うございます」

張り巡らされた縄に絡みつくように緑が頭上を覆い、丁度良く光が遮られている席だった。

潮風がよく通る気持ちの良い席だろう。リゼルが微笑んで礼を告げれば、少女はパチパチと目を瞬いた後にパッと満面の笑みを浮かべた。

「ご注文が決まったら呼んでください！」

三人分の水を用意して去っていく少女を見送り、リゼル達は海風に少しよれてしまっているメニューを覗き込んだ。

「これから色々食べるでしょうし、軽くで良いですよね」

「俺は食うけど」

「食えば良いだろ」

海上レストランらしく、海の幸溢れるメニューが多い。

近くを通りがかった少女に各々目についたものを頼み、リゼルは改めて周囲を見回した。

「予想通り賑やかですね」

「あんだけ盛り上がった建国祭が大人しく見えんスよね」

船の上からの光景は、下から見上げたものとはまるで違った。

あちらでは宴会を、こちらでは勝負事をまるでショーのように眺められる。見上げれば遮るもののない空が、見下ろせば大きな船の隙間を縫うように動き回る小舟が目を楽しませる。

ふと隣の船から、ゲラゲラと一際大きい笑い声が聞こえた。見れば、元盗賊の精鋭の内の一人が酔っぱらい達に交じって飲み比べをしている。金を払わず消えるんだろうなぁ、とリゼルはのんびりと笑った。

「リーダーはどっか行きたいトコある？」

「そうですね……あ、釣り大会みたいなのがあるって聞いたんですけど」

「お前は何をもってそんなに自信つけてんだよ」

優勝が狙えるかもしれない、とばかりに告げたリゼルはすかさずジルに突っ込まれた。毒魚しか釣った事のない釣り歴一回のド素人が、何故それ程までに手ごたえを感じているのかと。

「ジル達は酒蔵になってるっていう船ですよね」

「珍しいもん出るっつうならな」

「じゃあそこと、俺も流れの本売りが集まる船に行きたいですし」

読書が学問ではなく娯楽として広まっているアスタルニア。

流れの本売りもそれを知って集まるので、リゼルが好むようなものは少ないだろうが何冊かは気に入るものがあるだろう。何より色々な国から本が集まるのだと思えば今からとても楽しみだ。

「殿下にもお土産に一冊くらい買っていこうかな」

「あー、良いんじゃねッスか。喜びそう」

「あれだけ本を読む方に本をプレゼントって緊張しますね」

「変な楽しみ方してんな」

呆れたようなジルの言葉に、リゼルは悪戯っぽく笑った。

その道のプロに、その道のものを渡す。色々と試されるだろう。リゼルにとってもこちらの世界で唯一、趣味の合う本談義をとことん行える相手なのだ。非常に選び甲斐がある。

「でも船が多すぎて、何処に何があるのか」

「それなら大丈夫です！」

周りの人々はどうやって船の見分けをつけているのだろうと首を傾げていれば、ちょうど料理を運んできた少女が自慢げに胸を張った。ちなみに彼女はイレヴンの為に、調理場があるだろう船内とテーブルとを三往復目だ。

「船と船の間を通ってる小さい船がありますよね。露店代わりがほとんどだけど、宣伝とか案内人の船もあるんです！」

宣伝の船ならば客を乗せ、宣伝元の船へと運んで船頭は報酬を貰う。案内人の船ならば、客から案内料を貰って好きな場所へと案内する。

成程、そういった商売もあるのだろう。ほとんどが手の空いた漁師や作業員、自分の小舟を持つ釣り人だというのだから、誰も彼も祭りに便乗して小遣い稼ぎを企んでいるようだ。

「つっても見分けつかねぇんだけど」

「目印とかはあるんですか？」

「はい！　船に赤い旗をつけてるのが案内です！」

元気良く頷く少女に、リゼルは褒めるように目を細めて微笑む。

それに対して思わずぽかりと口を開けた少女だが、感動したように目を瞬かせた後にハッと我に返ったのだろう。焦ったように「ごゆっくりどうぞ」と告げて、そわそわと船内へと入っていった。

「じゃあ食べましょうか」

「腹へったー」

そして三人は新鮮な海鮮料理に舌鼓《したつづみ》を打ちながら、今日一日の予定を話し始めた。


時折上空を通過する魔鳥の影を見上げながら、リゼル達は目的の船に辿り着いた。

「あ、ありましたよ。釣り体験」

「ほんとにやんスか」

「やります」

リゼルが酒場で作業員の男達に聞いていた釣り体験の船。

アスタルニア国民にとっては馴染みのある趣味だからか、そこかしこに似たような船がある。釣った直後にその魚を調理して貰えたり、魚の種類や重さによって景品があったりと何かしらの特典があるのが面白い。

すれ違う人々に二度見をされながらリゼルが船上を見渡せば、ふと声がかけられた。

「おう、冒険者殿が来るたぁ箔《はく》がつくなぁ」

釣竿を担ぎながらやってきたのは、リゼルの釣り初体験の時に桟橋を紹介してくれた漁師だった。

「どうだ、釣りの面白さってもんが分かったか！」

「今日はリベンジです」

「あぁ、そういや……」

漁師はやや顔を引き攣らせながらも、納得したように頷く。

何せ彼は以前、どうだ釣れたかと覗き込んだ籠の中で大量の毒魚が泳いでいるのを目の当たりにしている。あれを持ち帰って一体どうしたのかと考えている彼は、一匹残らず信頼するパーティメンバーに食べさせた事実を知らない。

「釣り竿一本の貸し出しで銅貨三枚。三匹まではは無料だが、それ以降は一匹ごとに銅貨一枚で焼いてやるからな」

「じゃあ俺だけで」

リゼルはごそりとポーチを漁って、銅貨三枚を漁師へ手渡した。

そして受け取った釣竿を手に甲板をうろつく。良いポジションを探しているのだろう。その姿を眺めた漁師が〝なんと釣竿の似合わない男なのか〟といっそ感動していた。

流石の海の男もリゼル相手に堂々と「似合わねぇな！」と爆笑はできないので内心で呟くに留めていたが。

「あいつ似合わねぇな」

「リーダー良い！　こっち向いて！」

だが直後、遠慮なく言い放ったジルと大爆笑するイレヴンを、こいつら言いやがったと漁師は凝《ぎょう》視《し》した。しかし直ぐに流石だ流石だと頷き、釣竿を担ぎなおす。そのまま去っていくその背こそ釣竿が似合う男というものだろう。

「そんなに似合わなくもないと思うんですけど」

「違和感しかねぇよ」

リゼルはやや不満そうにジルへと釣竿を渡した。

怪訝そうながらも一応受け取ったジルと釣り竿の組み合わせは意外とありだった。少なくともリゼルのように、見た人間が状況についていけなくなる事はない。普通に釣りをするように見える。

「イレヴン」

「ん」

今度はイレヴンに渡す。

こちらも普通にありだ。むしろ慣れていそうな気さえする。

「イレヴンは釣り、慣れてるんですよね？」

「最近はあんまかなァ。まぁリーダーよかできんのは間違いねぇけど」

「お父様が狩人ですしね」

生粋の狩人である父親を持つイレヴンは、森の中で川に魚を釣りに行く父親に同行する事も度々あった。もれなく帰り道は迷ったが特に気にする事もなかった。

そしてジルも普通に子供時代に釣りで遊んだ事がある。その後ろ姿がまるで武人の精神統一のようだと噂されていた事を本人は知る由《よし》もない。

「おら、さっさと場所決めろ」

「ん、そうですね。空いてるし、あそこにします」

同じく釣りに興じている面々と被らない場所。

見つけた船縁に近付いていて、リゼルは海を覗き込んだ。あまり大きくはない船なので海面との距離は近く、波が船体にぶつかる水音がよく聞こえる。

そしてリゼルは手に持った釣竿を見上げ、それをくるくると手元で回しながら巻きついている糸を外す。吊り下がった針を摘み、船縁に置かれている餌《えさ》を見下ろした。

そこかしこに置かれている餌箱には定番の餌が用意されている。宿主の手作りとはまた違った練り餌、大小さまざまな魚卵、そして激しくビチビチと動いている種喰いワーム。放置されようと元気を失わないあたりが小さかろうと魔物だろう。

「前やった時も、こんな感じで三種類の餌があったんですよ」

「へぇ」

「あの宿主凝り性っぽいもんなァ」

リゼルの隣からイレヴンとジルも餌を眺める。

「一番釣れたのはやっぱりコレで」

「ぎゃあぁぁぁリーダー何で鷲掴《わしづか》んでんの!?」

指先でひょいと種喰いワームを持ち上げたリゼルにイレヴンが叫んだ。違和感どころじゃなかった。

「ちょ、何でそれ選ん、置いて！　とりあえず置いて！」

「魚からしてみると、活きも鮮度も良いし食べ応えがありそうだなと思って」

離せ離せと騒ぐイレヴンを流し、リゼルはワームの腹か背中か分からない部分にぐいぐいと針を押しつける。魔物だけあって妙に固い表皮はスッと針を通させてくれない。

こいつ器用な癖に変な所で手付き危ういな、と微かに眉を寄せながら手元を眺めるジルを尻目に、リゼルは無事一発で餌をつけることに成功した。もはやイレヴンは項垂《うなだ》れている。

「投げ入れ方も練習したんですよ」

そしてリゼルがスッと立ち上がり、釣竿を構えた。

「こうして引いて、手首を返しながら」

ひょいっと後ろに振られた竿の先。激しく動くワーム付きの針を、ジルは同じく立ち上がりながら体を引いて避けた。イレヴンほど過剰反応はしないとはいえ、わざわざ当たりたいものではない。

「前にひゅっと投げると狙った所に行くみたいです」

〝ひゅっ〟の部分で勢い良く翻《ひるがえ》った針が、しゃがんだイレヴンの横っ面を狙う。

何とも言えない目をしていたイレヴンは、それに気付いて咄嗟に頭を下げた。その頭上スレスレを通過した針が、ポチャンッと輝く海に沈んでいく。

狙っていた場所に行ったのか、リゼルが満足げに頷いた。

「ほら、上手くいきました」

嬉しそうな顔に、本当に上手く行ったのかと聞ける者はいない。

イレヴンはぎこちなく頷き、ジルは楽しそうで何よりだと溜息をついた。

「三匹まで無料みたいですし、三人分は釣れると良いですね」

「釣れんのかよ」

「さっきからちょいちょい漁師が餌撒《ま》いてっし、寄ってきてんじゃねッスかね」

周りの様子を窺えば、それなりの頻度で釣れているようだ。

甲板の上には、器用に作られた焚き火がある。そこで釣った魚を焼いてくれるのだろう。塩を塗りこみ串に刺すだけだが、焼ける所を見ているとやけに美味しそうに見えてしまう。

「ああいう魚の丸焼き、一度食べてみたかったんですよね」

「野営じゃニィサンが魚よか肉だからなァ」

「肉獲るほうが楽だろうが」

獲るのが難しかったとしても肉を選ぶ癖に、とリゼルが可笑しそうに笑っていた時だった。ぐぐ、と竿の先がひと際大きくしなる。

更に手の中で竿が跳ねる感覚に、どうやら魚がかかったらしいと力を込めた。

「ん、来ました」

「結構早かったッスね」

ジル達が浮き沈みする浮きを眺めるなか、リゼルは慎重に魚を引き寄せていく。なにせ以前、かかった瞬間に思いきり釣竿を振り上げたら見事に糸が切れたからだ。

そして充分に近付いた頃、両手でしっかりと竿を握ってそっと持ち上げた。引き上げられた糸の先で、時折ビチリと跳ねる魚が三人の前で揺れる。

「……イレヴン」

「はいはい、食う食う」

毒がある筈の魚の口を平然と摑み、針を外したイレヴンは焚き火へと歩いていった。

何やら漁師との間で問答が起きているが、当たり前と言えば当たり前か。問題なく食べられると分かれば焼いてくれるだろう。

「餌変えれば」

「顔が面白がってますよ、ジル」

リゼルは獲物も餌もしっかりとなくなった針を揺らしながら、何故だと真剣に考える。

ちなみにその後に釣れた二匹共、イレヴンが美味しく頂いたのは言うまでもない。

頂点に上った太陽が傾き始める頃、リゼル達は相変わらず船上祭を楽しんでいた。

しかし歩くごとに、ただでさえ人目を集めやすい三人へと向けられる視線が強くなる。盛大に疑問を孕む視線を気にはしない三人だが、何故だろうとは思っていた。

その理由は、通り抜けようとした船の上。美しく踊る女性達をのんびりと眺めていた二人の女性によって暴かれる。

「め」

「あ？」

ただ通り道として選んだ船だが、非常に混雑しているのは女性達の魅力か軽快な音楽か。

もはや参加者も入り交じっているそれを横目に歩いていれば、ふと聞き覚えのある声が腰の高さから聞こえた。リゼル達が見下ろせば、丸いテーブルで何かを呑む幼い少女と着飾った美少年の姿がある。

小説家と劇団〝Phantasm《ファンタズム》〟の団長だ。

「こんにちは。男装、して貰えたんですね」

「私の小説を劇の原作に使っていいのと、脚本二本書くのを引き換えにしたかなって！」

結構な不平等取引な気がしたが、小説家が良いのなら良いのだろう。

どうやら男と一緒に船上祭に参加すると何人かに宣言してしまっていたらしく、後には引けなくなったとのこと。女のプライドを守る為ならば安いものだという。

「お前ら何でこんなトコにいんだコンニャロ」

すっかりと美少年に変身した団長が、その顔を訝しげに顰めながら告げる。手にした飲み物のストローから唇を離し、どういう事かと不思議そうなリゼルに言葉を続けた。

「招待されてんじゃねぇのか」

「招待、というと」

「あれに決まってんだろうが！」

ぐいっと親指で示されたのは中央船だった。

一際目立つ船は、今や途轍《とてつ》もない盛り上がりを見せている。離れていようとそれが伝わってくる程で、たとえ乗船できずとも打ち上げられる魔法の演出などを楽しむ為に、周りに集まる者も多い。

「いえ、抽選には行ってないですし。招待もされてないので」

「はぁ⁉」

訳が分からんとばかりに団長が声を上げる。

誰も抽選にリゼルが行くとは思っていない。行かずとも招待されるのが当たり前だと思っているし、そしてそれはアリムとの繋がりを知らない者でも同じ事を思っただろう。

それは団長や小説家も同様だ。冒険者だと知っていても、目の前にいる男を招待せずに誰を招待するのかと感じてしまう。

「さっきから不思議そうに見られてたのはそういう理由なんですね」

「お前は本当にどうしようもねぇな」

「俺の所為じゃないです」

リゼルもそこは譲れない。

「つかリーダー招待しようかって言われて断ったし」

「てめぇらは相変わらずだなコンニャロ……」

イレヴンの言葉の意味が分からずポカンとしている小説家とは別に、団長は諦めたように姿勢を崩してストローへと齧りついていた。きつい炭酸をものともせずにゴクリゴクリと一気に飲み干す。

「あ、そういや」

ふっと彼女はストローを離し、思い出したかのように口を開いた。

「あれ見たぞ、迷宮品展示」

「団長さんは興味がないと思ってました」

「コイツが見たがったんだよコンニャロ！　〝らしい〟もん出しやがって！」

リゼル達は見に行っていないが、非常に納得した様子の団長に、パーティのイメージが反映されるというのは本当なのだとリゼル達も改めて実感した。迷宮も全力で空気を読んだ甲斐があったというものだろう。

しかし、とリゼルは小さく首を傾けた。あの性能面ではプラマイゼロの迷宮品を〝らしい〟と言われてしまうと非常に複雑なのだが。

「相手が受け入れる事柄につき命令を行える、とか冒険者が出す迷宮品かコンニャロ！」

配慮された表記にギルドの気遣いが垣間見えた。


それからリゼル達は様々な船を訪れた。

リゼルが途中、本の集まる船から動かなくなり。イレヴンが賑わいの中で運ばれる料理をすれ違い様に勝手にとって食べたり。ジルが酒蔵で値段問わず買い漁った為に展示で終わる筈だった目玉商品が軒並み消え去って商人達が泣いたり。闘技場のような船で参加せずに見学していたら参加中の冒険者に「やりづらいからいっそ出て」と言われたり。

三人はそれぞれ、おおむね祭りを満喫したと言えるだろう。

そして空が徐々に暗くなり、絶えぬ賑わいは雰囲気を変える。子供の笑い声と駆けまわる足音が消え、船は様々な色のランプを幻想的に灯し始めた。

祭りは、全く別のものへと変じる。

「夜の部っていうんでしょうか。こういうの、アスタルニアは好きそうですよね」

騒がしい筈なのに、波の音は鮮明に聞こえる。不可思議な空間は、しかし高揚した空気を陰らせる事なく祭りは続いているのだと伝えてきた。

リゼルはギィ、と小さく板を軋《きし》ませながら船を渡る。その後ろを同じくジル、そして全く足音を鳴らさないイレヴンが続いた。足元の黒い海がランプの灯りを映し、揺れる。

「案内役もいなくなりますし、ちょっと不便ですけど」

「面白そうなトコは俺が目ぇつけてるからだいじょぶ」

「てめぇが選ぶと趣味悪そうなんだよ」

「割とちゃんとしたトコ選んだっつの！」

幾つもの船を渡り、細い階段を上った先。船縁から甲板へ、取りつけられたタラップを下りて足を踏み入れたのは中央船にも劣らぬ巨大船舶だった。

黒と赤を基調とした花が惜しみなく飾られ、船室への扉は開け放たれている。その手前に立つのは、まるで用心棒のように屈強な二人の男。ピンッと金貨を親指ではじいたイレヴンが、男へとそれを投げ渡して当然のように船内へと入っていった。

可笑しそうに、呆れたようにリゼルとジルは視線を交わし、イレヴンに続いて足を踏み入れる。

「船上ギャンブル、リーダー連れて来ようと思ってたんスよね」

「こういうちゃんとしたギャンブル場、初めて来ました」

楽しげに撓《しな》る赤の髪を眺めながら、リゼルは咲き乱れる花々の香りを吸い込んだ。噎《む》せ返《かえ》りそうになる程のそれは、しかし非現実的な空間を作り出して人々を煽る。

「俺もニィサンもいるし、楽しむ事だけ考えてて」

「俺を数に入れんじゃねぇ」

「お手柔らかに」

そんな三人を下り階段の最奥にある扉が出迎える。その向こうでは、人々が一夜限りの享楽に浸っているのだろう。

船上祭は、夜を迎えた。

96.

「ようこそ、カジノ〝仮面舞踏会《マスカレイドパーティー》〟へ」

カジノなのに舞踏会、とリゼルは何かを納得したように一度頷いた。

つまり舞踏会がテーマの巨大カジノ。豪奢な装飾を施された船内も、階段の先で待ち構えていた男の派手な仮面もそれを模しているのだろう。

流石アスタルニア、バカ騒ぎだけが盛り上がりではないというように、イベント事への妥協も一切ない。リゼルを出迎えた男は淑女をダンスに誘う紳士のように礼をとり、顔を上げて三人の姿を確認するなり驚愕を浮かべ、しかしすぐに平静を取り繕って唯一露になった唇に笑みを浮かべてみせた。

「ここから先はドレスコードが御座います。衣装は銀貨十枚より貸し出しておりますので、どうぞお好きなものを身につけてお進みくださいませ」

「面倒臭ぇな……」

「えー、楽しいじゃん」

仮面の男が自らの背後の扉を開けば、そこは衣裳部屋のようだった。

建国祭の衣装とは違う、いかにも貴族がパーティーで身につけそうな煌びやかな衣装が並ぶ。壁際には分厚いカーテンで仕切られたフィッティングルームが幾つか。今も一組の男女が衣装を選び、奥の扉へと消えていった。

衣装を貸し出すにしては高めの値段は、この船が他の船と比べて賭博場としての格が上だと知らしめる。入場する時に渡した金貨といい、その程度が払えない客は来るなと言いたいのか、それともただそれっぽい雰囲気を出したいのか。

成程、イレヴンがリゼルを連れてくる筈だとジルは一人溜息《ためいき》をついた。

「こういった趣向のカジノなんですね。レートも高そう」

「負けたら一杯とか小銭稼ぎのギャンブルなんてリーダーにやらせたくねぇもん。ぜってぇ似合うと思ってさァ」

リゼルは光栄だと微笑み、さてと衣裳に溢れた部屋の中を確認した。

衣装だけでなく、アクセサリーや仮面。その他身支度に必要なものは全て揃っている。

「俺はこちらに来た時の服があるし、あれでも……あ、でも舞踏会って感じではないですね」

「お前あれはガチすぎんだろ」

「は？　あ、あー、そういやそうか。え、俺見たいんスけど」

なにせリゼルが世界を跨《また》いだのは仕事中。やや息抜き気味のこと。

登城していたという事もあり、一流の職人によって仕立て上げられた服には違いない。誰と顔を合わせようが失礼のない身なりはしていたが、舞踏会という華やかな場にはそぐわないだろう。

「折角借りられるんだから借りましょう。ここの衣装と比べると地味ですし」

「えー、見てぇのに」

「今度見せてあげますよ」

文句を零すイレヴンに笑い、男へと銀貨を渡して衣裳部屋の中へと入っていくリゼルの後ろ。イレヴンが悟ったかのようにちらりと銀貨を掌で転がしているジルを見た。

「地味とかマジで言ってんの？」

「あいつにとってはそうなんだろ」

「……まぁリーダーにとっては普段着か」

「じゃねぇの」

ジルは初めてリゼルを目にした時の事を思い出す。

確かに派手な色合いではなかったが、細かな装飾や繊細《せんさい》な刺繍は決して飾り気がないとは思わせなかった。清廉《せいれん》な空気を際立たせるようによく考えられたデザインは、まさしくリゼルだけの為に仕立てられたものだ。

つまり着れば全力で貴族になる。普通にギャンブルを楽しみたいならばやはり避けたほうが無難だ。

「借りようが似たようなもんだろうけどな」

「リーダーだしなァ」

それだけ言い残し、イレヴンはぱっと足早に衣装を選んでいるリゼルの元へと向かう。その後ろを面倒くさそうにジルも続いた。

「どれにしましょうね」

「リーダーの俺選んで良い？」

「良いですよ。ジルは」

「変じゃなけりゃ何でも良い」

三人で、いやリゼルとイレヴンであれでもない、これでもないと吟味していく。

「色々ありすぎるのも悩みますね……あ、やっぱり生地とかは普通です」

「まぁ遊びみてぇなもんだし」

悪くはないけれど、とリゼルは次々と衣装に目を通していく。

格式のある舞踏会といったものもあれば、アスタルニアの民族衣装といったものもある。まさしく舞踏会に着ていくものなどは元の世界では専門の職人に任せ、選ぶとすれば〝どちらの生地の色が良いか〟程度だったリゼルにとって、少しばかり新鮮な体験だった。

「ジル、これとかどうですか？」

「や、ニィサンはこっちじゃねぇの」

黒い。

「……好きにしろ」

希望がないのだから反論などしようもないジルだ。

特に、リゼルもイレヴンも本心で似合うと思って選んでいるのだから尚の事。二人とも一番しっくり来る衣装を選ぶと黒になるだけで悪意はないのだ。

イレヴンに関しては、やや面白がっている感はあるが。

「ジルは足が長いですし、足元をスッキリさせて」

「でも全力でガラ悪ィじゃねッスか。なら上は抑えめに」

上はこれで下はこれで、あれを合わせてこれを重ねてと試行錯誤するリゼル達。

そしてついに選び抜かれた衣装は、銀の刺繍が入っているもののやはり黒。満足げなリゼルにそれを渡されたジルが、全てを諦めたかのように無言でフィッティングルームへと消えていく。

「リーダーはこれ。これの上にこれ着て、上からそれ羽織って」

「ちょっと派手じゃないですか？」

「ここじゃ地味なほうッスよ」

リゼルは納得しながら渡された衣装を受け取った。

此処に置かれた衣装のどれも、王都では派手に分類されるものばかり。むしろ、イレヴンが選んだリゼルの衣装など他と比べれば落ち着いているほうだろう。

「俺はコレにしよー」

「それ、下だけあっちに変えてください。それで、靴がこれ」

「お、それっぽい」

より舞踏会らしく組み代えられた衣装に満足げなイレヴンと共に、リゼルは分厚いカーテンを潜った。フィッティングルームの中は一人ずつ区切られており、女性だろうと安心して着替えられるようになっている。

新たな客が訪れたのだろう。カーテン越しに、楽しそうに衣装を選ぶ声が聞こえてくる。衣装選びで手を抜かないのは皆同じかと、リゼルは微笑みながら外套を脱いだ。

「いて、リーダー金具引っ掛かった」

「大丈夫ですか？」

髪に引っ掛かった服を片手にひょいっとカーテンから顔を覗かせたイレヴンと、同じくひょいっと顔を出したリゼルを目の当たりにして、新たな客人はびくりと肩を揺らしていた。

「何でこんなに金具多いんだっつうの……」

「服がよれると見栄えが悪いですからね、ぴっしり着るために固定する部分が多いんです」

痛みがないように、なるべく優しく金具を外してやる。

イレヴンは暫くじっとしていたが、外れた事を伝えれば礼を告げてカーテンの向こう側へと再び引っ込んでいった。リゼルも良かった良かったと着替えを再開する。

そんな二人に、一体何をしているんだと呆れたジルが首元の金具を閉じた。しかし若干の息苦しさに、眉を寄せてすぐに外してしまう。

「終わったぞ」

ジルは用意された靴へと足を通し、数度床を蹴って踵を押し込んだ。コツリ、と靴音を立てながらカーテンを出てリゼルへと呼びかける。

「あ、先に行かないでくださいね。髪もセットしたいです」

変なところでこだわりを持つのがリゼルだろう。

ジルは小さく舌打ちを零し、緩めた襟元に指をかけて更に寛げた。温暖なアスタルニアの気候は、夜になって少しは涼しくなるとはいえ着込んでいるには少々暑苦しい。

そんなジルの姿を、衣装を選んでいた男女が思わず目を釘付けにしていた。しかしすぐにハッと我に返った男が、ジルから視線を離せない女へと慌てて声をかける。

「俺も終了。じゃぁん」

次に着替えを終えたのはイレヴンだった。

派手な相貌をしているだけに、華やかさには事欠かない。しかし彼にしてはシックな服装だ。イレヴンにしてみればというだけで、衣装としては普通に華やかなのだが。

彼の纏う癖のある雰囲気とよく似合う。その証拠に、先程までジルに見惚れていた女はどちらを見て良いか分からなくなっていた。

「てめぇにしちゃ地味だな」

「リーダーに合わせんならやっぱ格式っつうの？　そういうの欲しいし」

言われてみれば、とジルは己の衣装を見下ろした。

イレヴンと並んでも違和感はない。三人で並んで調和がとれるような衣装を選んだのだろう。あの短時間でよく選んだものだと、感心すると共に若干引いた。

「リーダーまだぁー？」

「すみません、もう少しです」

リゼルは相変わらず着替えが遅い。

そしてジル達がカーテンの前で話しながら待つこと少し。宣言どおり数分もしない内に衣擦《きぬず》れの音が止み、姿を現した。

「こういうの、久しぶりですね」

どちらを見るとかではなく一択だった、と後にリゼル達を見ていた女は語る。

「また似合うな、お前……」

「ただの本物じゃん。あーあ、リーダーもう二度と冒険者扱いされないー」

「えっ」

何故、とリゼルは自らの格好を確認した。

それほど派手ではない筈だ。そもそもジル達だって似たようなものを着ているのに。そう考えながらも、その手は腕にかけていた上着を自然な仕草でジルへと差し出している。

「……」

ジルは何も言わずに受け取り、広げながらリゼルの後ろへと回った。

構えてやれば、あまりにも当然のようにリゼルが腕を通す。慣れきった動作は、それだけで人を従えるに足ると確信させる程に悠然としていた。

これを、考え込んでいるが故に全く以て無意識に行うのだから完全に自業自得だろう。

「え？」

「リーダーそれわざと？」

リゼルが後ろを振り返った。肩越しにぱっと上着の襟から両手を離し、意地悪く唇を笑みに歪めるジルと目が合う。

「……久々にちゃんとした服を着たので、つい。すみません、ジル」

「いーえ」

やってしまったと眉を落としながらリゼルは襟を整えた。

実はリゼルが此方に着たばかりの頃、一度同じようにやらかした事がある。その時は「てめぇの従者じゃねぇよ」と嫌そうに言われたのだが、今回はどうして乗ったのか。

それは恐らく、ただの遊び心なのだろう。リゼルは振り返り、その黒橡《こくしょう》の髪へと手を伸ばした。

そのまま前髪を指で梳《す》くように奥へと滑らせる。

「髪、どうしましょうか。色々あるんですよね、男性用の髪飾りとか」

「このままでも良いだろ」

「嫌です。あ、全員でお揃いとか仲良しに見えるかも」

「寒ぃよ」

「冗談ですよ」

笑って髪に触れた手を離す。

そして残る感覚がくすぐったいとばかりに髪を掻き上げるジルを見て、ふと閃《ひらめ》いた。自身の前髪をひと房摘んでみる。

「それ良いですね」

「前髪上げる？　良いじゃん、揃えやすそう」

髪型は違っても共通点は作れる。

お揃いというのも冗談で言った事だが、リゼルは面白いかもしれないと早速用意してあった髪油を手に取った。若干嫌がるジルを少しばかり屈《かが》ませて、楽しそうに髪全体へと馴染ませる。

「ジルは、こんな感じで」

「じゃあリーダーは俺がやったげる。どうしよっかな、前髪だけふわっくるっみたいな感じで留めたげよっか」

「お任せします。イレヴンは髪を下ろしてオールバックとか……ん、そこにある花飾りと前髪を一緒に編み込んでみるのも良さそうです」

ジルは酷くこだわるリゼル達に「女か」と突っ込もうかと思ったが止めた。

女性的というよりは職人的なこだわりと感じたからだ。どうせ大の男三人、髪をいじろうが何を飾ろうが華やかになるだけで女々しくなる訳でもない。

そして彼は、好き放題に髪がいじられるのを黙って享受するのだった。


敷居の高いカジノ船は、それにも構わず大盛況だった。

大型船に相応しい広い船内は、まさしく高級カジノの様相を見せている。そこにいる誰もが豪奢な衣装に身を包み、優雅にギャンブルを楽しんでいた。

とはいえ大部分がアスタルニア国民。衣装は適度に着崩されているが、それが却って盛り上がりやすい空気を生んでいるのだろう。〝仮面舞踏会〟にしては賑やかで、ワッと歓声が上がる事もある。

トレーにグラスを器用に乗せて歩くボーイや、トランプ台の前でカードをきるディーラーも揃えた本格的なカジノだ。金貨銀貨の飛び交う空間、一夜限りのそれを享楽しようと人々は金に糸目をつけず楽しんでいる。

「でも仮面をつけないんですよね、〝仮面舞踏会〟なのに」

「一応ちょいちょいつけてる奴も居っけど。衣裳部屋にも結構あったし」

「ギャンブルで顔隠すっつうのも微妙だけどな」

そんな倒錯的な空間は、とある三人の登場で空気を変える。

初めは入り口付近で楽しんでいた人々だった。騒《ざわ》めきは徐々に広がっていく。驚愕し、後に歓喜したのは恐らく誰もが一度はその存在を耳にした事があるからだろう。

〝人魚姫《セイレーン》の洞《ほら》〟を踏破した冒険者たち。迷宮踏破を冒険者以外が知る術《すべ》などない筈が、そこに限っては違う。知る者から順番に、その情報は伝言ゲームのように伝わっていく。

まさかこの船に来るとはと、多少なりとも見知った者が高らかに指笛の一つでも鳴らしてみれば、歓迎すべき存在だと人々が沸き立った。

「すっげぇ歓迎されてる」

「盛り上がりのネタにされただけだろ」

ジルの言葉は確かなようで、人々は盛り上がりをそのままにゲームへと戻っていく。

それでも時折送られる視線にリゼルは苦笑を零し、カジノ内を見渡した。

「アスタルニアの人達って体格が良いし、派手な色が似合いますよね」

派手な装いに褐色の肌が映え、非常に華やかだ。

「リーダーは何つうの。ひょろいっつうか、薄い？」

「イレヴンも細いじゃないですか、鍛《きた》えてるなっていうのは分かりますけど」

「つってもお前よりこいつのが重いぞ」

身長は変わらないのに、とリゼルは感心したようにイレヴンを見た。

蛇の獣人は筋力が目に見える形で現れないらしい。鍛えた分は、より筋肉の質がよくしなやかに。

その証拠に、やろうと思えばリゼルなど容易に抱えられるだろう。

「俺もそんな風に」

「なってねぇ」

ふと一縷の希望を抱きかけるも、ジルによって一瞬で潰された。

「筋トレしよう」

「止めろ」

「止めて」

リゼルとてジル達と比べるほうが悪いというのは分かっている。

今でも一般男性の平均程度の力はあるのだ。しかし冒険者の中では平均以下、今のところ何に困っている事もないが男として少しばかり思う所がない訳でもない。

それに何が起こるか分からないのが冒険者、鍛えておいて損はないだろうと口にした決意も今度は二人がかりで却下された。

「部屋で黙々と筋トレするリーダーとか見たくねぇんスけど」

「強化魔法あんだろうが」

「それとこれとは別なんです」

「今も似合いすぎってくらい似合ってるじゃん。はい、アルコールなし」

扉の前から移動しながら話していれば、一体いつの間に持っていたのか。

イレヴンによって差し出されたシャンパングラスを受け取り、リゼルは〝似合っているならまぁ良いか〟とグラスに口をつける。歩きながら広い室内を眺めれば、カジノと一言で言ってもルーレットやカードなどの様々なギャンブルが目に入った。

「君達はやりたいもの、ありますか？」

「俺はどれでも。カードとかならリーダーできる？」

「好きにしろ」

「じゃあまずはカードから」

三人は目的のテーブルへと進路を変えた。

そこかしこに置かれたテーブルやソファ、ルーレット台やドリンクカウンターなど、一夜限りなのに随分と手が込んでいる。イレヴン曰く最も高レートな船だけあって、金貨が積まれている光景も、それを失って悔しさの声を上げる者も度々目についた。

「最ッ低最悪だ！　運が無い！」

そして今まさにリゼル達が後ろを通りがかったソファで、痛恨の一撃を食らったかのような声を上げる男がいた。リアクションが大きいなぁとリゼルがちらりとそちらを見れば、天を仰《あお》ぐように仰け反った男とその仮面越しに目が合う。

「お前……」

男がガバリと仰け反っていた体を起こし、ソファの上で体を反転させた。

リゼルを凝視する相手へと、イレヴンが牽制《けんせい》するように眉を寄せ、ジルが誰からも見えない角度で腰の剣へと触れる。

「もしかして、建国祭の時に」

言いかけた男に、リゼルはぱちりと目を瞬かせた。

褐色の肌に短く黒い髪。そこまではアスタルニアでは決して珍しいものではない。

しかしその手首でシャラリと揺れる金の装飾には見覚えがある。全く同じものではないが、似たようなものを王宮の書庫で布の隙間から何度も見た。

男が何かを言おうと口を開きかけ、そしてリゼルが何かを思い出したかのように首を傾けた時だった。

「あんたって人は国お……兄君の財布から金抜き取って何遊んでんですか！」

ふいに怒りに任せた声が投げつけられ、男がしまったとばかりに笑ってソファを飛び越える。華麗にリゼルの前へと着地し、仮面越しに完璧なウインクを一つ。

「ちゃんと残ってんでしょうね!!」

「至極残念だな、今まさに無くなった所だ！」

「あんたの教育係の私も怒られるっつってんでしょうがオイ！　土下座しろ！　玉座の前で土下座しろ!!」

そして男は、やけにパワフルな老人から逃げるように扉へと走り去っていった。

何だったのかとそれを見送るリゼル達の前を、やはり怒鳴り声を上げながら老人が駆け抜けていく。もう初老も過ぎかけているだろうに、そうとは思えない程の速さだった。

「何アレ」

「この国の何番目かの王子です、多分」

「何でそいつがお前の顔知ってんだよ」

「建国祭のパレードの時に、ちょっと目が合っただけなんですけど」

よく覚えているものだと感心しているリゼルに、何かを納得したような視線がジル達から注がれる。なにせ建国祭で着飾ったリゼルはどう見てもお忍び中の貴族にしか見えなかったし、相手が外交担当だというのならば他国の貴族の顔はそうそう忘れないだろう。

それが重要な相手ならば尚のこと。王族を以て相当の立場だろうと判断されたリゼルだが、運が良いのか悪いのか、今日もそれっぽい恰好をしていた為に誤解は解消されそうにない。

「国を空けてるって聞いたけど、帰ってたんですね」

「周りも慣れてるっぽいし、やっぱ王族ウロついてんの普通なんスかね」

「酒場の噂ではそうでした」

アスタルニアらしい、とリゼルは微笑んだ。

パルテダールでは王族というのは雲の上の存在で、周りを囲む貴族も似たようなもの。住む世界の違う高みの存在を、人々は誇りながら敬意を示す。

しかし此処の王族は上ではなく前に立つのだ。国民にとっての先導者であり、だからこそ人々はついて行こうと奮起する。よって王族に親しみを持ちやすいのだろう。

「お前が酒場で歓迎されるぐらいだからな」

「え？」

「別に」

リゼルが不思議そうにジルを見上げるも、鼻で笑って流される。

「お、リーダー。ここら辺？」

「あ、そうですね」

そして三人はカジノの一角、カードゲームのコーナーへとたどり着いた。

ディーラーと向き合って台の上に配られるカードを真剣に眺める者もいれば、置かれているテーブルでソファに身を沈めながら客同士で向き合う光景もある。さて何から手を出そうかと、カード捌きの鮮やかなディーラーの手元を覗きこんでいた時だった。

「おい、そこの目立つBランク！」

「ニィサン呼ばれてる」

「てめぇ程目立った覚えはねぇ」

「見てください。あれ、俺にもできるでしょうか」

振り向きもせず言葉を交わすイレヴンとジルは、呼びかけに応えもせずに話のネタにして終わらせた。リゼルに至ってはCランクの自分は関係ないだろうと他人事だ。

ディーラーの掌から掌へと宙を移動するカードを眺め、見事なものだと話し合う三人へと再び声がかかる。

「おぉい、てめぇらだよ一刀のパーティ！」

「あ、パーティランクだったんですね」

「つか俺のじゃねぇよ」

「知名度知名度」

リゼルが声の方角を見れば、一つのテーブルを陣取った男達が笑いながら此方を見ていた。

恰好で分かりにくいが冒険者だろう、此処に居られるという事はそれなりに上位のランク。窺うようにジルへと視線を向ければ、興味なさそうに首を振られる。Sではないならハランクか。

イレヴンたち元フォーキ団のような、歪《いびつ》ながらも洗練された空気ではない。荒々しい覇気《はき》を纏った面々は成程、実力者なのだろうと思わせる。豪快に気崩した衣装がよく似合っていた。

「俺らとひと勝負ってのはどうだ？」

「良いですね。どれから手をつけようか迷ってたんです」

揺らされるトランプと挑発するような笑みに、しかしリゼルは至って常の通りに微笑んだ。いつものように髪を耳へとかけようとして、そういえばいつもと髪型が違うのだと空振りながら歩み寄る。

「お手柔らかに」

告げながら男達の向かいのソファに腰かければ、その両隣にジル達も座る。周りでギャンブルを楽しんでいた人々の視線が、自然とこのテーブルへと集まった。

「あんた慣れてねぇだろ、定番にポーカーでもやるか？」

「そうですね。こっちのテーブルにはディーラーがつかないんですか？」

「おう、自分達で配るんだ。イカサマ疑うなら降りといたほうが良いぜ」

笑い声を上げる男達を前に、リゼルはそういうものなのかと頷いた。

この一夜限りのギャンブルでは、チップというものは使われない。定められたレートのままに金貨や銀貨がやりとりされ、目に見える形で増減する資金はより人々を煽る。

それはこの船に限らず、何処の船でもそうだろう。行き過ぎた搾取《さくしゅ》には指導が入るが、基本的には無一文になろうが自己責任で片付けられる。

「イレヴンが前に言ってた裏カジノってていうのもこんな感じですか？」

「んー？　自己責任で終わらねぇ責任被せられっからこんなんは良心的」

リゼルはちょっと気になる、と思いながら配られた五枚のカードを見下ろした。

互いに金貨を積み、ベットして手札を持ち上げる。リゼルの手札はツーペア、良くも悪くもない。

イレヴンも口元を笑みに染め、肩を寄せるようにリゼルの手元を覗き込んできた。その手が伸ばされ、カードを摘んで器用に並びを整えていく。

「これドロー？」

「いえ、それよりもこっちのほうが」

堂々と話し合う姿に口に出すなと呆れながらも、ジルは我関せずと腕を組んで傍観の体勢へと入った。ギャンブルは嫌いではないが、積極的に参加するほど好きでもない。

そして勝負は何事もなく進んでいく。互いに提示した資金は均衡を保っており、どちらかが過剰に有利になる事もなければ不利になる事もない。その展開に飽きたように、ふと向かいに座る男が口を開いた。

「これじゃあ勝負がつかねぇなぁ。どうだ、此処らで冒険者らしくでかい一発勝負にでも出てみねぇか」

「というと？」

「賭けるのは迷宮品だ」

笑みを深めた相手に、リゼルは彼らの狙いを悟る。

リゼル達のように、空間魔法付きの鞄《かばん》を持っている冒険者など滅多にいない。当然、目の前の冒険者も持ってはいないだろう。それなのに迷宮品を賭けてみせるというならば、その対象は目の前で提示してみせずとも現物があると証明できるものだ。

つまり、ギルドの迷宮品展示。あれならば口約束でも立派に取引が成立する。

「こういうの、釣り合わなきゃ駄目だと思うんですけど」

「俺らも結構性能良いモン出してるからな。迷宮品のランク的には変わんねぇよ」

リゼル達の出した迷宮品もしっかりとリサーチ済みのようだ。

今まで当たり障りのない勝負をしていたのも、この展開に持って行きたかったのかもしれない。

リゼルの迷宮品は性能こそ大したものではないが、装飾品としての売値を思えば十分に高ランク。

冒険者達もその口ぶりからして、容易に手放せるものを出した訳ではないのだろう。

それを一発勝負で賭けようというのだ。よほど自信があるのか、それとも。

「良いですよ」

色々考えながらも、リゼルはあっさりと了承してみせた。

その即決は相手の男達に微かな警戒を抱かせたが、しかし彼らはそれを自分に都合の良いように受け取った。リゼルが冒険者である事も忘れて、例の王冠さえはした金だと簡単に手放せるようなでかい獲物がかかったのだと。

「此処に居る全員が証人だ、降りんじゃねぇぞ！」

「降りませんよ」

男が声を張り上げれば、このテーブルに注目していた観客から歓声が上がる。

そしてカードが配られた。それらをめくる前に既に抑えきれぬ笑みを浮かべる男達を見て、やはりそういう事なのだろうとリゼルは笑みを崩さず自らの手札を見下ろす。

ノーペア。偶然だというのは容易《たやす》いが、とカードで口元を覆いながらじっと向かいに座る相手を見た。

「何だかイカサマの気配がします」

「おいおい、手札が悪いからってイチャモンつけてんじゃねぇぞぉ」

「大体イカサマしてたとしても、証拠がなけりゃしてねぇのと同じじゃねぇか。見抜けねぇ奴が悪ぃんだよ」

もはや勝負からは降りられない段階に来ているからか。余裕を醸し出し、早くも勝利の余韻に浸りきったような声で男達はそう告げた。

その言葉に周囲は本当にイカサマがあったのではとザワついたが、今宵《こよい》は自己責任。互いの了承があればどんな勝負も成立する。証拠がなければイカサマだと責められないのも、見抜けないほうが悪いというのも暗黙の了解であった。

何より面白い展開ではないかと、むしろ周囲の興奮は高まっていく。

「それを聞いて安心しました」

どう出るのかと視線が集まる中、ふいにリゼルが楽しそうに笑った。

口元を隠していたカードを離し、訝しげな男達に目元を緩めてみせる。身につけた衣装も相成り、高貴さを増した姿は貴種そのもので誰もが息を呑む。

そんなリゼルに、イレヴンがトンッと再び肩を寄せた。触れ合う肩をそのままに、彼はリゼルの手にしたカードに指先で触れる。

「リーダー、すっげぇの引いてんじゃん」

「でしょう？」

その指が、先程までと同じようにカードを並び替えていった。

違うのは、並べ替えられるごとにカードの数字や模様が変わっていく事か。正面で見ているリゼルでさえ追いきれない動きで、しかし流れるような手つきで瞬く間に数字を揃えていく。

撫でるように数秒。手元にあるカードに配られた時と同じものは一枚もない。その内の一枚をピンッと弾いて、細く長い指が離れていく。

「ドローは無しで。レイズしたいぐらいですけど、チップがチップなので無理そうですね」

「煽っても引いてやんねぇぞ」

「引いて貰っては困ります」

ハッタリだ、と彼らが決めつけたのも仕方のない事だろう。これほど注目を集めておきながら、ジル以外の誰もイレヴンが行った事を理解できなかったのだから。

男達がリゼル達に目をつけたのも仕方がない事だっただろう。見るからにギャンブルに不慣れで金を持っていそうなリゼルなど絶好のカモであり、纏う清廉とした空気はイカサマになど気付きもしないと思わせるのだから。

彼らの最大のミスは一つだけ。視野の狭さで役の頂点を見誤った事だ。

「俺の勝ち、ですね」

「ッんだと……！」

冒険者達の前に並ぶのはロイヤルストレートフラッシュ。

そしてリゼルの前に並ぶファイブカードに、見ていた者達は歓声を上げた。

「てめぇ何時仕込みやがった！　ジョーカーなんざ入れてねぇぞ！」

「やだな、変なこと言わないでくださいよ。抜き忘れたんじゃないですか？」

可笑しそうに笑いながらも、リゼルの手は褒めるように隣に座るイレヴンの頬を撫でる。心地良さそうに目を細める姿に瞳を甘く染め、男達へと向き直った。

「証拠がなければイカサマなんて無いし、あっても見抜けないほうが悪いんですよね」

男達が奥歯を噛みしめる。

乱闘に持ち込んでうやむやにしようにも、一刀の存在がそうさせない。もし一挙一動に反抗の意思を混ぜれば、間違いなく牽制を浴びるだろうと理解している程度には彼らもAランクだけあって理性的だった。

挑んではいけない相手に挑んだのだと、男達はようやく気付く。

「迷宮品、展示が終わったらギルドに預けておいてください」

了承する以外の選択肢を持たない男達を尻目に、イカサマっていうのもギャンブルっぽくて良いなとリゼルが感心していた時だった。

ふいに隣に座るジルの腕がリゼルの背後の背もたれへとかけられる。どうしたのかとそちらを見る前に、歓声がやかましいとばかりに顰められた顔が近付いてきた。

耳元でその唇が零した囁きに、リゼルは柔らかく微笑んで頷く。

「イレヴン、俺達は一度甲板に出ますけどどうします？　遊んでますか？」

「えー、何で？　リーダー満足してねぇっしょ」

「ちょっと涼むだけです」

ちょい、とリゼルが指でジルを指してみせる。

そこには人一人殺した直後なのではと思ってしまう程、危機迫る空気を醸し出す姿があった。衣装を整えている今はぎりぎり影のある男と言えなくもない事もないかもしれないが、普段どおりの格好だったら誰もが視線を逸らしながら視界に入らないように走り去っていくだろう。

あー、とイレヴンも頷く。周りを囲む観客、歓声が上がるほどの興奮、そして着込んでいる事も相まって暑さに弱いジルの忍耐が限界を迎えつつあるようだ。

「遊んでる」

「そうですか。あっちに庭園があるそうなので、其処《そこ》にいますね」

「りょーかい、あんま遅いとつまんねぇけど」

「そんなに長くはいませんよ」

そしてリゼル達は後悔しきりの男達を残してソファから立ち上がり、それぞれ人々の合間を縫って歩き出すのだった。

「お前も遊んでりゃ良いだろうが」

「いえ、此処も見てみたかったので」

船の上で、恐らく一番高いだろう甲板にジルとリゼルは並んで立っていた。

庭園というのも何かと思っていたが、仮面舞踏会のイメージに反する事なく整えられた場所は確かにそれらしく見える。柵に絡みつく漆黒や真紅の花々が幻想的なランプに照らされ、遠くに置かれたベンチにはまるで貴族の逢瀬《おうせ》のように着飾った男女が座っていた。

ロマンチックというよりは幻想的。お陰で男二人でも大して浮かずに済んでいる。浮いてもリゼル達は気にしないが。

「高いから他の船も見えますね」

「落ちんなよ」

ジルは柵に背を凭《もた》れ、リゼルは柵に手をついて巨大な船に寄り添う船を見下ろした。

それらは黒い海の上で幾隻も連なり、精一杯に光を灯して美しい。そこかしこから歓声や叫び声、笑い声や怒鳴り声が微かに届き、人々が存分にこの夜を楽しんでいるのだと伝わってくる。

「あ、あれって団長さん達じゃないですか？」

「あ？」

ふいに、真下にある一隻の船をリゼルは指さした。

ジルもそちらを見れば、賭け場で屈強な男達に囲まれる美少年と少女という非常に危険な光景が広がっている。「運、良さそうですよねぇ」とほのほの言っているリゼルが一体何を思ってそれ程までに穏やかな感想を零しているのかジルには全く理解できなかった。

「そこだ来い、来い……てめぇサイコロいじってんじゃねぇだろうなコンニャロ！」

「六！　六来てほしいかなって！　おっしゃ来たぁぁ――!!」

あまり見たい光景ではなかったな、とリゼル達は思わずじっと眺めてしまった。

しばらく見ていると案の定、騎兵か船兵かはよく見えないが知らせを受けたらしい兵士が慌てて二人に駆け寄っていく。子供がどうのと薄らと聞こえてきたので、相変わらず盛大に誤解を受けているようだ。

この件に関しては兵士に落ち度はない気もする、とリゼルは団長に鳩尾《みぞおち》を殴られて撃沈した兵士を見下ろしていた。勢い良くギャンブルに戻って行く二人に、兵への思いやりなど欠片《かけら》もない。あるのはギャンブルに堕ちきった魂だけだ。

「ああいう……いかにも賭博？　みたいなギャンブルもやってみたいんですけど」

「浮くから止めとけ」

二人がのんびりとそんな事を話していると、ふいに庭園の奥で何かを言い争う声が聞こえた。普段のリゼル達ならば気にすることなく「流石にナハスさんは来ないですね」とのんびり話していた筈だが、しかしジルは微かに眉を寄せてリゼルを見下ろす。

何故なら聞こえた声は若い男女の声。馬鹿にするような男の声とひたすらにか弱い女の声だ。

「本当にお前はこの国の女と比べて色気がない。今夜も俺がエスコートしてやるって言っているのに露出の一つも躊躇《ためら》うし、俺に恥をかかせたいのか」

「ご、ごめんなさい……」

男を諫《いさ》める声もするので、男の友人がもう一人いるのだろう。

リゼルは女性ならば誰にでも手を差し伸べる訳ではない。しかし基本的にはフェミニストなのだと、そちらへ歩き出した姿を見送りながらジルは諦めたように柵へともたれかかった。

そして溜息を一つ。もうしばらく、船内へと戻る事はなさそうだ。

97.

少し離れた場所で友人と話し合う婚約者を見て、彼女は悲しみを隠すように目を伏せた。

互いにマルケイドという商人が集まる街で、そこそこ軌道に乗った商売をしている家に生まれた。

親同士が友好な関係を築いていた為に小さい頃から仲が良く、それは二人が家業の手伝いを立派にこなすようになった頃でも変わらなかった。

交渉に強いが経営に弱い男と、経営に強いが交渉に弱い彼女は苦手を補うように自然と共に商売に向かうことが多くなる。そんな二人を見た親同士が、いっそ結婚して店同士合併するのも良いかもしれないと言う程にそれは上手くいっていた。密かに男を慕っていた彼女はそれを喜んだし、男も拒否しなかったからこそ婚約者の立場にいる。

しかし彼女は婚約者から愛の言葉を贈られた事もなければ、今のように色気がない恥ずかしいなどと言われる事も日常茶飯事だった。

「(確かに……色気は無いけれど)」

伏せた視線の先には自らの貧相な体があった。

それなりの身長はあるにも拘らず、何を食べても肉などつかない体は凹凸《おうとつ》が少ない。友人には細くて羨《うらや》ましいと言われるが、自身から見れば柔らかく女性らしい丸みを持つ友人のほうがよほど羨ましかった。無い物ねだりなのは分かっているけれど。

友人に祭りに誘われたからパートナーとして来いと得意げに告げた彼に、喜んでアスタルニアまでついて来たが、来なければ良かったかもしれない。確かに彼が言った通り、この国の女性は魅力的な体を持つ女性が多いのだから。

「私だけ、なのかしら」

思わず口から漏れてしまったのは、何年も胸に秘めていた想いだった。

恋焦がれているのは自分だけなのだろうかと、彼女はいつだって不安を抱えている。彼が婚約を断らなかったと聞いた時は喜んだが、それはただ家業の為だけなのかもしれない。

小さい頃から共にいるのだ。仲が良いとは思っているし、婚約する前からもお前は色気がないだの少しは着飾ってみたらどうだだの言われていた。今更の悩みなのかもしれないが、しかし彼の中では腐れ縁のままで、恋慕を抱かれていない可能性は大いにある。

ちらりと視線を上げて見てみれば、諭すような友人に顔を顰める婚約者の姿があった。見なければ良かったと、そう再び顔を俯《うつむ》かせようとした時だった。

「隣、失礼します」

「え？」

ふいにかけられた、透き通るような優しい声に戸惑いながらも頷いてしまった。そろりと隣を見れば、声に違わない印象の穏やかな男が洗練されきった仕草で腰かける所だった。

馴れ馴れしい程に近くはないが、余所余所しい程に遠くもない距離。本人の持つ穏やかさも相まって、警戒心を抱かせるどころか心の隅を落ち着かせる距離だった。

何処かの貴族だと思うが、雰囲気のお陰か委縮する事はない。思わずぼうっと眺めていれば、ふいに向けられた視線に柔らかく微笑まれる。

不躾《ぶしつけ》に見過ぎただろうかと恥ずかしくなり、彼女は急いで顔を伏せた。膝の上でもぞもぞと細い指を組んでは外し、外しては組んでを繰り返す。

「すみません、突然で驚かせましたね」

「い、いえ……」

「折角の船上祭の夜に憂いげな顔をしていたので、つい」

ふるりと首を振ってそちらを見れば、ゆるりと首を傾けられる。

静かで清廉な微笑みは、女性に声をかけているというのに下心を疑う余地を一切抱かせない。むしろ疑うほうが罪なのではと思わせるそれに、彼女は無意識に強張らせていた体から力を抜く。

そんな顔をしていただろうかと片手を頬に当ててみるも、当然ながら自分では分からない。

「その原因は、聞こえてしまったんですが」

ふっと浮かべられた申し訳なさそうな苦笑に、今居る場所を思えば当たり前だと彼女もようやく小さく笑みを浮かべ、気にしなくて良いというようにもう一度首を振る。

ここは船内のように人の声や金貨が崩れる音に溢れる場所ではない。耳を澄ませば階下の声が聞こえるものの、夜の海特有の呑み込まれそうな静寂が確かにある。もしかして他の人達にも聞こえてしまっただろうかとさりげなく周りを見渡すが、遠くにすっかりと二人だけの雰囲気に入り込んでいる男女がいるくらいだった。

胸を撫で下ろしながらも、不思議に思う。そうなると、隣に座る穏やかな人は一人で此処を訪れたのだろうか。

「あの、貴方のお連れ様は……？」

「ああ。一人は下で遊んでますけど、一人はあっちで涼んでます」

整った指先が指した方向は、先程見回した時に誰もいなかった場所だ。

どういう事だろうと思いながらもよくよく見てみれば、長身の人影が確かに柵に凭れているのを見つける。黒いから見逃していた。

穏やかな男の護衛だろうか。あの人影にも先程の会話が聞こえていたのならば恥ずかしいと、少しだけ俯く。

「貴女は少し、俯きがちですね」

可笑しそうな声と共に、清廉な顔が少しだけ此方を覗きこんだ。

俯こうとした顔をパッと上げる。それほど近くはない筈なのに過剰反応してしまうのは、その存在に畏れ多さを感じてしまう所為だろうか。

今更ながら彼女自身、何故これ程に自然に話せているのか不思議に思えた。だが、やはり警戒心は抱けないし、高貴な人だとは思うものの共に座るのが恐ろしいとは思えない。そうして貰っているのかどうかは、分からなかった。

「……それほど俯いていますか？」

「はい、俺が声をかける前から」

穏やかな男が少し丸めていた背を伸ばして、優しく微笑む。

人に話す事ではないとは思うが、促しもしないその笑みに流されてしまいたくなった。誰でも良いから話を聞いてほしいと思っていたのかもしれないし、その気持ちがゆっくりと手を引くように導かれる感覚は不思議と心地が良い。

結いあげた髪が一房首筋をなでる感覚に、そっとそれを指で掬いながら口を開く。

「……自信がないから、かもしれません」

俯きそうになった顔を耐えた為か、無意識に上目になりながら彼女は戸惑いがちに口を開いた。

「その、先程話が聞こえていたとおっしゃっていたとおり、つまりそういう魅力が……私も、そればかりは彼の言うとおりだと思うので」

自分は今、相当大胆な事を言ってしまったかもしれないと頬が熱くなった。

色気が足りない事に悩んでいると、そう取られてしまいかねない言い方だ。間違っている訳でもないのだが、誤魔化すように言葉を重ねていく。墓穴を掘っているような気はするが。

清廉な人になんという事をという彼女の混乱は、しかし予想に反して口元に手を当てて何かを考えている穏やかな男の姿に、緩やかに落ち着いていった。

「貴女が自信を失う必要なんてありませんよ」

「え……」

彼女は声を零した。

他の誰に言われようが優しい慰めの言葉だと思っただろう。しかし、目の前の彼に対しては不思議とそうは思わなかった。それはきっと、彼が事実としてそれを口にしているからなのだろう。

だが初対面の人間に訳知り顔で助言を贈られるのも不快だろうという気遣いからか、それ以上の言葉は続かない。知りたいと、思わずそちらを向けば応えるように悪戯っぽく目を細められた。

「今夜、貴女のパートナーは彼でしょう？」

「？　えぇ」

船上祭の夜にだけ、この船で開かれるカジノ〝仮面舞踏会〟。

その名に違わず女性をパートナーに連れ、まるで本物の舞踏会に出席するかのように訪れる人々は多い。アスタルニアの人々は楽しむ為ならば幾らでも成りきるし、祭りに合わせて他国から訪れる者も少なくないがいる。

ならばと、穏やかな男は少しだけ首を傾げた。落ちた髪を耳にかける仕草にふっと色気を感じて、目を惹きつける程に洗練された仕草はそれを孕むのだと感嘆と共に眺める。

「舞踏会でパートナーに自信をつけさせるのは男の役目ですよ。それが、貴女の言う色気であっても」

にこりと微笑まれ、彼女は目を瞬かせた。

「いえ、色気というなら尚更ですね。女性のそれは男性に強く影響を受けますし、もし魅力が足りないというなら男が力不足を認めるようなものです」

その微笑みに促されるように婚約者を見れば、何かを話す友人を放って訝しげな表情で此方を眺めていた。

「そう、なんですか？」

「そうなんです」

揶揄うような声に、ぽかんとしていた彼女は何故か込み上げる笑いを耐えられなかった。

心が楽になったような感覚。人の所為にするのはどうかと思うが、それが事実ならば仕方がない。そう当たり前のように受け入れられるのは、まるで全てを差し出してしまいたくなるような穏やかな男の雰囲気に呑まれているからだろうか。

「ですが男ができるのは、貴女が持つ魅力をより輝かせることだけ。貴女の魅力は貴女自身がなくさないように大切にしてあげてください」

「私の……でも小さい頃から机に向かってばかりでしたし、趣味なんて読書くらいですし、女性的な魅力があるとは……」

「良い趣味をお持ちですね」

嬉しそうに笑みを浮かべる瞳に、今まで地味な趣味だと思っていた読書が少しだけ誇らしくなる。この高貴な人に認められたのなら誰もがそう思うだろう。

穏やかな男は、それならばと思い返すように視線を流した。そのアメジストの瞳がすぐに彼女を映し直すのを、酷く真っ直ぐ視線をくれる人だと彼女は引き込まれるように視線を返す。

普段ならば居心地が悪く感じただろうが、今だけは違った。

「なら、分かるでしょう？　本の中で魅力を感じる人物には、貴女のような華奢《きゃしゃ》な方も多い」

「それは……確かに、そう思います。ええと……〝ビトレイヤーの一家〟の夫人とか」

「〝欲望夫人〟ですね。確かに彼女は蠱惑的《こわくてき》です」

思い返さなければ思い出せない程にあっさりと流していたが、確かにそうだ。

切れ長の相貌と華奢な体。窓辺で読書をする彼女の姿を表す文章は肉体的な色気とは全く違う、文学に向き合う女性特有のそれを丁寧に描写していた。

隣の清廉な男でさえ魅力的だと思うのならば、他の男も同じ印象を受けるのだろう。しかし自分がそうなれるとは思えないと、自然と視線が下がる。

「俯かないで」

「っ」

しかし、先程より僅かに近い位置で覗き込まれた。

高貴を宿した瞳が寄せられる驚愕に自然と背筋が伸びる。褒めるように微笑まれ、そして少しだけ距離を詰める為にベンチへとついていた指が目前へと翳《かざ》された。

触れないように一瞬だけ視線を遮られ、彼女は少しだけ身構えるように顎を引く。しかしふっと上へと持ち上げられた手に視界が開き、思わず目を瞬かせた。

「そう、瞳は真っ直ぐ相手に向けてください」

開けた視界の真ん中にいたのは、落ち着かない様子の婚約者。

時折こちらに投げられる視線に、もしや心配してくれているのかと真っ直ぐに彼の姿を見つめていると、ふと隣の穏やかな男性が反応を窺うように此方を見ている事に気付く。

背筋は伸びたまま崩れない。俯きもしなかった。そのままそちらを見れば、微笑みと共に内緒話をするような声で告げられる。

「貴女を俺に取られるんじゃないかと、気が気じゃないでしょうね」

「え？」

「どうです？　最愛の人を手玉に取ってみた気分は」

告げられた言葉にその瞳を見て、自らの婚約者を見て、そして視線を戻してを繰り返す。

頭が展開についていけていない。しかし自然と浮かんだのは笑みだった。それは安堵《あんど》だったのだろう、肩の力が自然と抜けて湧きあがる喜びに頬が染まる。感じてしまった嬉しさに、いけないとばかりに指先で緩みきった口元を隠した。

それは向けられた男性が思わず視線を釘付けにするような、まさに〝欲望夫人〟と称される本の中の女性が浮かべる花香るような色気の滲む笑み。そんな笑みを自身が浮かべている事に彼女は気付かない。

「何だか、悪いことをしてる気分」

「何も悪くはないですよ。心奪われた人に愛でるように転がされて、本当に不快に思う人は少ない」

「それは貴方も？」

笑った所為か少しだけ水分を含んだ瞳で、彼女は真っ直ぐに隣に座る男を見た。先程までの自信を失った姿とはまるで違うのは、彼女以外の誰もが気付いている。

「俺の場合は、心を奪われたというよりは差し出したって言うほうが近いんですが」

硬質なアメジストが甘く融《と》けていくのを、彼女は感嘆のままに息を呑んで見つめる。

「満たされて仕方ありません」

幸せで仕方ないと告げるそれに、目を奪われた時だ。

ふいに離れた場所に立っていた連れから声がかかり、穏やかな男はそちらを向いてしまった。少しだけ、いや大分それを惜しみながら彼女も自らの婚約者へと向き直る。何かを言いたげに此方を見ているその視線は憤りを含んでいるようにも見えたし、焦燥を含んでいるようにも見えた。

しかし俯こうとは思わない。今までならば自然と俯いていただろう。しかし真っ直ぐに彼を見る事ができた。だからこそ、向けられる視線が憤りを含むだけではないと気付けたのだから。

「呼ばれてしまったので、そろそろ行きますね」

立ち上がった分、少し遠のいた穏やかな声に釣られるようにその姿を見上げる。

「あまり話していると貴女のパートナーに怒られてしまいそうです」

「いえ、そんな」

可笑しそうに去ろうとする姿に、彼女は何と声をかけて良いか分からなかった。

そう、自信をくれた。自信を持ちたいと自分が願ったから、彼は少しだけ手助けをしてくれた。

魅力的になれたかなんて分からないが、それでも彼と話す前とは何かが違うと分かる。

だから、精一杯の感謝を込めて口を開いた。

「有難うございます……ッ」

優しく微笑み、穏やかな男は歩いて行った。

呼びかけた長身の黒い影と合流し、船内へ戻るらしく庭園から姿を消す。それを見送っていると、少し離れた場所で話していた筈の婚約者がスタスタと凄い勢いで歩み寄ってきた。

婚約者は彼女の前に立ち、ぐっと眉に力を入れて見下ろしてくる。その後ろでは、彼の友人が呆れたように肩を竦めていた。

「あの男は誰だ、身分の高そうな男だったしコネの一つでも作ったんだろうな」

「ううん、そういう訳じゃ」

「お前は色気もないし商売しか取り柄がないんだから、他の事を考えてる暇なんて」

「あぁもう、いい加減にしろよお前は。他の男に自分の女の魅力を引き出されて悔しいのは分かるけどな」

「な、い……ッ」

きょとん、と目を瞬かせて彼女は婚約者を見た。

絶句するその顔は、一体何をと言いたげに自らの友人を凝視している。その頬が微かに染まっているのは、これ程まじまじと視線を向けていなければ気付けなかっただろう。

「船上祭だって、一度彼女が行きたいって言ってたから連れて来たかったんだろ？　ずっと前から俺に開催が決まったら連絡しろまだかまだかって言ってたじゃないか」

「おい、黙れ、おい」

「商売ばかりで飾り気の一つもないし、我慢してるんじゃないかって気に病んでただろ。今日も目一杯彼女にお洒落を楽しんで貰えたらって楽しみにしてたし」

「止めろ、おい、馬鹿、止めろ」

「正直最近手を出したくて仕方ないけど幼馴染から抜けだせないし、これで色気でもつけられたら我慢ができないって」

「止めろ!!」

容赦なく放たれた蹴りに、危うく海に落ちそうになった友人が非難の声を上げる。

しかし当の婚約者はといえば、それに全く耳を貸すことなくあらぬ方向を向いてピクリとも動かなくなっていた。そんな彼に、彼女は小さく首を傾げて正面へと回ってみる。

本当なのかと問うように、じっと見上げた。婚約者はその視線から逃れるように首を限界まで回している。

「本当?」

「嘘《うそ》に決まってて」

「嘘……?」

悲しげに下がった眉が目に入ったのだろう。

婚約者はぐっと喉を詰まらせ、ちらりと此方を見た。今までだったら俯いていた筈の顔を上げたままの彼女に、誤魔化《ごまか》せそうにないと限界を悟ったらしい。

逸らさない視線は、華奢ながら芯の強い彼女の魅力を存分に見せつける。この魅力を引き出したのが通りすがりの男だというのが、彼にしてみれば悔しい限りだろう。

「嘘、では、ない……全て」

耐えきれず途切れがちになった言葉に、彼女は幸せそうに微笑んだ。

その顔を見て感謝すら浮かんでくるのだから、我ながら商人に不向きかと疑いたくなるくらいに単純だと婚約者の男は眉間の皺を深くするも、彼女がそれを気に病む事はもうなかった。


「珍しく助言までやってたな。あの女に何かあんのか」

「何かなきゃ女性の話に付き合っちゃ駄目ですか？」

庭園と船内を繋ぐ細い階段を下りながらリゼルが可笑しそうに笑う。

しかしジルは彼がただ優しいだけの男ではないと知っていた。身内相手ならばまだしも、そうでないのなら悩みの解決まで導こうとはしないだろう。精々、相手の気が済むまで話に付き合う程度だ。

だが先程は違う。普段のリゼルを知る者からしてみれば破格の待遇と言っても良い。

「でも、そうですね。何かあるというなら、彼女というよりお相手の方です」

「あ？」

「本音と裏腹の事しか言えない方は向こうにもいたので、つい」

成程、とジルは折角整えた髪を雑にかき上げる。

リゼルがそう言うのなら、それは酷く身近な人物だったのだろう。それが誰かを聞こうとは思わないが、「こいつ変な知り合い多いよな」と彼は自らを完全に棚に上げて考えていた。

そして二人は徐々に近付いてくる人々の騒めきに耳を澄ましながら階下へと下り、幸いな事に誰ともすれ違わずにカジノへ続く扉へとたどり着いた。開けば、途端に音の洪水が耳に流れ込んでくる。

「イレヴン、楽しんでるでしょうか」

「さぁな」

目的の姿はすぐに見つかった。

カジノ内で最も賑わいを見せる一角。その中心には唯でさえ派手な風貌を飾り立て、金貨の山に囲まれながら、テーブルに足を乗せて悠々とソファに腰かける姿が非常によく似合うイレヴン。

その唇は嘲笑《ちょうしょう》を描き、目の前で崩れ落ちる男を慣れたように見下ろしていた。

「楽しそうで何よりです」

「お前がそう思うならそうなんじゃねぇの」

満足そうに頷くリゼルに、ジルもそう返しながら内心同意する。あまりにも予想の範疇《はんちゅう》なので驚きはしない。

そのイレヴンの瞳がふと二人を見つけた。嘲《あざけ》りを隠さぬ瞳はリゼルを捉えた途端に温度を宿し、嬉しそうに細められる。気だるげにソファに凭れていた背を起こして、彼はひらりと手を振った。

積まれた金貨を手早く回収し、軽い体さばきで立ち上がる。そしてさっさとリゼル達の元へと歩き去っていく彼の姿を、その変わりようについていけない周囲は唖然と眺めていた。

「お帰り、思ったよか早かったじゃん」

「意外と涼しくてジルの回復も早かったので。それより、彼はもう良いんですか？」

「ん？　ああ、良い良い。絞りきったし」

絶望のあまり崩れ落ちている男に目も向けず、イレヴンは関心を失った声で告げた。

「イカサマだとか馬鹿なイチャモンつけてきたんスよ。相手してやっただけ」

「君の事だから、期待に応えてあげたんでしょうね」

「せーかい」

彼はちょいちょいとリゼルの普段とは違う髪を弄りながら、にんまりと笑った。

「バレッバレっつうぐらい仕込んでやった。あれでタネ摑めねぇなら喧嘩売んじゃねぇっつうの」

イカサマを暴くにはタネを摑めなければ意味がない。ただ運が良いだけだと言われてしまえばそれまでだからだ。

イレヴンの相手は酷く焦燥した事だろう。明らかに何かを仕込んでいるのに見破れず、自らの財産を失う一方。足掻《あが》く事すら許されず、焦れば焦る程に状況は悪化する。

イカサマを見破って楽に大金を手に入れようと思ってしまったのが運の尽き。それを見抜いてあえて誘いに乗ってやり、絶望を植えつけるのを楽しむのがイレヴンなのだから。

「何かやりたいのある？」

「俺ですか？　そうですね」

そして三人は、それからは平和的に一夜限りのカジノを楽しんでいた。

運に任せて勝ったり負けたりするが、基本的に三人とも大損はない。イレヴンはイカサマなどなくとも普段から非常に引きが良く、ジルもぽつりぽつりと手を出して勝率は五分を保つ。

そしてリゼルに至っては対人の駆け引きとなるとほぼ常勝。よほど引きが悪くなければ負ける事はなく、思いもよらない手札をきっては周囲を振り回していた。

そして深夜が近付く時間帯。明るく煌めいていたカジノがふいにその灯りを落とす。

華美な空間が幻想的に染まり、テーブルが素早く端へと寄せられた。どこからともなく数人の演者が現れ、舞踏会に相応しい音色を奏で始める。

「あ、こういうのも有るんですね」

「もう何でも有りッスね」

毎年の事なのだろう、着飾った人々がパートナーを伴い踊り始めた。

本格的なワルツを踊る者もいれば、楽しげに体を動かすだけの者もいる。誰も彼もが笑みを浮かべ、見ている者もそれにどんどんと釣られて参加していく。

「あ」

ふいに、リゼルが庭園へと繋がる扉へと目を向けた。

そこには先程会話を交わした女が、早くとばかりに自らのパートナーの腕を引いてダンスへと誘っていた。嫌そうな顔で頑なにそれを拒む男に、しかし彼女はもう〝自分に魅力がないからだ〟と俯くことはないだろう。

男は自らの婚約者からしきりに顔を逸らし続けていたが、視線に気付いたのだろう。リゼルがにこりと微笑み、おもむろに彼女へと視線を移してみせれば、誘われては敵わないとばかりに拒んでいた姿勢を一転。彼自らパートナーの手を握って人々の輪の中へと飛び込んでいった。

「お前、笑うだけで事が済むように持ってくの得意だよな」

「ジルって時々俺に対して変なイメージを持ってますよね」

呆れたようなジルの言葉に、誤解にも程があると拗ねてみせる。

たまたまそうなっただけで、狙える訳がないだろうに。なにせリゼルは今日この場で本当に舞踏会が開かれる事など知らなかったのだから。

揶揄っているだけだと分かっているが、人聞きの悪い言い方は止めてほしい。

「つうか何の話？」

「こいつがさっき口説いてた女の話」

「は!?」

「違いますってば」

それほど好みだったのかと興味深々なイレヴンに、少し話しただけだと誤解を解く。

そんな三人をぜひパートナーに、と狙う女性客も少なくない。しかし誰に話しかけるにも色々な意味でハードルが高すぎて、とても誘えそうにはないと少し期待を込めた視線を送るだけに留まった。

「リーダーは踊れんスよね。ニィサンは？」

「出来る訳ねぇだろ」

「あれ、でも侯爵家にいたんですよね」

ジルは嫌そうに顔を顰めた。

確かに、侯爵家に五年近くもいれば覚えろという展開になった事もある。別に誰に言われた訳でもないが、専用の教師を用意された時点で同じ事だろう。

随分と記憶は曖昧だが、拒否するのも面倒なので適当に流していた。その証拠に、最低限の事は覚えた筈だが全く思い出せない。何せ心底興味がなかった。

「忘れた」

「忘れられるものなんですね」

感心したように告げるリゼルは、流石の生粋《きっすい》の貴族だった。

何故ならダンスは貴族の必須課目。他者の目が最も集まる場で披露するのだから生半可なものは見せられない。幼い頃から教え込まれた動きはもはや体に染みついており、ナイフとフォークの使い方を忘れないのと同じようにステップもターンも忘れる事はないだろう。

「今夜はもう、ずっとこんな感じでしょうね」

「リーダー楽しかった？」

「はい、初めてだけど面白かったです」

微笑むリゼルに、イレヴンも満足げに笑った。

途中で若干本気を出して同じテーブルにつく人々とディーラーを完全に掌握《しょうあく》してみたり、片手から片手へとトランプが空中移動するアレがやりたいと言って盛大にバラ撒いたり、一時は稼ぎすぎてカジノ側からストップが入ったりもしたリゼルだが、確かに全力で楽しんでいたのだから。

「今度、前に言ってた裏カジノにも連れて行ってくださいね」

直後、一瞬真顔になったジルとイレヴンの視線が交差する。

誤魔化したいが、どうやら楽しみにしているらしい微笑みを見れば面と向かって拒絶はできない。本人が忘れてくれるのを願うのみだ。

そして三人は、ギャンブルという雰囲気でもなくなったからと舞踏会を抜け出した。美しい演奏の余韻が、朝まで続くだろう祭りの誘惑を断ち切るかのように扉の向こうへと消えていく。

リゼル達はそれに未練を残すことなく船を下りたのだった。

余談だが、着替える前にもう一度外の景色を見ようと船縁《ふなべり》に顔を出した時のこと。

「あ、宿主さん。ちょうど良い所で会いましたね」

「んぁ、上から聞こえるこの穏やかな声は貴族なお客ひゃん。流石凄い船に乗ってますね、友人ともども散々スッてやけ酒飲み歩き真っ最中な俺でぇすってぎゃぁぁぁ貴族なお客さんがマジ貴族になってる待った待った待ったあれ俺んトコのお客さんだから！　やめて土下座マジでやめろ！　俺の友人オール土下座祭りみたいになってる！」

「宿主さんも帰りが遅くなりそうですし、いつもの所から鍵は持っていきますね」

「どうぞ！　だから顔上げろってあの人冒険者だから！　見えないし畏《おそ》れ多《おお》いし今はもはや貴族以外の何者でもないし貴族じゃなかったら全力で詐欺だけど冒険者だから！　拝まないで！　分かるけど！」

98.

イレヴンは鼻歌交じりにアスタルニアの街中を歩いていた。

その顔に浮かぶのは普段の人を嘲るような笑みではなく、容易に浮かべてみせる上辺だけは愛想の良い笑みでもなく、そしてある程度見知った相手に向けるような人を喰《く》ったような癖のある笑みでもない。一番近いのはリゼルへと向ける優越感と甘さを含んだ笑みだろうが、それさえも少し違う。瞳は存分に愉悦《ゆえつ》を湛《たた》え甘く、耐えきれないと緩む口元は甘く、その唇から零れるのは女性を口説くような甘さ。つまり物凄く甘い。

「ニィサン、ギルドかなァ」

しかし道を行き交う人々がすれ違う度に二度見するのは、その甘さの為だけではないだろう。そのもう一つの要因である腕の中の存在へ、イレヴンの普段は滅多に人前で披露されない声は惜しげもなく注がれていた。

パーティを組む冒険者は、当然だがソロで依頼を受ける事などない。

一人で受けて達成しようが、多人数で受けて達成しようがどちらも同じ依頼達成だ。ならば自分から敢えて難度を上げる必要などなく、そもそもソロで達成可能な依頼など低ランクのみ。ギルド側がはっきりとパーティを推奨した事はないが、Dランク以上の依頼を受けようと思えば誰もが必然的に手を組む必要があった。

勿論、決まったパーティを持たない者も多々いる。持たない者は持たない者同士で手を組むか、他の人数不足のパーティに交ぜて貰う。大体の冒険者は、ソロでの依頼など駆け出し時代に仕方なくFランクの依頼を受けたぐらいだろう。

「俺最初あのパーティ見た時、一刀のおこぼれ貰えて美味《うめ》ぇなと思ってたんだよ」

「誰でも思うだろ」

冒険者ギルドの中。

いつものように依頼を選びに来ていたとある冒険者達が、依頼ボードを眺めながら何て事ない世間話をしていた。その視線は慣れたように手頃な依頼を探している。

「でも違ぇってその内気付くよな」

「あ、そういう事？　みたいにな」

「なんつーか……気付くよな」

分かる分かると頷き合いながら、彼らは少し離れた場所に立つジルをこっそりと見た。

その隣には未だに冒険者という事に違和感しか抱かないリゼルの姿も、喧嘩を売ると一番やばいといつの間にか噂になっているイレヴンの姿もない。いつもならばその二人とあとでもないこうでもないと依頼を選んでいるが、彼はさっさと依頼用紙を手に取り依頼受付へと歩き去ってしまった。

男として妬《ねた》ましいを通り越して羨ましい、そんな足の長さを持つ後ろ姿を眺めながら、冒険者達は今まで何度も疑問に思いながらも流していた事実を口にした。

「何であの人たちソロで依頼受けんの？」

三人があまりにも自然にそうするものだから、今まで話題に上がった事はなかった。最初など有り得なすぎて、依頼を受けた後で合流するものだと思っていた程だ。

しかし違う。リゼル達は完全に好き勝手に依頼を受けに来ている。

仲違いでもあったのかと思えばそうでもない。ギルドで互いに偶然顔を合わせれば、折角だし一緒に行こうかという光景を見た事もある。なら最初から一緒に来いよと思わないでもないが、確かにパーティメンバーとはいえ、依頼を受けない日の相手の行動を完全に把握しているのもおかしいか。

いやそんな事はない。依頼を受けるのにパーティで意思を揃えないほうがおかしい。三人が当たり前のように振る舞いすぎて流されそうになった冒険者達だった。

「最初に穏やかさんが一人で来た時はそわそわしたよなぁ」

「何かの間違いかと思ったな」

リゼルは一部の冒険者に〝穏やかさん〟と呼ばれている。

「あの赤いのと一刀は分かんじゃん。受けてくの上位ばっかでマジかよとは思うけど、まぁ……分かんじゃん」

「一人で依頼受けてもまぁ、〝何で？〟とは思うけど違和感はねぇよな」

「でも穏やかさんはさぁ……そわそわするよな。〝え、良いの？〟みたいに」

アスタルニアの冒険者ギルドに初めてリゼルが一人で来た時など、その場に居た全員が何をしに来たのだろうと疑問を浮かべたものだ。至って穏やかに入ってきて、普通に依頼ボードに向かって、そして冒険者で混んでいる依頼ボードにどうやって近付くのか分からなかったらしく後ろでウロウロしていた。

振り向いてリゼル単体を目撃した冒険者はさぞ驚いたのだろう。

いつもなら威勢良く「一刀の腰巾着が一人で何しに来た」と啖呵《たんか》を飛ばす男が、完全に状況について行けずに固まっていた。此れ幸いと空いた隙間に潜り込み、同じようなことを数度繰り返して依頼ボードに辿りついたリゼルが依頼を選び始めた時など、思わず全員でジル達の姿を探してしまった程だ。「お連れさん迷い込んでますよ」と完全に場違いという名の迷子を見つけた心境だった。

その後、マイペースに一通りの依頼に目を通したリゼルが満足げに頷き、Fランクの依頼用紙を持っていくのを全員でそわそわしながら見送った。心配ではない、現実を見失いかけた落ち着かなさからだ。

「まぁ穏やかさんのソロは今んトコ低ランクばっかだけど。あれは？」

「面倒くさそ。でも穏やかさんさぁ……難易度で選んでる訳じゃねぇよな、絶対」

「それな」

一人ではやはり低ランクしか受けられない、一刀からおこぼれを貰う冒険者だと最初は誰もが馬鹿にしていた。一刀と組んでいるからCランクに上がれたのだと疑いもせず。

しかし、彼らはその内自らの間違いに気付く。誰に何を言われた訳でも、リゼルの実力を見せつけられたからでもない。

「あの人の選ぶ依頼変なのばっかだもんな」

「あれはいっそ趣味だよな」

最初は確か〝舌の肥えた者募集！　魔物素材を使った食堂新メニューの試食〟だったか。

他の者には食事代が浮いてラッキー程度の微々《びび》たる報酬の依頼を、やけに楽しそうに受付へと持っていっていた。食事代をケチる程に金がないようには全く見えないので、何故だと当時は思ったものだ。

その次は〝港の船舶誘導魔道具の増設〟で気難しい技術者相手に平和的に提案を通し、魔道具の性能を飛躍的に向上させていたし、〝船の誘導員募集〟で港でパタパタと旗を振っていたりもした。

後者に至っては船頭に二度見される為に見逃す者が出ないと大変好評だったが、誘導員だとは思わなかったと少しだけ苦情も出た。

ちなみに何故いまだに依頼を決めかねている冒険者らがこれらを知っているかと言えば、噂で聞いたからに外ならない。「あの人何やってんの？」と度々リゼルは噂になる。

「これは……無いな。この前は〝果実水に使う果物調理〟選んでたし」

「穏やかさんが何か知らんが〝スキルアップの為〟とか言ってギルドのおっさん説得してたヤツだろ。おっさんオッケー出さなかったじゃん。あれは？」

「あー……もうちょい報酬欲しいな。料理できそうには見えんもんなぁ……」

ちなみにリゼルは伝家の宝刀〝猫の手〟を切り札で提示したがあっさり無理だと断言され、あれっとなっていた。

「見てると分かっけど、あの人やった事ないもんやりたがんじゃねぇかなぁ」

「上位になると戦闘ばっかだもんな。言われてみりゃ低ランクは意味分からんもん色々あるし」

結局、リゼル達を見ていたら誰もが同じ結論に達する。

三人は好き勝手依頼を受けており、そこに利害関係など存在しない。むしろ利害関係があるならもっときちんとした依頼の受け方をする。少なくとも〝やってみたい〟という理由で低ランクの依頼など受けない。

そしてアスタルニアの冒険者達は、リゼル達に慣れきった王都の冒険者達と同じ思考へと落ち着くのだ。そう、よく分からないが見てて面白いし好きにすれば良いと。

「でも穏やかさんが雑用っぽいの受けんの正直どうかと思わねぇ？　あ、あれなんかどうよ」

「それは思うわ。あの人魔法使いじゃん、勿体ねぇし何つーの。何かすんませんっつーか……あれは無いわー」

「おいてめぇら何時までボードの前占領してやがる！　見えねぇだろうが、さっさと決めて退け！」

「「さーせーん」」

そんな依頼ボードから離れた依頼受付前。

我関せずと受付へと並んでいたジルは、意識せずとも耳に届くリゼルの噂に呆れたように手元の依頼用紙を見下ろした。本人の口から聞いた依頼もあれば初耳の依頼もあり、あいつそんな依頼受けてんのかと思わずにはいられない。

ジルが選んだ依頼は、元々潜ろうと思っていた迷宮に関するもの。毎回ではないが、どうせ迷宮に潜るならばついでに依頼を受けていこうと考える事も多い。

今日は一服してからの出発なので朝一は外れているが、この時間でもまだ並ぶようだと不快でもなく思いながら、ふいに昨晩聞いていたリゼルとイレヴンの予定を思い出す。

『明日、朝一でギルドの依頼を見にいこうと思ってるんです。良い依頼があったらキープして良いですか？』

『明日自由っぽいしニィサン迷宮？　俺もたまには朝一で行ってみよっかなァ、オススメある？』

リゼル達パーティの予定はリゼルに一任される。

明日は冒険者活動したいなと思えば三人共そうするし、特に何もなければ各々好きに過ごす。今回ジルは話の流れでそれぞれの予定を知ったが、普段は互いの予定などわざわざ尋ねる事もない。

よって今日の朝一、二人が偶然ギルドで鉢合わせた可能性もあるだろう。そうすればどうなるだろうか。イレヴンが一緒に行こうとリゼルを誘うかと、そんな事を暇つぶしに考えていた時だった。

「あ、ニィサンみっけ」

気にも留めず聞き流していた扉の開閉音。

何度目かのそれと同時に聞こえた声に、ジルは微かに眉を寄せた。昨日言っていたとおりならば朝から迷宮に潜っていた筈のイレヴンだ、戻ってくるに早すぎる。

その上、わざわざ自分を探していたという。その時点で嫌な予感がする上、更に彼の登場でギルドの喧騒が唐突に止んだものだから振り返りたくもなかった。

だが、恐らくそういう訳にもいかないのだろう。ジルはガラの悪さを増した顔で嫌々ながら振り返り、直後珍しくその動きを止めた。

「ニィサンいたねぇ、リーダー」

「ジル」

イレヴンの腕に抱かれている幼子《おさなご》に、とてつもなく見覚えがあった。しかも割と最近。

小さいというよりとにかく幼い。子供に詳しくないジルには正確な年齢は分からないが、恐らく五歳にも満たないだろう。

そんなジルの反応に満足したのか、イレヴンはスリスリと頬の鱗を幼子の髪に擦り寄せながら意気揚々と歩み寄ってくる。見るからにテンションが高い。

「見て見てニィサン、リーダーすっげぇ可愛い！　思わず連れて帰ってきちゃった！」

取り敢えず一発引っ叩いた。


「〝対価を払う道〟行ってさー、リーダー何かちっさくなったからテンション上がってつい。ほら、ニィサンも見てぇと思って！」

そんな事してくれなくとも見た事がある。

「なーんか俺らのことは覚えてっけど子供になってるっつうか、そこら辺迷宮が上手いことしてんの！　でも思考は完ッ全に子供！」

説明してくれなくとも知っている。

「ほら抱いてみれば！　でも直ぐ返して！　もうリーダーすべっすべのふっくふくで凄ぇ可愛い！普段のリーダーもすべっすべだけど！」

言いたくないが経験済みだ。

「俺も一緒だったけどリーダーだけなんだよな、ちっさくなったの。俺も子供になったら多分すっげぇ可愛いだろうなァ。むしろ絶対可愛い」

いや、可愛げ皆無でクソ生意気だった。

依頼を受けるのを諦め、宿へと戻ってきていたジル達は、リゼルの部屋で一通りの確認作業を終えたところだった。ベッドに腰かけて酷く上機嫌のイレヴンは、足の間にちょこんと座らせた小さな体を抱えて離さない。

そんなリゼルが身につけているのは、以前と同じく冒険者装備がそのまま小さくなったもの。細かい装飾でさえそのままミニチュア化されているところに、迷宮の並々ならぬこだわりが見える。

「子連れで攻略できねぇ迷宮じゃねぇだろうが」

「咄嗟にリーダー抱えて出る以外の選択肢あんの？」

つまりわざとだ。

リゼルを戻すにはもう一度迷宮に潜って同じ階を攻略すれば良いが、その場合は条件も揃えなければならない。つまりイレヴンとリゼルの二人で潜らなければならず、しかし当のイレヴンにその気が全くない。このままリゼルが迷宮の影響切れで自然と元に戻るまで、絶対に戻そうとしない事は想像に難くなかった。

「お前も対価取られっぱなしだろ」

「俺今ノーパン」

「穿いてこい」

ぱちり、とリゼルが目を瞬かせてイレヴンを見上げた。

「のーぱん？」

「やばい」

幼くなっても人間関係などは覚えているが、知識は年相応まで失われる。

既にそれを把握済みのジルは、忘れろ忘れろと必死に小さな頭を撫でまわすイレヴンの迂闊《うかつ》さに顔を顰めた。ジルも対子供スキルでは人の事を言えないが今は棚に上げる。

子供を撫でた事など一度もないからだろう。イレヴンのリゼルへの触れ方は不慣れで、心地良いというよりは少しだけ強い力にリゼルはぐらぐらと首を揺らしていた。その手が伸ばされ、イレヴンの手を握る。

「イレヴン、そろそろおりたいです」

「えー、駄ぁ目」

「だって、ずっとこのままだから」

「駄目ー」

自らの手に触れる小さな掌をにぎにぎと握り、イレヴンは我儘《わがまま》を諌めるように目を細めてリゼルの大きな瞳を見下ろした。その視線に押されるように俯きそうになった幼い顎を、指一本添えるだけで留める。

包み込むように身をかがめ、瞳が触れそうな距離で見つめ合う。やはり幼くともリゼルなのだと思わせる煌めくアメジストに笑みを零した。逸らされない視線も、その瞳に潜む高貴な色も、そして。

「おりたいです、ジル」

「てめぇはさっさとパンツ穿いてこい」

「痛ッて！」

自分では無理だと分かった瞬間に最も有効な手段をとるところも、全て。

傍の椅子に座っていたジルに足を蹴られ、イレヴンはぶつぶつと文句を零しながらリゼルの脇へと手を差し込んで持ち上げた。重さなど微塵《みじん》も感じさせない動きは、まるでぬいぐるみでも抱いているかのようだ。

「？」

そのままジルへと差し出されたリゼルが、不思議そうにガラの悪い顔を見つめる。

「……何だよ」

「ちょっと抱いてて」

「下りたがってんだから下ろしとけば良いだろ」

「どっか行ったらどうすんの」

宿の中だというのに一体何処へ行くというのか。

つまりイレヴン本人が目を離すと何処かに消える子供だったのだろう。迷子などという可愛らしいものではなく、部屋の中だろうが何だろうがどんな手段を取ろうとも好き勝手に動くタイプ。

「どこにも、いかないです」

リゼルの言葉に、イレヴンがしぶしぶと抱え上げた体を床へと下ろす。

「お、ちっさい」

「今更だろ」

「や、テンション上がりすぎてすぐ抱き上げたから」

改めてリゼルを見下ろしながらイレヴンが感心したように言う。

腰にも届かない身長。ジル同様に子供を前にしてしゃがんでやる発想などまるでないイレヴンは、面白そうにリゼルの頭をつついてようやく自室へと向かっていった。

残された部屋の中。立っているリゼルを見下ろし、ジルはさてどうするのが良いかと溜息をつく。

「ジル、ジル」

「何だよ」

ちょこちょこと近寄って来たリゼルに、ジルはガラの悪い顔をそのままに言葉を返した。

そんなジルの膝に両手をつき、見上げる姿は相変わらず自分の見せ方を知っているとしか思えない。しかしわざとならば浮かぶ嫌悪感がないのだから、決してわざとではないのだろう。

こいつらしいかと、リゼルの手が乗っているほうとは逆の膝に肘をついて言葉を待つ。

「こまってますか?」

純粋な目で、それは〝自分の所為で〟という意味を含んで問いかけられた。

思わず眉を寄せる。数日このままだろうリゼルが元に戻った時に生じる記憶の差異について。子供姿を周囲に晒す事を本人はどう思うのか。色々と考えてはいるが、別に困る事など何もない。

そして恐らくリゼル本人は元に戻ってから事情を知ろうと「へー」で済ませる。イレヴンもそう考えたからこそ連れてきたのだろう。

「困ってねぇよ」

「なら、いいです」

いつもより細い髪を掬って耳へとかけてやる。

くすぐったそうに首をすくめたリゼルは、しかし微かに頬を染めて嬉しそうだ。ジルの言葉が本心だと知っているからなのだろう。

添えられていた両手が伸ばされ、ぽすりと膝の上に上体を伏せる。ふわふわと機嫌が良さそうに笑う姿は、以前と比べて随分と甘えが見えた。

前回は迷宮の中だったというのもあるだろう。変に遠慮されるよりはマシかと、好きにさせていた時だ。

「あ、本当に立ちっぱなしにさせてんじゃん。それ可愛い、俺にもやって」

ふいに、パンツを装備し直したイレヴンが戻ってきた。

恰好は冒険者装備から普段着へと変わっている。彼は軽い足取りでジルの膝からリゼルを回収し、ベッドに腰かけて先程の体勢へと戻った。やってと言われたのに、とリゼルは不思議そうだ。

「おい、本当に戻す気はねぇんだな」

「当然。リーダーだって俺らがなりゃ似たようなこと考えそうじゃん？」

否定はできない。

ジルはイレヴンの腹にポスリと背を預けて寛いでいる姿を一瞥する。むにむにむにむに頬を弄られて眉を下げていた。

「……変な影響が出んなら即行戻すぞ」

「りょーかい」

無理矢理迷宮に向かわせようとして、どこかに隠れられても厄介だ。

どうせ数日経てば勝手に戻るのだからと結論づけて、ジルは諦めたように溜息をついた。


最初は何処かから誘拐してきたのかと思ったと、後に宿主は語る。

しかし赤い獣人の腕の中にいる幼子の顔立ちは不思議と見覚えがあった。幼いながら品の良い顔立ち、凝視していれば不思議そうに瞬かれる瞳の色、細く柔らかそうな髪が小さく傾げられた頭に合わせてさらりと揺れる。

いかにも育ちが良さそうな幼子が、ふんわりと微笑んだその笑みですら。宿主はうめき声を上げながら心臓を押さえ、息も絶え絶えに言葉を発した。

「まさかの貴族なお客さん子持ち疑惑……だと……」

「いやリーダー本人だし」

「待って意味が分からない」

「迷宮で暫くちっさいままだから、飯とかそれ用で準備して」

「何一つ分からないけどお客さん達なら何があっても不思議じゃない気がする」

冒険者でなければ〝迷宮だから仕方ない〟も通じない。

しかし宿主は混乱しながらも目の前の幼子がリゼルだという現実を何とか受け入れた。そして宿業務で子供の相手もそれなりに慣れているというのもあり、抱えられたリゼルと視線を合わせるようにすんなりと腰を折る。

「えーとお客さん、いやお客たんも此れぐらいなら大体二人と同じような食事とれそう。一緒で良いですかね」

「いっしょがいいです」

「よしよし、なら肉とチーズの挟み焼きでもほぐしながら」

そのまま上体を起こそうとした宿主は、ふと感じた抵抗にその動きを止める。

見ればイレヴンの腕の中、片手を精一杯伸ばしたリゼルが宿主のネクタイを摑んでいた。引っ張った事に対して少しだけ申し訳なさそうな姿にキュンとしながら、再び視線を合わせるように屈んでやる。腰が辛い。

「リーダーどしたの」

「えっと」

「あー……」

ふとジルが何かを思い出すかのように視線を流した。

とある迷宮で目にした光景。今では好き嫌いもなく何でも食べられて、女将《おかみ》や宿主らに楽だ楽だと感謝されているリゼルだが過去には苦手な食材があった。そして力技で克服していた。

いつの頃かは知らないが、あの時に見た幻影は明らかに今の年齢より後の出来事だろう。ならば、苦手なものは苦手なまま。

「えっと」

リゼルはそろそろと宿主のネクタイを離し、縋《すが》るようにイレヴンへと体を押しつけた。すり、と目の前の首元にすり寄って勇気を貰って、意を決したように宿主を見上げる。

少しバツが悪そうに、数秒だけ悩んで口にしたのは。

「チーズ、たべれないです」

「その上目づかいに奴隷《どれい》と化しそうな俺がいる！　でもその年ならやっぱり味覚を育てたほうが絶対良いし苦手でも我慢して食べたほうが」

食べられないのが悪いと知っているけれど、リゼルは悲しくなった。

そもそも苦手程度ならば良い子なリゼルは小さい頃も食べていた。美味しくないが頑張って食べている内に、きちんとそれらも美味しく感じるようになったのが現在のリゼルだ。

しかしチーズだけは無理だった。美味い不味いじゃない、口に入れられない。一度だけ食べてごらんと彼の父親がこの年齢の頃に口に入れさせたが、噛めず飲み込めず無言で瞳いっぱいに涙を浮かべたリゼルに謝って出させた程だ。

「………」

「（怖ぇぇぇぇぇ!!）」

そんなリゼルを前に宿主は今、確かに命の危機を感じていた。

悲しげなリゼルの後ろ、静かな殺意を醸し出しているイレヴンが怖くて仕方がない。この瞬間に何故命があるのかといえば、宿主の発言がリゼルを想っての事だからに外ならないだろう。

だが元々好き嫌いが多い筆頭のイレヴン。食べられないものがあって何が悪い派筆頭でもある。宿主の発言を撤回させようとする事に躊躇いはない。

「や、こればっかは俺もですね！」

だが此処で引いては何でも美味しく食べてくれるリゼルを失うのではと、宿主が滅茶苦茶腰が引けながらも気合いを入れた瞬間の事だ。

「……やだ、やどぬしさん」

「でもお客たんには関係ないもんね本当は大人だもんね！　今宿主さんが美味しい美味しいチーズ入ってないご飯作ってきてあげるから良い子で待っててましょうねぇわあぁぁちっさいお客たんの威力半端ない！　こっちが正しいこと言ってる筈なのにじっと見られると罪悪感半端ない！」

奴隷と化した。

「リーダー流石」

「てめぇはいちいち殺気だってんじゃねぇよ」

「良いじゃん、リーダーには気付かれねぇようにしてっし」

ひたすら騒ぎながらキッチンへと消えていった宿主を見送り、ジルはちらりとリゼルへと視線を向ける。先程の、相手が誰であろうと向けられた者が悪者認定されそうな悲しげな顔はなく、すでにチーズが出てこない事に機嫌良くふわふわと笑っていた。

普段のリゼルも過ぎてしまえば全て気にしないタイプだが、この切り替えの早さは生まれ持ったものだったようだ。以前小さくなった時もその片鱗は見せていた。

「おなかすきました」

「腹減ったなァ、リーダー俺の膝の上で食べる？　届く？」

「とどきそうです」

「あー、ギリギリ。やっぱおいでリーダー、あーんしたげる」

膝の上に乗ってしまえば普通に食べられる高さだ。

あーんはいらない、と首を振ったリゼルに残念がっているイレヴンは、気に入らなければ子供でさえ内臓が破裂する程の勢いで蹴飛ばす男にはとても見えない。よく世話をしているものだ、とジルも向かいへと腰かけた。

世話とはいっても慣れていないのは確かなので、膝の上に乗せられたリゼルは自力で座りごこちの良い場所を探してもぞもぞしている。これで実際食べさせる事になれば顔面にスプーンが突っ込むんじゃないだろうかと思うが、ジルとて人に何かを言える立場ではない。

「はいお待たせしました急遽用意したお昼の特別メニュー二人前です」

夕食の仕込みを流用したのか、すぐに料理が運ばれてきた。

ジルの正面、そしてイレヴンの斜め前に普段と変わり映えしない皿が。そしてリゼルの目の前に、白い皿に彩りよく飾られた料理の数々が並べられる。

内容はほぼジル達のものと変わらないが、食べやすいよう細かく切られたりといった配慮が多々見られた。しかもデザート付き。後で自分も催促してやろうとイレヴンが内心で呟く。

「はいお客たんには特別ランチプレートですよ冷たいゼリーのおまけつき。特別にチキンライスに旗を刺してあげようかな。何が良いかな子供に人気の魔鳥騎兵団の旗にしましょうか？」

「へーかのハタがいいです」

「ごめんね宿主さん分かんない」

良い良い、とイレヴンが手を振ってやると宿主が落ち込みながら去っていく。

そして予想どおりといえば良いか。リゼルはその後、小さな手を器用に使ってフォークとスプーンを使いこなし、美しく食事を終えた。貴族の英才教育の片鱗《へんりん》を見た。


リゼルはその日はもう外に出る事なく、のんびりとジルの部屋で過ごした。

元々インドアな性格をしている為に文句も言わず、本さえ渡しておけば一人でずっと読んでいた。同じく入り浸ったイレヴンが心配になる程にひたすら読んでいた。

それは〝確か手に入れていた筈だ〟とジルがリゼルのポーチから勝手に取り出したいつかの絵本や、イレヴンが元盗賊の精鋭らを動かして集めさせた本だ。最初はちょうど部屋に置きっぱなしだった本を渡したジルだが、ふと見た時にめくって戻ってを繰り返していた。よく分からないなりに何とかしようとはしたらしい。

それからは、そういえばそうかと反省してジルもイレヴンも文字多めの絵本を渡している。ちなみに迷宮の絵本はクオリティが違った。飛び出た。

「ニィサン、リーダーお風呂入れたげて」

そして宿主の気遣い溢れる夕食を終えて少し経った頃。

膝の上で本を読むリゼルを、時々分からない箇所を教えてやりながら眺めていたイレヴンがふいに告げる。剣の手入れをしていたジルは、その言葉に眉を寄せた。

「そんだけひっついてんだからてめぇが入れろ」

「俺風呂ムリだもん。ちゃんと入りたいんだってさ」

「おふろがいいです」

絵本をぽすりと膝の上に乗せ、リゼルもジルの姿を探すように上を向いた。

目が合ったイレヴンが、唇の端を吊り上げながら後ろへと倒れてやる。加減しながらボスリとベッドの上に仰向けになれば、リゼルも本を手放さないまま腹の上で仰向けになる。

目をぱちぱちと瞬かせる姿に笑い、イレヴンは慰めるように温かな腹に掌を添えた。それにリゼルもくすぐったいと笑い、喉を反らすように今度こそジルへと視線を向ける。

「ジル、いっしょにおふろ」

リゼルに一日の汗を流さず眠りにつくという発想はない。

そしてこの頃は一人で風呂に入った事もない。当然の思考だった。

「……行くぞ」

「はい」

ジルが観念したように手入れ途中の剣を置きかけ、しかし空間魔法へ突っ込み直して立ち上がった。

リゼルもイレヴンの上でもぞもぞとうつ伏せになり、柔らかさなど欠片もない腹に手をついて起き上がる。持ったままの絵本を差し出されたイレヴンの手に乗せ、いそいそとベッドを降りた。

とことことジルへと近付けば、それを見たジルがまるで落とし物を拾うかのように身を屈める。大きな掌が小さな体の脇を通り、腹へと回されて子犬や子猫のように持ち上げられた。

そのまま器用に腕に乗せるように抱え直したジルが部屋を出ていくのを見送りながら、残されたイレヴンがポツリと呟く。

「ニィサン子供なんざ触れねぇと思ってたんだけどなァ」

あまりに違和感のある光景に、彼はベッドの上で大笑いするのだった。


意外となんとかなるものだ、とジルは天井に向かって深く息を吐いた。

「きもちいです」

「そりゃ良かった」

湯に浸かりながら、膝の上に乗るリゼルが気持ち良さそうにジルの肩へと頭を預ける。

宿の売りでもある風呂は、宿主の趣味により少し深めだ。リゼル一人では座ると沈んでしまうので、ジルは迷わず自らの膝の上に乗せていた。

洗うにしても相当力加減に気は遣ったが、他は特に問題がなかった筈だ。じっとしてろと言えばじっとしてるし、目を瞑《つむ》れと言えば良いというまで瞑っている。

それどころか頭を洗ってやっている間に自分でもそもそと体まで洗っていたのだから、手間のか

からない子供だ。まさか本当の子供時代に生粋の貴族であったリゼルが自身の世話を焼けたとは思えないので、この辺りは今の知識の影響なのかもしれないが。

「熱かったら言えよ」

「はい」

見下ろした先にはふわふわとした笑顔。

その頬に自らの髪から水滴が落ちたのを見て、ジルは水音を立てながら湯から手を抜いて己の髪を掻き上げる。それをじっと見上げてくる大きな瞳に気付き、むにりとその頬を握りこんでやった。

むずがるように首を振ったリゼルだったが、すっかりと肩まで湯に浸かって寛いでいる。

「あんま潜んな、お前逆上《のぼ》せんだから」

「のぼせないです」

「逆上せんだろうが」

暫くすると、幼い口調が間延びし始めた。

逆上せかけているのかと白い頬が赤くなっているのを眺め、ジルがその丸い額を掌で覆ってみるもよく分からない。だが以前に魔鉱国で逆上せていた時のほうがよほど熱かったので、異常な熱さではないだろう。

ならばと見下ろせば、頭がふらふらと揺れている。

「お前眠ぃの」

「ねむくないです」

「目ぇ擦んじゃねぇよ。おら、出るぞ」

密着する体温と湯船の温度が心地良いのだろう。

まだこのままが良いとぐずるリゼルを容易く抱え、ジルは湯船から立ち上がった。そのまま少しぬるめのシャワーをかけてやり、自らも頭から簡単に浴びて脱衣所へ出る。

不慣れながら慎重に小さな体を拭いてやり、宿主が用意した貸し出しの子供用寝巻を渡してやる。

自分自身は何とも適当に水気を取って手早く下だけ身につけた。

そして足元で着替えているリゼルを見下ろす。

「……貸せ」

「はい」

ただでさえ遅い着替えが、幼くなって更に遅くなっていた。

もたもたと上着のボタンを嵌《は》めていた手をすんなりと止めたと思えば、後はジルにされるがまま。

この年ならば普通なのか貴族出身だからかはジルには分からなかったが、のんびりと待ってやるには脱衣所がいささか暑い。

さっさと着替えさせて廊下へ出る。やっぱりちょっと大きいか、とすれ違い様に凝視して視力と根性で採寸して行った宿主により、明日には丁度良いサイズの寝巻が用意される事だろう。

「お、リーダー出た？」

「イレヴン」

「連れてくなら連れてけ。こいつもう寝るぞ」

ふいに上の階からかけられた声に、リゼルもそちらを見上げた。

そこにはグダグダしていたジルの部屋から、自分の部屋へ帰ろうとするイレヴンの姿。少し大きめの寝巻を着ているリゼルを見下ろし、可愛い可愛いと笑っている。

「おいで、俺と一緒に寝よ」

「ひとりで、だいじょうぶです」

「俺が寝てぇの」

柵に凭れ、顎を乗せながらイレヴンが目を細める。

唯一人にしか向けられない甘さの滲む赤の瞳に、リゼルは幸せそうに笑って両手を伸ばした。

99.

心地良い熱と少しの暑さを感じながら、朝になってリゼルは目が覚めた。

その体は未だ普段の彼と比べると小さいままだったが、当の本人はそんな事など知る由もない。

目の前の体温を求めて黒いタンクトップへと、名残惜しむように額を擦り寄せる。

すると、布越しの体が吐息のような笑い声と共に小さく震えた。抱き寄せるように回されていた腕が動き、リゼルの後頭部をくしゃくしゃと撫でる。そのまま再び抱え込んで眠りを再開させようとする相手に、しかしリゼルはもぞもぞと動き続けた。

「ん……駄ァ目、まだ寝てよ」

抜け出そうとする動きを、イレヴンは寝起きの掠《かす》れ声で止めた。

抱き寄せた体は酷く温かく、彼にしてみれば熱い程だ。実際、額には薄らと汗が滲んでいる。だが不快には思わず、気だるげに開いた瞳で腕の中の存在を見下ろした。

幼い瞳は多少の眠気を残してはいるものの、存外パチリと開かれている。今とは違って寝起きの良い子供だったようだ。とはいえ、今も早朝と呼べるような時間は過ぎているのだが。

「イレヴン？」

「あー……ねっむ……」

もそりと体を起こしたリゼルに、イレヴンはシーツに横たえていた腕を持ち上げた。

肘から先を起こしただけで、容易にベッドの上にしゃがんだリゼルの頬へと届いてしまう。指の背でくすぐるように目の下を撫でてやれば、きゅっと瞳が閉じられた。

しかし、離せばすぐに開かれる。二度寝する気はもうないのだろう。残念に思いながらふにふにとその頬を摘めば柔らかいながら確かに感じる弾力。素晴らしい。

「おきます」

「待って待って」

暫くされるがままになっていたリゼルだったが、イレヴンがまだ寝ていたいと思っているのに気付いたのだろう。そのままシーツの上を移動して何処かに行こうとするのを、イレヴンは掌を頬からうなじへと滑らせて引き寄せる事で防いだ。

起きると決めたら流されず起きようとする辺りがリゼルだと、赤い髪を掻き混ぜながら体を起こす。

「イレヴン、ねむい？」

「すっげぇ眠い」

昨晩は幼いリゼルに合わせて眠りについたものの、本来ならば夜更かしが日常なイレヴンは案の定変な時間に目が覚めた。なんなら普段はまだ起きている時間に目が覚めた。

何処かに行ってしまった眠気を手繰り寄せる事もできず、ひたすら寝続けるリゼルを眺めて時間を潰したが、結局再び寝られたのは日も昇るような時間。ちなみにリゼルは呼んでみても撫でてみても突《つつ》いてみても捲《めく》ってみても何をしてみても起きなかった。

「リーダーは眠くない？」

「ねむくないです」

心の底から眠いものの、リゼルを一人で放り出すつもりもない。

イレヴンは胡坐をかいて、その足の上に抱き上げた小さな体を座らせる。その手がきゅっとイレヴンのタンクトップを握ったのは、支えていた手を離したからだろう。バランスが取り辛いのか、自然と体を寄せて自らを見上げる姿に思わず笑みを浮かべてしまう。

そして可愛い可愛いと両手で頬を包むように撫でてやった。やはり幼くなっているだけあって構われるのが嬉しいのか、リゼルが嬉しそうに頬を緩める。昨日、本を読んでいる時に構ったらいやいやされたが。

「あ」

「イレヴン？」

「シィー」

不思議そうに開かれた唇に、イレヴンは頬に触れていた親指を触れさせる。きょとんとしながらも良い子で口を閉じたリゼルに、褒めるように目を細めた。

その視線を扉へと向けて数秒。ふにふにと柔らかい唇の感触を楽しんでいた指を離す。

「ちょうどニィサン帰って来たし、あの人と一緒なら良いよ」

さて二度寝だと後ろへ寝転がって、イレヴンは自分の腹の上で腹這いになったリゼルを見下ろした。じっと見られ、どうしたのかと問うようにその頬へと手を伸ばす。

ふいにその手が小さな両手に握られた。ふわりと花開くような穏やかな笑みが幼い相貌に浮かぶ。

「おやすみなさい」

「……ん、おやすみ」

イレヴンは自らの手を握る華奢な指をゆるく握り、離した。

その手を小さな頭の後ろへ回し、引き寄せる。ベッドに預けていた背を浮かせ、少しの抵抗もなく近付いた額へと笑みを浮かべたままの唇で触れた。

「行っといで」

「はい」

囁いた声にくすぐったそうに笑う姿を視界に収め、イレヴンは満足そうに二度寝を開始した。

キィと小さく扉の音をさせ、イレヴンの部屋から現れたリゼルを見つけてジルは片眉を上げた。外での一服帰りで、自室の扉にかけていた手を下ろす。

「ジル、おはようございます」

「ああ」

とことこと歩み寄ってくるリゼルを見下ろしながら待つ。

「あいつはどうした」

「ジルといっしょなら良いっていって、ねてます」

構いたがりの癖に、自らの欲求にも正直なところがイレヴンらしいか。

どうせ早く寝すぎて寝られなくなったか、リゼルを眺め続けた所為で寝られなかったかどちらかだろう。そう見当をつけてジルは身を屈める。

「汗かいてんじゃねぇか」

「んー」

湿った前髪が丸い額へと張りついているのを掻き混ぜてやる。

どうせくっついて寝たのだろう、暑いのによくやるものだ。そう思いながら手を離そうとすると、リゼルがすんっと香りを嗅ぐように鼻を鳴らしてその手を目で追った。

煙草の匂いが染みついていたかと微かに眉を寄せれば、問いかけるように首が傾げられる。

「ちょっと、へんなにおい」

「……」

得てして大人の香りと称される芳香は子供には理解されないものだ。

普段のリゼルならば〝好きかもしれない〟と称するジルの煙草の移り香も、幼くなった彼にとってはまた違った印象を与えたらしい。変とは言いつつも、すんすんと香りを探してはいるので嫌いという訳ではないのだろうが。

とはいえ好ましくもないだろう。何よりリゼルにこの香りは似合わない。普段と同じく、さっさとシャワーを浴びて流してしまうかとジルは溜息をついた。

「汗流してぇなら来い」

「ながします」

こくりと頷き、ちょこちょこと隣に来たリゼルを片手で持ち上げる。

そのまま階段を降り、風呂場へ。別にリゼルは階段ぐらい一人で降りられるが、これだけ小さければ下りられないだろうとジルが勝手に思い込んで運んでいる。リゼルは楽だから気にしない。

そしてわざわざ下ろすのも面倒くさいと、階段を下りてからも抱き上げたままで移動していた。

おなかすいた、と何故かこのタイミングで零したリゼルに、先に宿主へと声をかけておこうかと足を止めかけた時だ。

「そういや着替えもねぇな」

「そんな貴方に宿主さんが厳選した子供服は如何でしょうか。今なら全力でふわっふわに仕上げたタオル付き」

真横に着替えとタオル一式を完備した宿主が立っていた。

いや、気付いてはいたが。自然にすれ違うのかと思いきや、あまりにも不自然な流れで真横に停止された。ジルはちらりと差し出されたそれらを見下ろす。

「タオルだけ貰う」

「まさかの」

宣言どおり見事な仕上がりのタオルだけ受け取った。

「ちょっ、じゃあお客たんの今日の服どうするんですか。昨日と一緒の服着せるんですか勿体ない間違えた非衛生的な！」

「装備着せときゃ良いだろ」

「この人達の装備最上級だった……ッ」

リゼル達も全く洗わないという事はなく、時々は女将や宿主に頼んで洗って貰ったりもするが、最上級装備は基本的には汚れもしないし匂いもつかない。ついても適当に水で流せば元通りで、濡れてもパッと水気を払うだけで充分乾く。

よって問題はないだろうと、ジルは今にも崩れ落ちそうな宿主を放置して風呂場へと歩を進める。その肩からよいしょとリゼルが顔をのぞかせ、宿主を見た。

「やどぬしさん」

「はっ、どうしたのかなお客たん。この宿主さんが厳選した品を感じさせながらも可愛い白のブラウスとサスペンダー付きの半ズボンと何と宿主さんとお揃いのネクタイが欲しくなったのかな！」

ふるり、と容赦なく首を振られて今度こそ彼は崩れ落ちた。

「おなかすきました」

「よーし宿主さんお客たんがお風呂出るまでに頑張っちゃうぞ！」

しかし直ぐさま復活し、キッチンへと走り去っていく。

朝食を用意しておこうというのだろう。ジルは嬉しそうにふわふわ笑っているリゼルを一瞥し、既にこの年でマイペースさの片鱗を見せている事実に色々と諦めた。

そして、先ほど目にした子供服を思い出す。

別に、頑なに子供服を着せたくない訳ではない。いつ元に戻るのか分からないのだから、一緒に小さくなった装備を身に着けていたほうが良いだろうという考えからだ。

迷宮なので、装備でなくとも着ていた服ごと大人に戻しそうな気もするが。しかし、だからこそアレはないだろう。良い年して似合いもしない半ズボン着用のリゼルが誕生してしまう。喜ぶのはとある肉欲系女子だけだ。

「流石にねぇな」

「ジル？」

「別に」

至近距離の丸々としたアメジストを見返して、ジルは脱衣所への扉を開けた。

ざっとシャワーを浴びただけにも拘らず、宿の食堂では既に朝食の準備が終わっていた。

初めこそリゼルは一人で椅子に座って食べようとしていたが、やはり机が微妙に高い。よってジルが心底複雑そうな顔をしながら膝の上に乗せてやる事となった。

乗せただけで放置していたのだが、リゼルは昨日の経験もあって上手くバランスを取りながら、相変わらず子供に有るまじき美しさで子供用の朝食をとっていた。

「ごちそうさまでした」

「お客たん偉いですね全部食べましたね。足りなくなかったかなおかわりも有りますよ」

「おなかいっぱいです」

それは良かった、と鼻歌交じりに皿を片付ける宿主を横目に、リゼルがポスリとジルへと寄りかかる。ジルは白いシャツに包まれたその腹を見下ろした。

昨晩も「リーダーお腹ぽんぽん」と言いながらイレヴンが腹を撫でてやっていたが、確かに今日もリゼルにしてはよく食べた。育ち盛りか。

薄手の私服ごしに腹に感じる体温は高い。水を飲みながらぼんやりとそんなことを考える。食休み中のリゼルも暫く動きそうにないだろう。

「ジル」

「あ?」

ふいに呼びかけられ、グラスを置いて下を向いた。相変わらずジルへと背を預けっぱなしのリゼルが此方を見上げている。

「きょうは、どこかいきますか?」

「あー……別に用事はねぇ」

「なら、でかけたいです」

一人で出かけるという発想はないのだろう。じっと見られ、眉を寄せる。

昨日は飽きることなくずっと本を読んでいたというのに、出掛けたいというのは何処か行きたい場所でもあるのだろうか。いや、リゼルの事だから何となく外に行きたくなったのかもしれない。

記憶がない間に周囲に幼少時の姿を晒すのはどうかと思ったが、しかし行きたいというのも本人の意思だ。これを自分が連れて歩くのかと思うと、心底微妙ではあるのだが。

「ジル？」

断られるとは微塵も思ってはいない瞳に、それを口に出そうとは思わなかった。

もし昨日、迷惑かと幼い声で問いかけられた言葉に頷いていれば、リゼルは外に行きたいなどと言わなかったのだろう。一人では無理な部分は当然のようにジル達に頼りながらも、その行動は遠慮でも何でもなく、極々《ごくごく》自然にジル達に都合の良いものになっていた筈だ。

手間がかからないに越したことはない。そう思うのは確かだが、しかしジルがリゼルにそれを望んだ事など普段も合わせて一度だってない。

「好きにしろ」

「はい」

幼いリゼルがそれを考えて実践しているとは思えないが、しかし何処かで感じてはいるのだろう。

だからこそその出掛けたいという言葉かと、嬉しそうに頬を染めた顔を見下ろして溜息をついた。

ガラの悪い男と品の良い子供というのは、ガラの悪い男と品の良い男以上に注目を集める。騎兵団やら何やらを呼ばれないのは、ひとえに品の良い子供がジルへと和やかに話しかけているから。あるいはジルも酷くゆっくりと歩調を合わせてやっているから。そして子供が明らかにリゼルを彷彿《ほうふつ》とさせているからに外ならない。

お陰でリゼルの子持ち疑惑が浮かび、それをパーティメンバーであるジルが面倒を見ている疑惑が浮かび、そして先日ギルドで真相を目の当たりにした冒険者達にその疑惑が届き、真相が疑惑を消し去っていっている。とはいえ、その真相が充分に広まるまではリゼルの子持ち疑惑が浮かびっぱなしなのだが。

「ジル、本です」

ふいにズボンを引っ張られてジルがそちらを見れば、リゼルがすぐ近くの店を指差した。

軒先に日陰が作られ、何冊もの本が並べられている。間違いなく本屋だ。本が娯楽の意味を持つアスタルニアだからか、子供向けの本も目についた。

足を止めてやると、首を真上に向けるリゼルの瞳が期待に輝いた。

「欲しいなら買ってこい」

「はいっ」

ジルはイレヴンと違って基本的に放置だ。

好きなようにさせているといえば聞こえは良いが、とにかく放っておいている。請《こ》われれば応えるし、今日の朝のように見れば分かる事ならば動いてやれるが、普段の振る舞いをどうすれば良いのかなど全く分からない。

幼くなろうとリゼルはリゼルだ。大抵は自分で何とかするだろうと思っているし、その予想も外れてはいない。今も気になった本を抱きしめて一人で買い物を済ませている。

こういう時、今のリゼルは子供に〝戻って〟いるのではなく子供に〝なって〟いるのだと思い知る。此方に来たばかりのリゼルよりもよほど上手く買い物をしていた。

「ジル、ジル」

「持って歩くなよ」

今すぐ読みたいと言うように本を見せてきたリゼルに、装備と同じく小さくなっているポーチを指差してやる。相変わらず名残惜しげに本を仕舞っていた。

そしてまた歩き出す。ジルはちょこちょこと歩くリゼルについて行っているだけで、何処に行きたいのかも何をしたいのかも知らない。その立ち位置が隣ではなく後ろなのは、真横だと完全に小さな体が視界から消えるからだ。

普段のリゼルさえ穏やかな癖に何をしでかすか分からない所があるので、視界には入れておいたほうが良い。

「あ」

しばらく歩き、きょろきょろと周りを見回していたリゼルが再び足を止めた。

何かを見つけたのだろう。ジルもそちらを見れば、見覚えのある喫茶店に見覚えのある姿があった。小説家から指名依頼を受けた際に利用した喫茶店、そのテラス席に向かい合って座る団長と小説家の姿。

「だーかーらー！　文句つけんなら具体案よこしてほしいかなって！」

「それを考えんのがお前の役目だろうがコンニャロ！」

机の上に盛大に紙を撒き散らし、迫力ある話し合いを行っている姿は友人同士の朗《ほが》らかな会話にはとても見えない。どうやら船上祭で聞いた、リゼル曰く〝結構な不平等取引〟によって約束された台本提供について打ち合わせをしているようだ。

幼くともその空気を察したのだろう。邪魔しちゃ駄目かな、とリゼルが声をかけることなく素通りしようとした時だった。

団長の瞳が、メガネ越しにその姿を捉える。

「多少無理があっても恋愛要素入れたほうが客は喰いつ……ッぶっふ!!」

「ぎゃぁぁぁ目に入ったかなって！　何すんの！　マジで何すんのかなって！」

盛大に噴き出された炭酸水が小説家の目に大打撃を与えた。

痛みに悶《もだ》えている彼女を堂々放置し、団長が椅子を蹴倒しながらリゼル達へと駆け寄ってくる。

その後ろで喫茶店の店長が、濡れタオルを小説家に差し出しながら悲しげにその椅子を直していた。

「あの品が良いのガキとか絶対演劇に向いてるに決まってんだろコンニャロ！　演劇に興味は!? 子役使えんならどんだけでも演目増やせるな!!　次は親子愛ものにでも、おい、笑ってみろ！　よし完ッ璧だコンニャロ！　契約料の相談すんぞ！」

怒濤の勢いで話を進める団長に、リゼルは笑えと言われて笑いはしたものの完全についていけていないのだろう。きょとんとしている。

そしてジルもリゼルが歩こうとしないので立ち止まってはいるものの、さっさとこの場を離れたいという態度を隠そうともしない。彼は道端で演技指導に入ろうとしている団長へ、嫌そうながら最低限の言葉でリゼル本人だと説明してみせた。

「迷宮は色んな意味で何でもありっつうのは聞いた事あるけど、こんなんもあんだなコンニャロ」

「あー痛かったかなって……あっ、このネタ貰っていい？　今度の小説で使えるかなって！」

普段から非現実を演じ、また非現実を綴る二人の呑み込みは早かった。

その視線が大いに好奇と観察を含むのは彼女達の職業病だろう。盛大に良い資料にされているリゼルは、招かれた席に座って行儀よく果実水を飲んでいる。

ジルは招かれた時点で、二人にリゼルを預けて近くの武器屋に行ってしまった。買う物があったのを思い出したのも確かだが、この場に居たくないのも確かだったようだ。

「おいしいです」

「か、かわ、可愛い……！」

テーブルにはリゼルと団長、そして小説家の三人。

ふわふわと笑うリゼルに、小説家は一心不乱に手元を動かして何かをメモしている。その顔はデレデレと笑い、並んだら親子に見えるかもと夢見ているが悲しいかな。どう贔屓目《ひいきめ》に見ても姉弟にしか見えないだろう。

ちなみに団長は、世間一般が定める子供の魅力は理解しているものの、彼女自身は子供だからという理由で可愛らしさを感じない人間だ。子供だろうが大人だろうが魅力的な仕草は魅力的だし、そうでないなら大人子供関係なく魅力を感じない。

「おい、あんまそいつの近くにグラス置くなよコンニャロ。割って傷でもつけたらどうすんだ」

「ひねくれてる割に可愛がってるかなって。あ、子役諦めてないの？」

「それもあるけどな、コンニャロ。お前忘れてんのか」

本当に諦めてないのか、と小説家がリゼルを見る。

たくさん歩いて喉が渇いているのか、小さな口で麦のストローを咥《くわ》えている姿が大変可愛らしい。

しかしやけに綺麗に飲むものだと疑問も抱かず感心してしまうのは、その子供がリゼルだと知っているからだろう。

「こいつに傷でも作ってみろコンニャロ、あの黒いのと赤いのがキレんぞ」

「……」

怖い。小説家は冷や汗をかいた。

普段ならば問題ない。あの二人の感情の枷《かせ》を唯一外せる存在が、唯一彼らを止められる存在でもあるのだから。だからこそ、リゼルと共にいる時の二人は〝壁が薄くなる〟と言われるのだろう。

しかし今は違う。枷を外せる存在がいるにも拘らず、止められる存在がいない。

そしてこの状態のリゼルが万が一他者に傷つけられるような事があればどうなるか。それが故意なら間違いなく恐ろしい事になるし、故意でなくとも恐ろしい事になるだろう。

「ごちそうさまでした」

ガタガタと震える小説家を尻目に、ちゃっかり果実水を飲み終えたリゼルが微笑んで礼を告げる。

そして、すぐにもぞもぞと椅子を降りようと動き出した。

その仕草に心癒《いや》されて震えを止めた小説家が、一体どうしたのかと首を傾げる。

「どうしたのかなって」

「ジルのとこ、いきます」

「待ってろコンニャロ。すぐ迎えが来んだろ」

リゼルはしばらく考え、ふるりと首を振った。

「でも」

「此処で待ってるほうが良いと思うんだ。ほら、お菓子頼んであげようかなって」

「入れ違いになったら大変だろ」

ジルはリゼルならば放っておいても大丈夫だと考えていた。

部屋では勝手に本を読んでいる。風呂場でも自分で体を洗っていた。恐らく適切な高さの椅子を用意すれば一人で食事もとれる。実際に、自力と他力を問わなければ一人で色々とやってのけるだろうから間違っていない。

だからこそ彼は失念していた。幼い割に相手の意図を汲んで、変に感情的にならずマイペースで、普段どおりのリゼルだと思ってしまった。

「ね、お姉さんと一緒に待ってようね」

実際、今もリゼルは此処で待っているのが一番だと分かっている。優しい言葉をかけてくれる小説家も、ぶっきらぼうながら心配してくれる団長も、ちゃんと分かっている。だが、いつだって自分の感情を抜きにして最善を選べる程に、この頃のリゼルの心は成長しきっていないのだ。

「でも、ジルがいいです」

告げられた言葉に団長達は目を見開いた。

我儘を言っている自覚があるのだろう。幼い顔が困ったように眉を下げ、そして悲しげに伏せられた。小さな手が自らの服を握りしめる。

何かを言おうと開いた口は、そのまままきゅっと閉じられた。しかし辛うじて零された声は小さかったが、確かに意思を持って二人に届く。

「……ジルじゃないと、いやです」

直後、団長と小説家は心臓を押さえて崩れ落ちた。

「おい」

「ジル」

それに思わずきょとんと目を瞬かせていたリゼルは、直後に背後から聞こえた声にぱっと振り返った。そこには複雑そうに眉を寄せたジルが立っている。

「行くぞ」

「だんちょうさんたち、うごかなくて」

「放っとけ」

机の上に崩れ落ちたままピクリとも動かない両者を、しかしジルはどうでもいいと放置して腕を伸ばした。椅子から降りようと背に手をついたリゼルの体を、腰に手を回すように抱き上げる。

近くなった顔に、リゼルはふわふわと嬉しそうに笑う。目の前の肩へと額を擦り寄せる姿は酷く満足そうだった。

「……」

ふいに、それを眺めていたジルの顎に柔らかな髪が触れる。

彼はそれを無意識に唇で追おうとして、しかし集まる視線が鬱陶《うっとう》しいと眉を寄せて動きを止めた。溜息を一つ。

「帰るか」

「はい。だんちょうさん、しょうせつかさん、ありがとうございました」

「……ッ……、……おぅ……！」

「これッ……！　ッ……！……!!」

未だに顔すら上げられない二人を残し、リゼル達はその場を去っていった。

結局のところ、リゼルが何を考えているのかは分からない。

ジルは抱き上げているリゼルの体温に、少しばかり暑さを覚えながら考える。何だかんだで言いたい事は言うし、嫌なものは嫌だという男だ。それは幼くなろうと変わらず、離れるのが嫌ならば団長らに預ける際に嫌だと言う筈だろう。

寂しかったのでも、不安になったのでもなさそうだ。ならば何故。こうなってまで掴み所がないなど流石だと、呆れ半分に感心すらしてしまう。

「あ、リーダーお帰り」

宿に戻り、扉を開ければ帰りを察していたのだろう。

笑みを浮かべたイレヴンが機嫌良さそうに近付いてくる。どうやら十分な二度寝がとれたようだ。

「ニィサン、何だかんだ言って抱いてんだ」

「うるせぇ」

ジルの腕の中にいるリゼルの頬を、イレヴンがうりうりと構う。

何となく、何かがあったのだと察したのだろうか。彼は両手で挟みこんだ顔を覗き込み、にっこりと笑ってみせた。

「楽しかった？」

「はい。だんちょうさんと、しょうせつかさんに会いました」

「あー、あの二人」

「ふたりに会って、ジルがどこかにいっちゃったので、ちょっとそわそわしました」

そわそわ、とジルとイレヴンが思わず無言でリゼルを見る。

本人は至って普通にふわふわしている。当たり前のように言って、至って普通にふわふわしている。一体どういう意味なのか。

しかしこれだけは確かだと、イレヴンが責めるような目でジルを見た。

「リーダー置いてどっか行ったとか最低」

「てめぇにだけは言われたくねぇ」

確かに自身に落ち度はあるが、性根が腐りきっているイレヴンにだけは言われたくない。

ジルは吐き捨てるようにそう告げ、ふと抱えているリゼルを見下ろした。告げられた言葉は、そのまま落ち着かなかったという意味でとれば良いのだろうか。それならば、離れる時には平気でも次第にそうではなくなったのだと説明がつく気がした。

そして、抱き上げてやった際に見せた甘えと満足げな表情も。自分のものが手元に帰ってきたのだから、それは落ち着くし満足もするだろう。

「こんなニィサン放っといて、昼から俺とお出掛けしよっか。本がいっぱいあるトコ連れてってたげる」

「！　でかけます」

「じゃあ昼食べよ。おいで、ほら抱っこ」

「食堂なんざ直ぐそこだろうが、行くぞ」

伸ばされたイレヴンの両手を避け、ジルはリゼルを抱いたまま食堂へと歩き出した。

後ろでズルイズルイと訴える声を流し、そしてふいに自らを見上げるリゼルと視線を合わせる。

口元を笑みに歪め、囁いた。

「お前、子供の頃から独占欲強ぇんだな」

どくせんよく、と不思議そうなリゼルに可笑しそうに笑いながら、ジルは顎をくすぐる柔らかな髪へと滑らせるように唇を触れさせた。

100.

昼食後、リゼルの意識は食休みよりも本へと向いていた。

膝の上で寛ぐこともなくもぞもぞと動き、下りようとする体をイレヴンが捕まえる。

「リーダーどったの」

「本、みにいきます」

「休憩しなくても平気？」

「はい」

こくりと頷いたリゼルだったが、子供と関わった事などないイレヴンには果たして本当に平気なのかが分からない。意見を求めるようにジルを見るも、当然の如く意味がなかった。

摑まえていた腹を撫でてやる。イレヴンはそのまましばらく悩んだ後、まぁ良いかと頷いて立ち上がった。どうせ抱いて運ぶのだ、休むも出掛けるも一緒だろう。

「イレヴン、いきますか？」

「はいはい、行きますよー」

「いってきます、ジル」

幼気《いたいけ》な挨拶に頷くだけで返したジルに見送られ、二人は宿の食堂を出た。

目的地は海の方角にある。

強い日差しの下、イレヴンは小さな体を抱きながら機嫌良く歩を進めていた。港へ向かう広い通りには露店や屋台が多く並び、賑やかな声が飛び交っている。

必然的に途切れる事のない人波の中、今もすれ違うたびに二度見されているも、その程度ではイレヴンの機嫌を陰らせる事などできはしない。

「リーダー何か欲しいのある？　買ったげる」

「んー……ないです」

きょろりと周りを見渡し、リゼルがふるりと首を振る。

遠慮している訳ではないだろう。欲しいものがあれば素直に指を差している筈だ。その指の先にあるものが何であろうと、どれだけ高価なものであろうと買い与えてやるつもりのイレヴンは間違いなく子育てに向いていない男だった。

恐らく今は本以上に優先するものがないのだろう。そう結論づけたイレヴンが、一軒の店を見つけて足を止める。以前、彼が鎧王鮫《オリハルコンシャーク》の鱗の加工を頼んだ武器屋兼工房だ。

「ちょっと寄り道して良い？」

「はい」

出来上がったら届けると言われて、それなりに経つ。

出来たらラッキー程度にしか思っていないので遅くなるのは構わない。だが渡した素材を無駄にされていては良い気はしない。

早く本が読みたいだろうに、あっさりと了承を示したリゼルの頭をイイコイイコと撫でながら店の扉を潜った。

まず目に入るのは様々な得物の並ぶ店内、そして奥には工房へと続く扉。修理ができる程度の最低限の設備を備えている店は珍しくないが、一から武器を作り上げられる工房を持つ店はそうそうない。

ここはむしろ、店がオマケのようなものだ。職人達が趣味や試作で作り上げたものを並べて売っている。

「おう、鎧鮫の鱗持ち込んだ兄ちゃんじゃねぇか。子連れとはなぁ」

声をかけてきたのは、椅子に座って剣を磨いている店番の男だった。

やはり彼も店員というよりは職人にしか見えない。磨く度に艶《つや》を増していく刀身が気になるのか、じっと見ているリゼルの頬をふにふにと摘みながらイレヴンがつまらなそうに口を開く。

「んなコトよりさァ、ナイフまだできねぇの？　遅ぇよ」

「てめぇな、見た事ねぇ素材の加工がホイホイ終わる訳がねぇだろ。だがまぁ、確かにナイフ一本作るのにこんだけ時間かけてりゃ工房の名折れだなぁ！」

大声で笑い、店番の男は手に持っていた剣を机へと立てかけた。立ち上がり、工房への扉を開く。

「形どうするか聞きてぇと思ってたし、覗いてけ」

「そこまでは進んでんの？　じゃあさァ、持ち手は」

促されるままに工房へと進もうとしたイレヴンはしかし、てしてしと肩を叩かれて歩みを止めた。どうしたのかと叩いた本人であるリゼルを見下ろすと、じっと此方を見る大きな瞳がある。

「ここでまってます」

「んぁ、リーダー工房見たくねぇ？　好きそうじゃん」

「ぶき、みてたいから」

確かに並べられている武器は多種多様。

更には他の店に卸す用でもないので、職人たちの遊び心に溢れたデザインのものも多くある。それが気になったのだろうか。ならばイレヴンもナイフの件を別の機会にして、今日はこのままリゼルと武器を眺めても良い。

だが、そう伝えれば大丈夫だと首を振られる。変な所で頑固だし、とイレヴンは全く以て似つかわしくない優しい手つきでリゼルを下ろした。

「じゃあリーダー、危ないモン触んないように」

「はい」

「何かあったら呼んで。ねぇと思うけど」

「はい」

リゼルが素直に頷く。

これが普通の子供なら信用できない所だが、大人の時と同様に言われた事は間違いなく守るだろう。まぁ大丈夫かと、言いつけどおり触らないように武器を眺め始めた姿を確認してイレヴンも工房へと向かった。

扉を潜った途端に感じた熱気と、金属同士がぶつかり合う音に顔を顰めながら案内の男に続く。男は慣れたように床に転がる材木や鉱石を避けながら、奥で金槌《かなづち》を振るう壮年の男へと近付いた。

「親方ー、鎧鮫の客だ」

「あぁ？」

この工房のトップなのだろう。

親方と呼ばれた男は、喧《やかま》しいと言うように顔を上げた。間違いなくイレヴンが鱗の加工を持ち込んだ際、何とかすると断言していた男だ。

「催促にでも来たか」

「無くても困んねぇし。でもてめぇらに娯楽提供したワケじゃねぇんだわ」

「ふん、あながち間違っちゃいねぇ」

にやりと歯をむいて笑い、男は持っていた金槌を置いた。

伝説の魔物の討伐に焦がれていたのは冒険者だけではない。相応の実力を持つパーティの登場にギルド職員が、解体と賞味に漁師が、そして素材の加工に職人が歓喜した。

どこから手をつけて良いかも分からない伝説の素材を、試行錯誤しながら加工できるなどアスタルニア全職人の夢。そしてそれを任される事は最上の誉《ほま》れ。男が年甲斐もなく喜んでしまうのは当然の事であった。

しかし、娯楽と言われて否定はできないが遊んでいるだけでもない。

「並の金槌じゃすぐ割れやがる」

壮年の男は、寸前まで金槌を振り下ろしていたなめし革を捲った。

折りたたまれたそれは竜皮。この工房で最も耐久性の高い革に包まれるように、虹色の光を反射する一枚の鱗が姿を現した。巨大であった筈のそれは、今や掌サイズにまで小さく薄くなっている。

「これで完成じゃねぇの？」

「触るときゃ気ぃつけろよ。今のままでも指くらいは落とせんぞ」

「んなヘマするかよ」

鋭利に研がれた縁を避け、手に取ったイレヴンはひらひらとそれを揺らした。

そして足元に落ちている何かの鉱石を拾い上げ、放る。数度鱗を手にした腕を振るった。

見ていた職人達は、刻まれた鉱石の欠片がパラパラと床に散らばる事でようやく何が起きたのかを察したようだ。惜しまず感嘆の声を零している。

「下手に斬りゃ、簡単に折れる薄さなんだがな。テメェにゃ関係なさそうだ」

「そこらへんの雑魚《ザコ》と一緒にすんじゃねぇよ。で、コレまだ？　普通に使えんじゃん」

イレヴンは少しも欠けていない鱗を目の前で翳した。

厚さはおよそ一ミリ程か。靴底に仕込むのも良いし、ベルトに埋めるのも良いかもしれない。しかし、この工房を取り仕切る男は気に入らないとばかりに鼻を鳴らす。

「馬鹿野郎、出来るだけ薄くっつうのがテメェの注文だっただろうがよ」

「仕込みやすいし。こんぐらいで充分なんだけど」

「まだだ、これが限界だと思われちゃあ困るぜ。限界まで薄くっつうなら、あと半分程度にゃ薄くしなけりゃ工房の名折れだろうが！」

「職人メンドクセー」

限界を追求する相手に、まぁ良いかとイレヴンは鱗を返す。

強度に関しては他の追随を許さない鎧王鮫《オリハルコンシャーク》の鱗。だからこそ未知の薄さを目指せるとあって、職人の熱意も一入《ひとしお》だ。イレヴンとしても薄ければ薄い程に仕込みやすいし、元々中途半端なものなどいらないのだから、アスタルニアを離れるまでに出来上がれば良い。

揺れる髪を弾きながら、視線を工房の入り口へと向けた。

「強度落としすぎんなよ」

「分かっとる。持ち手はどうする、そのまま持つにゃ安定しねぇぞ」

「いらね」

先ず《ひとま》の確認も済めば、もはや興味が薄れる。

リゼルも待たせているので長居するつもりもない。イレヴンは踵《きびす》を返しかけ、ふと顔を上げた。

幼くなった柔らかな声が、自身の名前を呼んだのが聞こえたからだ。

緊急性はなさそうだが、早く傍に居てやりたい。そう内心で呟き、一つに結んだ赤い髪を蛇のように撓らせて足音もなく去っていく後ろ姿に、残された壮年の男は何とも癖の強い奴だと笑うのだった。

イレヴンが工房へと向かって直《す》ぐ。

リゼルは壁に並んだ武器をまじまじと眺めていた。剣、剣、剣に盾に弓、そして籠手《こて》や用途の分からない装備。職人達のオリジナリティに溢れたそれらは、武器や装備のイメージを大きく外れたデザインも多い。

オーダーメイドで好みのデザインを求める冒険者でさえ、思わず目を止めてしまうような他に類を見ない武具の数々。端っこから順番に、とことこと足を動かして眺めていく。

「(はさみ)」

見つけたのは巨大な鋏《はさみ》だった。

これは武器なのだろうか。それともただの鋏なのだろうか。リゼルには分からないし、恐らくこの店に来た誰もが分からない。そして作った本人も作ってみたかっただけなので分からない。

「(けん、けん、ゆみ、と……おっきなほうちょう)」

ちなみにリゼルが大きな包丁と称したのはれっきとした武器だ。

どの冒険者が見ても立派に片刃の大剣なのだが、幼子の目には包丁にしか映らないという残酷な事実が判明した。似たような物を装備している冒険者達がその事実を知れば絶望しそうだ。

そして店の片側の壁を端から端まで見て、さて反対もとリゼルが振り返った時だ。

「あ」

先程、店番をしていた職人が磨いていた剣を見つけた。

とても不思議で綺麗な光景だった。黒い刀身が、磨かれる度に白銀に輝いていく光景。何故そうなるのかと酷く気になった。

近付いてみる。磨かれた部分だけが確かに輝いていた。触ってみたかったが、言い付けをきちんと守れる良い子なリゼルはまじまじと覗き込むだけに留める。

「まじゅつ、とか」

うろうろと剣の前で右往左往し、何故どうしてと考える。

事実はこびり付いた煤《すす》を磨き粉を使って取り除いていただけなのだが、当然分かる筈もなく。ふいに剣の柄に引っかかっている布を目にして、もしやこれに秘密があるのかと手を伸ばしたのも仕方のない事だった。

だって、危ない物に触るなとしか言われていないのだ。これはただの布。

「ん、と」

自らの背丈より高い位置にある柄を見上げ、少し背伸びして布を掴む。

引っ張った時、微かに抵抗があったのは何処かに引っ掛かっていたからなのだろう。あれ、と思った時には既に剣はリゼルへ向かって倒れてきていた。

咄嗟に避ける事も身構える事もできず、ただそれを見る。

「こーら」

迫っていた筈の刀身が、眼前でぴたりと止まった。

そろりと視線を持ち上げれば大きな手が剣を支えている。さらに真上を見上げれば、前髪で目元を隠した見覚えのある男の姿があった。

「頭《かしら》が触んなっつってたでしょうが」

「せいえいさん」

店内にはリゼルしかいなかった筈が、いつの間に来たのだろうか。

彼は受け止めた剣を机の上へと乗せて、同時にふわりと落ちた布を手に取って差し出してくれる。

「はい、ちっさい貴族さん」

リゼルは布と元盗賊である男を見比べ、手を伸ばそうとはしない。どうしたのかと自身を窺う前髪越しの視線に、ついには一歩後退する。

それを数秒黙って眺めていた精鋭が、チチチ、とまるで猫を呼ぶように舌を鳴らしながら指で招いてみせた。

「なーんで怖がってんですか」

精鋭には不思議で仕方なかった。

思い出すのは普段の穏やかで高貴な瞳。感情を隠すのが酷く上手いのだと知ってはいるが、元の大人であるリゼルが精鋭らに恐怖した事など一度もないだろう。

なにせ精鋭がどういった存在かを理解した上で使ってみせる。同類であり上位種であるイレヴンではなく、全く異なる存在が自らを使える事こそが本来ならば有り得ない事なのだが。

「頭は平気で俺が駄目とかズレてんなぁ」

精鋭はしゃがんだ膝《ひざ》の上に頬杖《ほおづえ》をつき、招いていた指を伸ばした。爪が幼い鼻先に触れる寸前で止める。

今のリゼルが怖がっているのなら、それはやはり幼くなった所為だろう。こんな年から賢い事だ

と内心呟き、指先を通り越して真っ直ぐに前髪越しの瞳を見つめる幼い姿を眺める。

「まぁ、警戒心があるのは大いに結構」

無邪気に懐かれても興ざめだと笑みを深め、彼はリゼルの鼻先でピッと指先を薙《な》いだ。

「せいえい、さん？」

リゼルが咄嗟に閉じた瞳を開いた時には、目の前には誰もいなかった。

周りを見渡しても店内にはリゼル一人。きゅっと服の前を握り、うんうんと色々な事を考えたが、結局まぁ良いかと落ち着いたようにハフリと肩の力を抜く。

「イレヴン」

頼れる存在がいないならマイペースに武器の観察を再開しただろうが、今は近くに甘えられる存在がいる。少し気が緩んでいるのか、何となく声に出してしまった呼び掛けにイレヴンは直ぐ応えてくれた。

工房から姿を現した彼に焦った様子はない。今までリゼルが誰と居たのか分かっているからだろう。

「リーダーどったの。何かされた？」

「たすけてもらいました」

「えー、危ないモン触んなっつったじゃん」

「だって、布だったから」

言い訳をしながらも、悪い事をしたのだという自覚はあるのだろう。

少し眉を落としたリゼルを抱き上げたイレヴンは、机の上に横たわる磨き途中の剣と布を見下ろした。それだけで何があったのかおおよその予想はつき、リゼルに言い聞かせる難しさを思い知る。

的確に抜け穴を突いてきた。

「行こっか」

「はい」

しかし、と店の外へと歩きながらイレヴンは腕の中を見下ろした。

寸前まで一緒にいただろう男の事など欠片も信用していない。店の扉を潜りながら問いかける。

「本当に何もされてねぇ？」

「えっと……ちょっとこわかったです。何もされてないけど、ちょっとだけ」

「ふぅん。アイツら頭おかしい奴ばっかだからなァ」

そういう所は敏感そうだし、と柔らかな髪へと頬を寄せる。

取り敢えずブン殴ろうとイレヴンは心に決めた。助けたというのは本当だろう、それを踏まえた上での結論だ。それがなければ半殺しぐらいにはしている。

そして二人が立ち去った武器屋の屋根の上で、リゼルへと甘い笑みを浮かべながらの物騒なイレヴンの考えを察したのかどうなのか。精鋭が一人、言っちゃったよと引き攣った笑みを浮かべていた。

それはアスタルニアが誇る白亜の王宮。その門での出来事。

スタスタと通過していくイレヴンを、何とも珍しい事だと門番らは見送った。彼らが普段目にしているのはリゼルプラス一人の光景で、リゼル以外の二人が単独で王宮を訪れた事など一度もない。

あの穏やかな人なら挨拶ぐらいはしてくれるんだけどなぁと内心で呟きながら見送った門番は、しかし直後二度見した。何だかとんでもないもん抱えてた。

軽い足取りで書庫への道のりを歩いていくイレヴンを止めるか止めないか悩み、しかし止める理由でもないかもしれないと悩み、だが普通に見送って問題がないかと言われれば微妙かもしれないと悩み、そして最終的に同じ結論に達した門番二人は顔を合わせて頷く。

「ナハスさんに言っときましょうか」

「あの人らに関しちゃアイツに投げときゃ良いだろ」

最近、リゼル関連で何かあれば直ぐにナハスが呼ばれるのを、本人が何故だと思っているのを知り合いならば全員知っている。でも呼ぶ。


静寂に包まれた書庫で、アリムは床に胡坐をかいたまま無言でそれを眺めていた。

「はいリーダー、本いっぱいあるねぇ」

イレヴンが特に挨拶もなく入ってくるのはいつもの事だ。気にはしない。

だが、その腕から下ろされてトコトコと本棚へと歩いていく小さな姿は一体どうした事なのか。随分と見知った面影のある顔立ちと、リーダー発言で優秀な頭脳はすぐに正解を弾き出す。その原因さえも。

アリムが色々考えながらもその姿を目で追っていれば、そんな布の塊に気付いたのだろう。リゼルが見つけた本を手にして近付いてきた。

「……先生？」

「でんか、こんにちは。本をみにきました」

本を抱きしめてふわふわと微笑むリゼルに、アリムは何も返さない。

奇妙な沈黙が数秒続く。それにリゼルが不思議そうに目を瞬かせるのを見て、ようやく布の中から零されたのは低く甘い笑い声だった。

「うふ、ふ」

布の中からゆっくりと褐色の腕が伸びる。

細く長い指を持った大きな掌がリゼルの頭を撫で、頬を通り肩まで撫でた。ジルやイレヴンのように探り探りではない、少し強めでありながらも体温が伝わるような撫で方。

心地良さそうに目元を緩めたリゼルに、アリムはもう一度笑う。

「何処の、迷宮、かな」

「〝対価を払う道〟。リーダーの読めるような本ある？」

「ある、よ」

勝手に椅子に座ってリゼルを眺めるイレヴンの言葉に、アリムは「そう」とだけ頷いて幼くなった古代言語の師を受け入れる。過去の迷宮の記録を見るに、幼くなっている間の記憶は元に戻ると共に消えると思って間違いはないだろう。

幼子の細い髪を撫でながら二度三度、彼は微かに頷いた。

そしてシャラリと金の装飾が揺れる繊細な音と共に、もう片腕も布の外へと伸ばす。両手で優しくリゼルの頬を覆い、次に肩へと添えてそっと引き寄せた。

拒否しようと思えば容易にできるだろう力加減。しかしリゼルは逆らう事なく数歩の距離を歩み寄った。小さな体が布の中へと吸い込まれるように消える。

「(リーダーが布の塊に食われた……)」

まるで新種の魔物のようだったと後にイレヴンは語った。

イレヴンとしてはあまり触るなと思うものの、リゼル自身は恐らく布の中が非常に気になっている筈だ。普段のリゼルも入ってみたいと言っていた事がある。

だからこそ招き入れられたのだろうと思えば、止める訳にもいかない。つまらなそうに頬杖をつき、彼は少しだけ膨れた布の塊を見下ろした。

「リーダーそん中どう？　暗い？」

「外といっしょか、すこしくらいです。すごい、まわりがみえます」

「へー」

アスタルニアの特産品、刺繍や糸の効果で様々な魔法的効果を宿す布。

恐らくそれの一種なのだろう。流石王族といえば良いか、聞いた事もない魔力効果を盛大に無駄遣いしているようだ。

「うふ、ふ。可愛い、ね」

アリムは布に囲まれた空間で、胡坐の中に立つリゼルを囲い込む。薄い背の後ろで指を組み、何が気になるのかじっと自身を注視するリゼルに目を細めてみせた。

なにせ書庫に引き籠っている彼が知る幼子など、自らの弟妹か甥姪《せいてつ》のみ。彼らは総じてアリムを見ると布をはぎ取ろうと立ち向かってくる嵐のような存在だ。皆一様にテンションが高く、じっとしている事もなく、放っておいても何処かではしゃいで勝手に帰って来るような従者泣かせの子供ばかり。

それに比べて目の前の幼子の何と庇護欲《ひごよく》を煽られることか。興味深そうに布を見回し、触れてみて、満足したのか胡坐の中にぺたりと座って本を読み始めている。

「先生、それで良い、の」

リゼルが手にする〝アスタルニア原産食虫植物図鑑〟を見下ろし、アリムはぽつりと呟いた。毒々しい花々とふわふわしたリゼルが結びつかず、何とも言えない違和感を醸し出している。

「ほかのやつ、むずかしくてよめないので」

「ああ、そう、だね」

この書庫ではアリムの趣味と独断で本の配置が決まっている。

近場にあるのがよく読む本。必然的に今のリゼルには難しい本ばかりだろう。〝アスタルニア原産食虫植物図鑑〟は最近必要になって読んだだけで趣味ではないのだが。

アリムはリゼルの手から図鑑を抜き取った。自分で選んで持ってきたとはいえ、絵が多くて読めそうだと思っただけで本当に読みたいものではないのだろう。その体を抱き上げ、ゆっくりと立ち上がる。

「先生が好きそうな本、見に行こうか、な」

「はい」

落とすなよ、とイレヴンの言葉に見送られて二人は立ち並ぶ書架の中へと足を踏み入れる。

隙間《すきま》を縫うように足を進める度、アリムの肩を滑る金の髪が頬に触れるのだろう。くすぐったいと首を振ったリゼルに、アリムは微かに笑みを浮かべながらその髪をうなじに流す。

そして、さてどんな本が良いだろうかと棚を埋める本の数々を流し見た。辞書とかを渡しても平気で読みそうだと、そんな誰もがリゼルに抱くイメージを彼も抱いてはいるのだが。

「さっきみたいな、図鑑が、良い？　物語もある、よ」

「えっと、ココのことがかいてあるのがいいです」

ここ、つまりアスタルニアか。

アリムは書庫の入り口近くへと歩を進める。教育本の類はそこへ纏めてあった筈だ。

「どれが良い、かな」

一つの棚の前で足を止め、リゼルにもよく見えるように抱き直してやる。

〝アスタルニアの歴史〟、〝アスタルニア特産品の全て〟、〝漁師たちの生活〟、子供でも読みやすいように書かれているそれさえも今のリゼルには早いだろうが、恐らく喜んで読むだろう。

気になる本を見つけたのか、小さな手が伸ばされる。アリムがそれを追い越して、目的の本を手に取り渡してやった時だった。

「またお前らか！」

バタンッと派手な音とともに扉が開かれた。

同時に静寂を切り裂いた覇気《はき》のある声に、リゼルが驚いたようにパチパチと目を瞬かせる。その背を落ち着けるように撫でてやりながら、アリムはゆっくりとそちらを見た。

開かれた扉の前で逆光を背負うのは、全く仕方がないと今にも言い出しそうなナハス。布の中に仕舞われているリゼルには気付いていないようだ。

「ナハス、うるさい、よ」

「も、申し訳ございません。ですが、また奴らがおかしな事になっていると聞き……」

ナハスが門番から得た情報は一つ。

リゼルが子供を産んだという一点のみ。産んでたまるかと突っ込んだ彼は、混乱したまま律儀に現状の確認をしようと書庫を訪れていた。

「おかしな事、ね」

腕の中のリゼルを見下ろし、アリムは抑揚《よくよう》もなく笑う。

そのまま机のある書庫中心部まで戻ろうと足を進めれば、その後ろにナハスも続いた。いつものようにリゼル達は机にいると思ったのだろう。

「……ん、一人だけか？」

「リーダーと来たし」

「本でも探しに行ってるのか。しかし殿下の前でその姿勢はどうにかならんのか、だらしない」

机に肘をつき、ニヤニヤと笑うイレヴンを見下ろしてナハスが溜息をつく。

その後ろには床に座った布の塊と、その布の中からごそごそと出てきたリゼルの姿。リゼルは本を抱きしめながら何かを探すようにきょろきょろと首を動かし、目の前のアリムという名の布の塊をじっと見つめ、胡坐をかいているだろう膝の上に布の上からポスリと座って本を読み始めた。

「贅沢《ぜいたく》な椅子が似合うよなァ」

「何だ、御客人の事か？　確かに似合いそうだが……お前がガンガン踵をぶつけているその椅子も結構な品なんだから止めろ！」

当然のように椅子扱いされた王族は、しかし至って普通にそれを受け入れた。もぞもぞと座り心地の良い場所を探して動くリゼルに姿勢を合わせてやり、すっと布の中から手を差し出してその腰を引き寄せる。

ぽすりと背中に感じた感触が背もたれに似て、とても快適だったのだろう。リゼルはふわふわと満足そうに笑っていた。

「てめぇんトコの王族がソファになっててウケる」

「不敬《ふけい》な物言いは止めろ、大体ソファっていうのはどういう……」

そしてナハスが、ケラケラと笑うイレヴンの視線を追うように振り返った。

彼は目にした衝撃の光景に数秒固まり、そして不思議と冷静になる自らを自覚する。驚愕も行き過ぎれば何も感じなくなるのだろう。

そんな彼の口から真っ先に零れた言葉は、間違いなく本心だった。

「成程、ソファか……」

もはや納得しかできない。どう見てもソファだった。

それからはもはやナハス無双《むそう》だった。混乱しているのか素なのかいまいち分からないが、何やら熱心にリゼルの世話を焼き出したのだ。

「そんな暗いところで本を読むんじゃない、もう少し明るい場所に移動しろ。あ、こら殿下を連れて歩くな！　椅子扱いか！」

「ほら、おやつの時間だろう。しっかり食べないと体調を崩すからな、フルーツの盛り合わせだ。……こら、本を離せ、渋っても駄目だ」

「そろそろ昼寝の時間だぞ。しっかり睡眠をとって早く大きくなるといい。殿下のベッドを整えたからそこを使え。本は持って行くんじゃないぞ、嫌じゃない。ほら俺が預かってやる……こら、手を……お前は本当に変わらんな！」

「情操教育だ、魔鳥に触れあってみるか？　ほら、俺の美しい相棒は慈愛の心も持っているから触って大丈夫だ。優しく撫でるんだぞ。どうだ、この頬ずりもしてくれる素晴らしいサービス精神は他の魔鳥では……ちくちくする？　子供の柔肌《やわはだ》に羽毛は固いかもしれないな、ほら見せてみろ」

いつもの二割増しだった。

そして帰る時には危ないから送ってやると、陸路で使える小型の魔鳥車まで出してきた。ちなみに彼のリゼル達への面倒見の良さは一体どこから来るのかと、騎兵団の中で度々噂になる。

そして魔鳥に牽かれて到着した宿で、イレヴンの肩越しにバイバイと手を振るリゼルへと手を振り返しながらナハスは呟いた。

「しかし子供でも大人でも変わらんな、あいつら」

何気に最も核心をついた言葉だったかもしれない。

それからの数日、幼くなったリゼルは色々な人と触れ合いながらのんびり過ごしていた。

夜は大体イレヴンと寝ていたが、一度だけジルと寝た。ジルはいつもどおりの時間に起きようとしたがリゼルに服を握られている事に気付き、何年ぶりかの二度寝をした。

イレヴンが服屋に連れて行った事もあった。とにかく色々着せられて疲れたリゼルは、もう知らんとばかりに更衣室の中で丸まって寝た。

宿主は嬉々として奴隷と化していたし、再び本を借りにいった際のアリムはソファと化したし、街中で会ったナハスは母親と化した。最後に至っては普段と変わりないといえば変わりない。

そしてリゼルが幼くなってから五日目の今日。ジルの部屋のベッドですぅすぅと昼寝をしていた彼が、あまりにも呆気《あっけ》なくポンッと元に戻る。

「あ、戻った。ニィサン、ポンッて戻ったの見た？」

「見た」

今は見ていなかったので前回の事だが。

理屈も何もなく、ポンッと白い煙とキラキラした何かを発しながら元に戻るあたりが流石の迷宮仕様だろう。リゼルは今も何事もなかったかのように寝続けている。

イレヴンは一緒に横たわり、直前まで髪を撫でていた手で再びリゼルの髪に触れる。やはり子供の時とは違う感触を面白く思いながら、流石によしよしはできないなと数度梳いて離した。

「てめぇは残念がると思ったけどな」

「冗談、ガキ嫌いだし。リーダーも最初からアレだったら全ッ然興味ねぇ」

勿論、小さくなったリゼルに向けた愛情は本物だった。

しかしそれはリゼルがリゼルだったからこそ。リゼルに対する様々な感情は何も変わっておらず、接し方は相手の幼さ相応なものに変わったものの本質はそのままだ。

それはジルも同様で、だからこそイレヴンの言葉を否定しない。元々子供に興味のない二人だ、最初から最後まで存在したのはリゼルへの興味でしかなかった。

「戻ったら覚えてねぇってホント？」

「ああ」

「ニィサン何で知ってんの」

実際体験したからだと、ジルは今後一切教えるつもりはない。


日が覚めたリゼルは事の経緯を聞き、そういう事もあるのかと頷いた。

迷宮だから仕方ない。世話をかけた面々に謝罪と礼を伝えにいかねばと思いながら、さて幼い頃の自分はどうだったかと思考を巡らせる。

聞く限り、自らも全く覚えていない頃の年齢だったという。父親から生意気だったと言われた事もないし、普通の子供らしく年相応の手間をかけるだけで済んでいれば良いのだが。

だが少なくとも嫌がられた訳ではないらしい。周囲の反応を窺い、そう結論付けて安堵する。

何故ならイレヴンが言っていた。

「はいリーダーこれあげる。口開けて、あーん」

取り敢えず素直に口は開けておいた。

宿主も言っていた。

「あ、お客たぁぁ危ねぇぇぇぇぇ！　たっ滝に打たれてみたいんですけどお勧めスポットないですかねお客さん！」

取り敢えず森の中で見つけた滝壺を教えておいた。

団長は言っていた。

「お前の子供ができたら演劇の道に進ませる事を真剣に検討しろコンニャロ！」

そうなれば公爵家を継ぐ事になると思うので丁重に断っておいた。

そしてアリムも言っていた。

「先生、はい、どう、ぞ」

床に座った彼がぽんぽんと己の膝を叩いたのを、畏れ多いと断った。

更にナハスが言っていた。

「昼食時に書庫に籠ってるんじゃない。今日は朝から入り浸りだろう、食事を用意させたから食べると良い。好き嫌いせず食べるんだぞ」

いつもと変わらないので頷いて読書を続けたら返事ばかりだと怒られた。

何故かジルは言っていた。

「……風呂入ってくる」

「行ってらっしゃい」

何があったのかと思わないでもない。

記憶が残っていないのが少し残念だと、ふと元に戻った日の夜を思い出す。

自室でベッドに潜り込むも眠気が来ず、昼寝したからだろうかと寝返りを打っていた。暫く迷宮や国の外に出ていないというジル達の為にも、翌日は思い切り体を動かす依頼を受けたいと考えていた事もあり、早く寝たかったにも拘わらず。

「(眠くない訳じゃないのかな)」

何故か違和感があった。

眠りに落ちるという感覚はこうだっただろうかと。もっと暖かなものに包み込まれるような、そんな安心感のあるものではなかったかと。漠然とそう思った。

小さく息を吐き、一度だけ枕に頭を埋める。やはり眠気は来なくて、閉じた瞼を開いて何かを考えること数秒。おもむろに起き上がって部屋を出た。

真っ直ぐに向かったのは隣の部屋。扉を開けば、丁度寝ようとしていたらしいジルと目が合った。

「ジル、一緒に寝ましょう」

「……おら」

堂々とそう告げたリゼルを、特に言及することなく掛け布を捲って招き入れたジルが〝色々思う所はあるが仕方ない〟という顔をしていたのが印象的だった。

101.

ギルドに入って早々、向けられた視線と交わされた会話にリゼルは目を瞬かせた。

「おっ、大きい」

「育ってんな」

「相変わらず薄い体してんなぁ、ちっこい間に肉食わせねぇから」

どうやら小さくなった時にギルドにも顔を出したようだ。

屈強な男に溢れるギルドに向かおうなどと、我ながら好奇心旺盛で肝の据わった子供だったのだろう。そう頷いているリゼルは、テンションの上がりきったイレヴンがジルを探して突撃した事実を知らない。

警告ボードに目を通せば、今日は強風で海の迷宮への渡し船が出ていないという。元々行く予定はなかったので問題なし、と依頼ボードへと向かう。

「俺、あまり肉料理って食べなかったんですか？」

「や、リーダー結構食ってた」

「肉に限定しねぇけど、量は食ってたんじゃねぇの」

「へぇ」

気になって聞いてみれば、意外な答えが返ってきた。

リゼルも鎧王鮫《オリハルコンシャーク》など食べる時はそれなりの量を食べるが、普段は大食らいという程でもない。しかし小さい頃にそれだけ食べていたのなら、もう少し冒険者らしい体格になっていても良いのではと自らの体を見下ろした。

色々考えている分、栄養が頭に行っているものと思う事にする。そのお陰で仕えるべき国王の役に立てているのだ。そう自分を納得させていると、混み合う依頼ボードへと辿り着いた。

「最近、運動不足だったでしょう？　戦闘系が良いでしょうか」

「あー、やっぱそっちのが良いッスね」

「好きにしろ」

ならば迷宮か国外か。ジル達は上位ランクの依頼のほうが良いだろう。

冒険者の多いC、Dランクを通り過ぎて、今受けられるランクの中でも最も高いAランクの依頼用紙へと目を通していく。

「んー……あ、アンデッドの素材入手があります。俺まだ見た事ないし、どうでしょう」

「止めとけ」

「え？」

「ここらでアンデッドが出るのなんて〝腐敗した墓場〟ぐらいなんスよ。床ぐっちゃぐちゃで臭くて何かヌメッてしてんの。リーダーだいじょぶ？　俺はイヤ」

それは嫌だ。リゼルも諦めた。

アンデッドは人型《ひとがた》が多い。運が良ければそれらが身に着けている装備などを素材として手に入れられるのだが、いまいち人気が出ない理由がそこにある。汚れてナンボの冒険者でも肉片のこびりついた装備にはできるだけ触りたくない。

とはいえ比較的割は良いので、嫌がりながら選ぶ冒険者も少なくはないのだが。しかしリゼル達は嫌だった。靴の裏がグチャッとなったら一歩も歩きたくない。

「じゃあ、久しぶりにゴーレムとかも良いですね。〝緑ゴーレムの核入手〟」

「良いんじゃねぇの」

「異議ナーシ」

ならばこれにするか、とリゼルはジルが取ってくれた依頼用紙を受け取って見下ろした。

【緑ゴーレムの核入手】

ランク：B～A

依頼人：ツールズ魔道具工房・アスタルニア支店

報酬：核1個につき銀貨8～12枚

依頼：緑ゴーレムの核を入手して貰いたい。
　ただし魔道具製作に使用するので無傷のものに限る。
　大きさの大小や形状で報酬の変化あり（基準は裏詳細による）。

ゴーレムはとにかく固い。剣などほとんど通らない。

そして個体ごとに様々な魔力属性を持ち、緑ゴーレムならば風の魔力に満ちている。それは核が風の魔力を宿す所為なのだが、お陰で風属性の魔力は吸収される上に、火や水などは物理攻撃同様にほとんど無効化されてしまう。

有効なのは正反対の属性のみ。今回ならば土の属性だ。

本来ならばその属性の魔法か、属性が付与された武器で戦うのが基本だが、物理も魔法もほとんど効かない白ゴーレムを自力で倒せるジルとイレヴンならば苦戦はしないだろう。

「これさァ、前の白ゴーレムとランク変わんねぇけど何で？」

受付へ歩きながら、イレヴンがリゼルの手にある依頼用紙を覗き込んだ。

確かに色つきのゴーレムと比べると、白ゴーレムのほうが明らかに難度は高い。報酬はやはり此方のほうが低いのだが、ランクが同じというのは違和感があるのだろう。

「きっと国の違いでしょうね」

「同じ魔物が国ごとに変わるって？」

「違いますよ、冒険者側です」

訝しげなジルに、リゼルは〝予想だけど〟と前置きして言葉を続けた。

「アスタルニアって、王都と比べて魔法使いが少ないんです。だから属性付きの武器を持ってるような冒険者を想定してランク付けしてるんだと思います」

「あー」

「だからか」

成程、とジルとイレヴンが頷く。

魔法と属性付きの武器ならば、火力は前者が圧倒的に勝る。アスタルニアに来て何度か他の魔法使いと話した事があるリゼルと違い、特に興味を持たない二人だからこそ思いつかなかったのだろう。

そして、受付前の列に並んだ時だ。馴染みの筋骨隆々なギルド職員が珍しく受付から外れているのを見つけた。彼の前には船上祭前と同じく〝迷宮品展示窓口〟の札が立っている。

「そういえば迷宮品返して貰ってなかったですね」

「そういやそんなもんあったな」

「すっげぇ忘れてた」

本来ならば迷宮品は冒険者にとって貴重な収入源。

忘れる筈もないのだが、リゼル達はきれいに忘れていた。いや、ジルとイレヴンに関しては普通に忘れていたのかもしれないが、あまり物事を忘れないリゼルは若干なかった事にしたいという意識が働いたのかもしれない。

とはいえ、思い出してしまえばギルドに無償で寄付するつもりはない。戦利品もある筈だしと、リゼルは窺うようにジルを見上げた。

「ちょうど空いてますし、寄って良いですか？」

「ああ」

そしてイレヴンにも了承を得て、一旦依頼用紙を畳みながら進路を変える。

ん、と差し出されたジルの手に依頼用紙を預けた。目が合った職員が、組んでいた腕を解《ほど》いて奥に向かって声を張り上げる。

「おい、次はあの三人組だ！　王冠あったろ、準備しとけ！」

「あれだけで伝わるんですね」

「三人組なんざ他にもいんのになァ」

可笑しそうに笑い、リゼルは彼の前に立つ。

後ろを振り返っていた職員は、何やら難しい顔をして手にしたメモを睨みつけていた。

「おはようございます、職員さん」

「おう。迷宮品の回収で間違いねぇな？」

「はい」

頷けば、職員が何枚かのメモを机に置いてペンで横線を引く。

さりげなく覗いてみると、冒険者に対応した迷宮品のリストだった。すでに取りに来た者達が大半のようで、メモは大分黒に塗り潰されている。

その日暮らしの冒険者だ。金になるものは直ぐにでも欲しいのだろう。

「お前らはコレだったな」

別の職員が運んできた箱を受取り、職員が机の上に置いた。

箱は貰えないようで、リゼルは差し出された中身だけを受け取る。確認もそこそこにポーチへと仕舞い込んだのは、ギルドがすり替えるなどという疑いがないからだ。何かしらの効果を持つ迷宮品は容易にすり替えられるものでもない。

「そういえば、もう一つ俺達が受け取れる迷宮品があると思うんですけど」

「ん？　あぁ、そういう事か」

ざり、と顎髭《あごひげ》を指でなぞる職員は訳知り顔だ。

船上祭の翌日、とあるパーティに〝展示した迷宮品はリゼル達に渡せ〟と告げられた段階で彼はおおよその事情を把握していた。いかにもギャンブルに慣れてなさそうなリゼルはともかく、何故その両隣の存在に気付かなかったのだとツメの甘さに冒険者ランクを下げたくなったものだ。

「待ってろ、今用意させる」

「流石に上位ランクにもなれば出し渋りませんね」

「賭けで負けたのにグダグダ言う奴ァ男じゃねぇよ！」

ハッハッと笑い声を上げる職員に、流石はアスタルニアの男だとリゼルも微笑んだ。

職員は当然のように言ってくれたが、恐らく他国では上位ランクだろうと出し渋る者もいるだろう。アスタルニアの冒険者達は直情型で策略には向かない者が多いが、その分考え方は良くも悪くもスッパリと潔い。

だから余計に浮くのかと、ジルとイレヴンがじっとリゼルを見る。

「まぁ確認だけはさせて貰うがな。相手のパーティの名前を言ってくれ」

確かに価値の高い迷宮品だ。ギルドもほいほいと渡す訳にはいかないだろう。

とはいえ今回は疑わしい何かもないので、本当に形式的な確認だ。互いのパーティの照合だけで済ませる筈だった職員は、しかしどれだけ待っても寄越されない返答にどうしたのだと三人を見た。

「ジル」

「知らねぇ。お前は」

「すみません。イレヴン？」

「俺も」

首を傾げ、首を振り、肩を竦めて互いに確認し合う中、リゼルが顎に手を添えて自信なさそうに口を開く。

「多分Aランクでした」

「そりゃ分からんって事か」

運ばれてきた賭けの戦利品を受け取りながら、職員はどうしたものかと頭を抱えた。

まさかこんな初歩的な部分で躓《つまず》くとは思わなかったからだ。間違いはないのだし渡してしまえとも思うが、職員としては形だけの確認ぐらいはしておきたい。

「あー……パーティメンバーの名前とかでも良いぞ。一人ぐらい何とかならんか」

「名前は全く……あ、五人組でした。リーダーが三十代前半くらいです」

「すっげぇ偉そうな雑魚だった」

「三人が剣、一人が弓で一人が短剣」

「そういうの、ジルって見ただけで分かるんですね」

誰も腰に得物など差してはいなかった筈だがと、リゼルが感心したように告げる声を尻目に職員は唸った。ギルドでも数少ないAランク、しかも使用武器まで判明したのだから確定しても良いだろうかと。

するとふいにイレヴンがトントンと指でリゼルの肩を叩いた。

「？」

「ん」

そちらを見たリゼルに、イレヴンが目で後ろ後ろと促す。

そしてリゼルが促されるままに振り返った先で見たものは、ほら早くと何やら忙《せわ》しなく話し合っていた冒険者達、その内の一人がスッと一枚のボードを持ち上げた姿だった。

『正解は〝デュンケル〟！』

リゼルは職員に向き直り、自信を持って告げる。

「デュンケルです」

言うまでもないが職員からも丸見えだ。

むしろ彼は最初から最後まで見ていた。リゼル達が該当パーティの特徴を並べるにつれて「あー……」と何かを察したような冒険者達が、なかなか正解に辿り着かない三人にもどかしさを感じてそわそわしていたのを。

人の騒動に顔を突っ込みたがるのはアスタルニア国民の性《さが》。しかし助け船を出す程に人が良かったかと、普段の彼らを目の当たりにしている職員は疑問を抱かずにはいられない。とはいえ、気持ちは分からないでもないが。

「そうか……」

彼は何となくもう少し見てみたい気持ちに駆られ、更に質問を重ねた。好奇心に負けたとも言う。

「……そりゃパーティ名か？　それともお前がさっき言ってたリーダーか？」

リゼルがもう一度後ろを振り返った。そして輝く冒険者一同の手で形作られたP。

しかし何故彼らは丸見えにも拘らず、いかにもコソコソ手助けしてる空気を出すのか。そう考えていた職員に向けられたのは、やはりリゼルの自信満々な顔だった。

「パーティ名です」

「よし、もう何でも良い。持ってけ」

諦めたように告げた職員から、リゼルは微笑んで迷宮品を受け取った。

背後で無言のハイタッチを交わし合う冒険者達へひらりと手を振り、改めて手元の瓶を見下ろす。賭けでの戦利品だが、広い意味では自力で手に入れた迷宮品だと言えるだろう。

つまり、リゼルが初めて手に入れる冒険者らしい迷宮品だ。

「これは……お酒でしょうか」

瓶のラベルをまじまじと見てみれば、どうやら酒のようだった。

迷宮品として扱われていたなら、まさか本当にただの酒だという訳ではないだろう。しかし貼られているラベルは、そこらの店で必ず目にするような極々一般的なエールのラベル。

ジルとイレヴンも酒だと分かって興味深そうに瓶を眺める。

「ラベルの酒がどんだけでも湧き出る瓶だ。毎晩飲むような冒険者にとっちゃあ垂涎《すいぜん》モノだぜ」

「えー、安物じゃん、大して美味くもねぇし。まぁ酔いてぇだけなら充分だけど」

「使わねぇ装備よかマシだろ」

リゼルは飲めない。


緑ゴーレムは〝鉱石樹の森〟の迷宮で比較的出会いやすい。

迷宮の景色は名前のとおりの森。しかしよくよく見れば、木や草や石の全てが鉱石で作られているのだと分かる。葉は薄く透き通って硬く、木の幹は木肌らしい凹凸があるも触ればツルリとした感触がする。

夜空には上弦の月が浮かび、その明かりを反射する木々は人によっては幻想的とも不気味ともとれるだろう。そんな不思議な光景だった。

「朝から夜の迷宮に入るって、ちょっと不思議ですよね」

「ここは一日中夜だからな」

寸前まで昇りかける太陽を見ていたというのに、体の感覚が変になりそうだ。

ぼんやりと光る魔法陣は、ジルが攻略済みである証。聞かずとも最深層まで到達済みなのだろう。

三人が上に乗れば魔法陣が光を強め、ふわりと光の粒子が立ち上る。

「眠くなりそ」

「寝れば」

「寝ねぇし」

眠りはしないが、今夜は変な時間に眠くなりそうだ。リゼルはジル達の会話を聞きながら浮かぶ髪を耳にかけ、そんな事を考えていた。

そして瞬きの間にたどり着いたのは中層半ばである十五階。森型の迷宮は一階層が広く、階数自体は少ない迷宮が多い。ここも全三十階層とやや少なめになっている。

「じゃあ行きましょうか」

「リーダーそこ罠」

「ん、有難うございます」

踏み出そうとした一歩目に罠があるとは、とリゼルは足元を見下ろした。

パッと見は分からないが、よく見ると転がる鉱石の中に一つだけ色味が濃いものがある。恐らく蹴るか踏むかすれば何かしらあるのだろう。中層にしては少々意地の悪い罠だ。

油断は禁物だなとそれを跨ぎ、改めてゴーレム探しを開始する。

「俺も大分気付けるようになったと思ってたんですけど、まだまだですね」

「良いんじゃねぇの。大規模なヤツなら気付くだろ」

「前の、隠し部屋の落とし穴とかですか？」

「大侵攻」

確かに、と頷くリゼルの隣でイレヴンは「えー」という顔を隠そうともしない。

魔法大国サルスの天才により引き起こされた商業国の危機が罠で一括りにされた。シャドウが聞けば思い切り嫌そうな顔で舌打ちしそうだ。

「ああいうのはまだ気付けるんですけど」

うーん、とリゼルが今までに見た迷宮の罠を思い返す。

誰かの意図が深く関わるような罠ならばヒントは幾らでもある。だが迷宮によって悪意も狙いもなくポンッと用意された罠は非常に分かりにくい。地道に経験を積んでいくしかないだろう。

「お、鉱石トカゲ」

「やっぱりこれ系の魔物が多いですね」

当て所なく歩いていた時だ。

鉱石の茂みをかき分け、体表に鉱石を纏った巨大なトカゲが数匹姿を現した。大きさは大人が両手を広げた程。足元を這うように素早く移動してくる魔物へと三人は武器を構える。

とはいえ中層の魔物相手に苦戦する事など滅多にない。三人は危なげなくそれらを返り討ちにして歩みを再開させた。

「剣悪くなりそー。まぁ斬れっけど」

「てめぇのは特に薄いからな。変な使い方すりゃ曲がんぞ」

「んなヘマしねぇって」

ジルやイレヴンの剣は迷宮品で、不壊や不研磨の加護もついている筈だ。

ならば平気じゃないのかと剣については素人なリゼルは思うものの、玄人二人が言うのだから何かしらあるのだろう。ジル達が剣の手入れを欠かした事もない。彼らが同じ得物をずっと使っていられるのは、その加護以上に高い技量を持つからでもあるのだが。

リゼルは出しっぱなしの魔銃をくるりと回転させながら、興味深そうに二人の会話に耳を澄ます。

とはいえジル達に言わせれば、魔銃こそ全く訳が分からないのだが。

「あ、リーダーあっち」

「ゴーレムですか？」

「でかいっぽいし、多分そッスね」

最初に魔法陣から飛んだ二十階から二十二階へ。

目的のゴーレムと出会わず、他の魔物と遭遇しながら進んでいた時だ。ふいにイレヴンが横を向き、暗い森の奥を指差した。

パキリパキリと鉱石でできた草を踏み砕きながらそちらへ向かう。

「大きさは白ゴーレムと変わらないでしょうけど……何匹ぐらいいそうですか？」

「多分二匹」

「間違いねぇだろ」

音だけでよく分かるものだと微笑み、リゼルも音の方角に耳を澄ます。

外の森で聞くよりも強い木々のざわめき。絶えず響く鉱石の葉同士がぶつかり合う音。徐々に大きくなっていくそれは、巨大な何かが動き回っているのだと如実に伝えてきた。

更に、ふいに届いた腹の底を震わせるような重低音。ズシン、と一定の間隔で近付いてくるそれに他の魔物も姿を消したようだ。

「大きいですね」

「核もでっけぇと良いけど」

そして鉱石の樹木を押しのけながら姿を現したのは、鈍いエメラルド色の巨体。

製錬《せいれん》される事のない原石混じりの岩肌に似た体表は、月明かりを反射する事なくリゼル達へ影を落とそうと迫る。見上げる程の魔物を相手に、しかしリゼル達が取り乱す事はない。

「四メートルと五メートル、でしょうか。洞窟のゴーレムも凄かったですけど、天井がない所では違った迫力がありますね」

「お前十メートル見てんだろうが」

「あの時は城壁に登ってたので。それに、大きすぎると逆に実感しにくいです」

「それ分かるー」

リゼルは銃を泳がせながら微笑み、ジルは溜息をつきながら剣先を揺らし、イレヴンが手の中の双剣を回す。そんな三人を敵対者とみなしたのか、ゴーレムが足を止めてがらんどうの瞳でリゼル達を捉えた。

その拳がゆっくりと持ち上げられる。まるで月を叩きつけようとするかのように高く、地を破壊せんばかりに強大な力の具現。三人はそれに焦る事なく後ろへ下がる。

「で、どうすんスか。リーダー土魔法でやんの？」

「魔法も良いですけど、ちょっと魔銃を使ってみたいんですよね」

目前で振り下ろされた拳が地面に転がる鉱石を砕いた。飛び散る破片が月明かりを反射してチラチラと煌めく。

「ランダムだからって使いたがらねぇのにか」

「実戦でどれだけ使いものになるか試したくて。ゴーレムなら硬いし遅いし良い練習になりそうです」

一匹のゴーレムが地面を揺らしながら迫る。

やりたいならばやれば良いと、ジルは剣を構えてその内の一体へと足を踏み込んだ。ゆっくり練習したいならば二匹いては邪魔だろうと、一方のゴーレムの片足へと剣を振るう。

鉱石を相手に本来ならば有り得ない筈の一閃が通った。片足を失い、ぐらりとゴーレムの巨体が傾く。そのまま倒れ込みながらも相手を握り潰さんと伸ばされた両腕を、ジルは一瞥の後に斬り捨てた。

そして、ようやく手の届く距離へと下りてきた頭へ大剣を振り下ろす。

「お見事」

「ふっつーに斬んだもんなァ」

巨大な岩が幾つも落下するような音を立てながらゴーレムの体が崩れ落ちた。

「ジル、核は？」

「どっかにあんだろ」

核の位置が外からは分からない事もあり、以前は見事に斬り捨ててくれたジルだが今回は斬らないように配慮してくれた筈だ。そのまま解体をジルへ任せ、リゼルはさてと残り一体のゴーレムへと向き直った。

「ランダムって何、実際どうなんの？」

「そうですね。地面が隆起したり、埋没したり」

ふんふん、と隣に立ったイレヴンが双剣を構えながら頷いた。

とはいえ、それならば噂に聞く土属性の魔法と大差ない。イレヴンも岩の刺を生やして攻撃したり、地面を埋没させて相手の身動きを封じたりするのは見た事がある。ランダムではないが。

「突然爆発したり、相手を地面に引き摺りこんだり」

その辺りも珍しいが有り得るだろう。冒険者には魔法使い自体が少ないので実際に見た事はないが、恐らく土属性の適正を持つ魔法使いならばできるだろう範疇だ。

「変な像が建ったりします」

「変な像が建ったりする⁉」

唐突にぶっこまれてイレヴンは叫んだ。

話を聞いていたジルも呆れ顔でゴーレムを踏み砕いている。

「え、どんな像建つの」

「これもランダムなので……あ、でも野営の時に試してたら、魔物の像とか君たちの像とか建ちましたよ」

「えー……じゃあ今もどっかに俺の像建ってんじゃん」

「それは大丈夫です。ちゃんと壊しましたし」

それはそれで複雑らしい。

リゼルは何とも言えない顔をしているイレヴンに可笑しそうに笑い、そろそろ始めようと間近まで迫っていたゴーレムの足元に銃を向けた。土属性の弾に関しては、相手ではなく土や岩などに作用するので直接的な攻撃には向かない。

そして魔力操作で引き金を引く。タァンッと鋭い音が夜の森に鳴り響いた。

「すっげぇストーンッて落ちてったけど」

「落とし穴は割と有りがちですよね」

結果、今まさに攻撃しようと腕を振り上げた格好のままゴーレムが真下に消えた。

リゼルとイレヴンがそろそろと地面に綺麗に空いた穴を覗き込めば、丁度すっぽり入る大きさだったのだろう。ゴーレムが振り上げた腕も下ろせず固まっている。

「これ俺らもどうしようもねぇんスけど」

「もう一度撃ったら何とかならないでしょうか。こう、上手いことグサッと」

「あー、岩の爪みたいなの生やして？」

「そんな感じです」

身動きを封じてトドメ。なかなか理想的ではないだろうか。

リゼルは魔銃を泳がせ、真上からゴーレムの巨体でほとんど見えない穴の底を狙う。そして発砲。

ゴゴゴと小さく地面が揺れ、これは上手く行くかもと期待した時だった。

にゅ、と今度はそのままゴーレムが地上に戻ってきた。

「あっぶねッ！」

「わ」

振り上げられっぱなしの腕が勢いよく振り下ろされる。

咄嗟に避けようとしたリゼルは、それよりも早く腕を掴んだイレヴンによって引き寄せられるまま
まに攻撃を避けた。心なしか恨みの籠った一撃だ。
「攻撃じゃねぇじゃん！　や、変な像立つ時点で知ってたけど！」
何故リゼルが実戦で土属性を使わなかったのかイレヴンは心底納得した。もはや爆笑すれば良い
のか引けば良いのかも分からない。
「いえ、時々まともな効果も出るんです。あ、ほら」
「お、ホントだ」
叩きつけられたゴーレムの手元を狙って撃ち込めば、地面から鋭い岩の牙が飛び出し巨大な拳へ
と突き刺さる。身動きの取れなくなったゴーレムに、今がチャンスとばかりにリゼルはゴーレム本
体へ銃を向けた。
ゴーレム自体も岩や土塊のようなもの。ならば直接的なダメージが望める。どんな効果が現れよ
うが間違いはない筈と、数倍の魔力を込めて発砲した。
「なんかでっかい城生えたんスけど」
「あ、俺の所の城ですね。綺麗でしょう？」
「絵画で凄ぇ高値がつきそうだよな」
変なアート作品みたいなのができた。
核の回収が済んだらしく、近付いてきたジルから核を受け取りながらリゼルはゴーレムの背中か
ら突き出した精巧な城のミニチュアを眺める。それに懐かしさを感じてしまう程度の時が過ぎてし

まったのかとしみじみとしていれば、ふいに背中の重みにバランスを崩したゴーレムが倒れ込んだ。

その頭部をジルが思いきり踏み砕くのを眺め、深く頷く。

「やっぱり実戦で使うのは諦めます」

「そうしろ」

その後は思うままに戦うジルとイレヴンを尻目に、リゼルは至って真面目に土魔法を使って効率よくゴーレムを倒した。

しかし微妙に諦めきれず、解体の時にこっそりとゴーレムの体に撃ち込んでは〝やけにクオリティの高い真顔ピースのジル〟や〝真顔ダブルピースのイレヴン〟などを量産したのはここだけの話だ。

勿論核はきちんと回収した。


量が多すぎる事もなく、無事にそこそこのゴーレム核をギルドへ納品した後。

宿へ戻った三人は、それぞれ自由に過ごしながらも夕食には宿の食堂へと集まった。机の上には手に入れたばかりの迷宮品、エールの湧き出る酒瓶が置かれており、ジルとイレヴンが早速とばかりに自身のグラスへ注いではは飲み干していた。

酒の飲めないリゼルは水を飲みながらソテーを食べ、その光景を眺める。

「美味しいですか?」

「普通じゃねぇの」

「そこまで酷《ひで》ぇ味はしねぇし、あって損はない感じッスね」

ジル達にしては充分褒め言葉だろう。

注いでも注いでも中身の減らない酒瓶のラベルは、酒場に行くたびに漁師も作業員も最初に頼んでいたものだ。冷えた一杯が良いらしく、ぬるくなったら不味いと聞いた事がある。

試しに瓶へと触れてみると、確かにしっかりと冷えていた。宿に戻って直ぐに、宿主へと断って氷室へ入れていたお陰だろう。彼にもいつでも飲んで良いとは伝えてあるが、「減らないとか何それ怖……」と手をつけていないようだ。

「(当然のように飲んでるし、俺も――)」

誰もが当たり前に飲んでいる酒だ。不思議と自分も飲めるように思えてくる。

元の世界では、口約束でさえ馬鹿にできない貴族社会で記憶が飛ぶなどあってはならない事だと自粛していた。しかし此方では少し記憶が飛ぶくらい問題ないのではないか。

馴染みの酒場で会う作業員達も気付けば家で寝ていたなどとよく言っている事だ。

「いける気がしてきました」

「えっ、じゃあリーダー一口」

「無理だ」

当然のように却下したジルによって遠ざけられた酒瓶に、確かに二日酔いは辛かったしと素直に諦める。残念そうなイレヴンにフォークに刺したソテーを差し出せば、パクリと嬉しそうに食べていった。

「味覚はいきなり変わるって言うし、いつか飲めるようになれば良いんですけど」

多分無理だろうなと、ジル達はそう思いながらも口には出さなかった。

102.

アスタルニアが誇る白亜の王宮。

その中でも足を踏み入れられる者が限られる程の内部に位置する書庫に、机が設置されたのはつい最近のこと。大部分の者は知る由もない些細な変化だが、しかしアスタルニアの多くの者に関係する重要な変化だった。

その椅子の一つに座り、リゼルは手本のような姿勢で読書に向かっていた。

隣にはジルが座り、リゼルが選んで持ってきた本を捲っている。向かいではアリムが古代言語の本を読みふけり、時折何かをメモするようにペンを動かしていた。

何かに悩んでか時折止まるペン先を、その都度リゼルは視線だけで確認する。そしてアリムの翻訳がひと段落ついた頃、ふいに本から顔を上げて考えるようにゆるりと首を傾けた。その様子を一瞥したジルが、しかし興味がなさそうに手元の本へと視線を戻す。

「そろそろ大丈夫そうですね」

静寂にふいに落とされた穏やかな声に、ジルは無反応のまま。

しかしアリムはペンを動かす手を止めて、衣擦れの音をさせながらゆるゆると顔を上げる。

「そう、かな」

ぽつりと零した彼は、唐突に告げられた言葉の意味をしっかりと理解していた。

リゼルによる古代言語の教授の終了。確かに会話となると難しいが、書いてある文字ならばよほど難解でなければ分かる。つまり〝人魚姫の洞《セイレーンのほら》〟の扉を開けるには充分で、当初の目的は達成したという事だ。

ならばリゼルにこれ以上の教授を続ける義務はない。だからといって、アリムがすんなりと納得して素直に送り出せるかは別だ。

「先生は、気になる本、もう全部読んだ、の」

「いえ、実はまだなんです」

苦笑するリゼルに、アリムは緩やかに肩の力を抜いた。

読みたい本を前にして読まずに去る選択肢など存在しない。それは本に関しては同類である共通認識である。ならばアリムがすべき事は一つだ。

リゼルがこれからも書庫を訪れる為の大義名分を用意すれば良い。

「なら、書庫はまだ、自由に使って良い、よ」

「良いんですか？」

「うふ、ふ」

わざとだろう問いに、アリムは思わず笑みを零した。

用意すべき大義名分はすでにある。リゼル自身が準備したのだから。それはアリムの手を煩《わずら》わせないようにという謙虚さの表れというよりは、使うべき時に使えという穏やかな命令に似ていた。

いや、むしろ使うも使わないも自由なのだろう。もしそうならば自ら望めと、そういう意図を感じてしまうのは自らの願望が先立った都合の良い想像に過ぎないのかもしれないが。

「機密を知る人を、野放しにできない、から、ね」

褒めるような微笑みはきっと、見間違いではなかった筈だ。

アリムは机の上に置いた両手をゆっくりと組んだ。指を絡ませるそれはただ手癖のようでいて、まるで何かを捧げるようで。それが何かなど、彼自身にもはっきりとは分からない。

王族として生まれたからには生涯抱かなかった筈のそれに、疑問など抱かなかった事こそが答えなのだろう。

「随分とはっきり言うんですね」

「先生は、隠しても気付く、から」

意外そうなリゼルに、アリムは笑みを深める。

機密、つまり国の軸となる魔鳥騎兵団の根幹にある魔法。疑問には思っていたのだ、リゼルがそれを解明したとして、アリムに知らせるメリットはあまりにも少ない。摑み所のないリゼルだ、答え合わせだけが目的だとしても不思議ではなかったが。

恐らくそれも間違いではない。しかし一番は今この時の為だったのだろう。読みたい本を読みきる前に授業が終わってしまう事を察して、自らが書庫を訪れても不都合のない理由を作る為に。

「あ、そういえば」

ふと、リゼルがその手を隣へと伸ばしながら告げる。

ジルが捲ろうとしてたページを押さえ、十数ページ先へ。ちょうど一章分のページが飛ぶ。どうせ自分が読んでも大して面白くない部分だったのだろうと、ジルは正しくそう判断して飛ばされたページから再び読み進めた。

「授業が終わるなら、ようやく報酬を貰えますね」

「？　先生が、欲しい物があるなら、用意させる、けど」

あっさりと告げたリゼルに、アリムは不思議そうに布の中で一度だけ目を瞬かせた。

無償で動くようには見えないが、わざわざ見返りを求めるようにも見えないからだ。そんなアリムにリゼルは可笑しそうに笑って手元の本を閉じた。

「違いますよ。ギルドに、です」

「ギルド……ああ、情報提供に対する、報酬のこと、かな」

そういえば冒険者にはそういった制度があったかとアリムも数度頷く。

リゼルが冒険者には見えない為にすっかりと忘れていたが、情報提供にはその重要度に比例した額の報酬がギルドから出るのだ。随分と今更だが、授業の手間暇も報酬に考慮されるので保留となっていたのだろう。

今回は結構な報酬が支払われる筈だ。薄らと笑みを浮かべるアリムの前で、リゼルがふいにジルを見た。

「ジル、報酬ってやっぱりお金ですよね」

「それしか聞いた事ねぇな」

「ですよね。どうしようかな……今回は特殊なケースだし、金銭以外の報酬も有りとかにならないでしょうか」

ジルへと顔を向けたまま、リゼルの悪戯っぽい瞳が布越しのアリムの目を射抜く。

「この書庫の利用権とか」

「……ん、あれ」

許可も貰えたし、と嬉しそうなリゼルに首を傾げる。

それは先程解決した筈だ。アリムの許可で十分な筈だ。更にギルドを巻き込む必要が何処にあるのかと、そんな疑問を見透かしたようにリゼルが何てことなさそうに告げた。

「もし面倒があれば、ギルドに押しつけられるので。だから報酬としてギルドと交渉してみようと思います」

成程、と頷く。

アリムにとってはリゼルが再び書庫を訪れる事があるならば何でも良いし、リゼルに面倒が降りかからなければそれで良い。ギルド側にとっても悪い申し出ではないだろう。

「それに」

そんな事を考えていたアリムは、向けられたそれに微かに目を瞠《みは》った。

甘さすら感じさせるアメジストが、高貴な色を見え隠れさせる。その瞳が笑みを描くのが、やけにゆっくりと見えた。

「冒険者を簡単に王宮に入れては、殿下の立場が悪くなってしまうので」

静かに深く息を吸い、ゆっくりと吐く。

リゼルが王宮の書庫を利用しようと思えば、恐らく機密を暴かずとも方法など幾らでもあった筈だ。それなのにこの方法を選んだ。リゼルが用意した大義名分は彼自身の為のものではなく。

「う、ふふ。優しい、ね、先生」

「そんな事、あまり言われたことないですけど」

苦笑するリゼルに、アリムは握っていた手を解いて布の中へと戻した。

知っている、と内心で呟く。ただ優しい人ではない事くらいは分かっている。だからこそ、与えられた優しさにこれ程までに心揺らされるのだから。

布の中に戻した両手を見下ろし、ゆっくりと握っては開く。それを数度繰り返せば、揺れかけた感情は容易に平静を取り戻した。それが出来る事を、少しだけ惜しみながら笑みを描く。

「この書庫に、機密を解き明かすだけの価値があるって思ってくれて、嬉しい、よ」

他の者達はなかなかこの書庫の価値に気付いてくれないのだと、肩を竦めたアリムにリゼルが可笑しそうに笑った。全く同感だという笑い方に、我関せずのジルも思わず「本馬鹿が二人いる」と内心で呟いた程だ。

「解き明かすといっても、完全に自力かと言われると頷けないですけど」

「自力でも、驚かない、よ」

「本当ですってば」

リゼルは度々〝過大評価されがちで困る〟と本当に困ったように言うが、アリムとしてもジルとしても全くそのつもりはないのだから仕方ない。

「ほら、魔鳥騎兵団って広義では魔物使いでしょう？」

「そう、だね」

「やっぱり〝魔物使いの最高峰〟って呼ばれる人の傑作を知ってるのは、随分と参考になったので」

ほのほのと微笑んで告げたリゼルに、アリムは少しだけ考えた後に頷いた。

ナハスの報告により、商業国の大侵攻に元凶が存在した事は国の上層部ならば把握している。それにリゼルがどう関わったのかは不明だが、魔物使いの真髄に触れる程度には騒動の中枢に近付いたのだろう。

「ああ、彼、ね。面白い研究書を書く、よね」

「読みにくいですよね」

「読みにくい、ね」

朗らかに笑いながらも、両者は互いに正しく彼が天才なのだと知っている。

魔法大国サルスで最も有名な魔法使い、魔法技術の開拓者、それらの異名は決して大げさではないのだから。そうでもなければ、あれほど大規模な魔物を使役する術に辿りつける筈がない。

「先生、会ったんだよ、ね。どんな人、だった？」

「そうですね……研究書のとおりって人でした」

「なら、興味ない、かな」

アリムも無類の本好き。本のとおりと言われればある程度は著者の人物像も想像がつく。

静かに布を掻き分け、アリムは褐色の腕をペンへと伸ばした。リゼルが関わったのならと聞いてはみたが、やはり関心は湧きそうにない。研究書の内容は、それなりに興味深かったが。

しかしペンを握りかけた手は、直後のリゼルの発言で動きを止めた。

「最後に見た彼がぐちゃぐちゃぐちゃだったので、正直そっちのインパクトが強くて」

「……ぐちゃぐちゃ？」

「はい。イレヴンがやりすぎちゃって」

清廉で穏やかな顔から出るには若干えげつない発言に、しかしアリムは納得していた。

恐らくリゼルの前ではやりすぎた行為を控えるだろうイレヴンが、そこまで相手を破壊したのならば余程気に入らない事があったのだろう。それがリゼルに手を出された所為だというのは想像に難くなく、ならば仕方がないとアリムもごく自然にそう思う。

だが、何があったのかは気になった。どれ程に天才の名をほしいままにしている相手と対峙しようが、リゼルが苦戦している姿など全く思い浮かばない。

「先生、なにか、された？」

「された、というか」

ちらりとリゼルが隣を見て、揶揄うように目を細めたジルに苦笑を零す。

「少しの間使役されました」

アリムの表情が抜け落ちた。

昼下がりののんびりとした空気が漂う冒険者ギルドで、ベテランである筋骨隆々な職員は遠い目をしながら穏やかな男と向き合っていた。

清廉な雰囲気を惜しげもなく纏い、洗練された仕草は品があり、しかし接してみれば意外と話しやすい。その雰囲気につられるように彼と話している間は行儀の良くなる冒険者も多数。

それにも拘らず何故だろう。他の何処ぞで暴れてくれる連中やそこらの問題児達とは比べ物にならない衝撃をギルドへと運んでくるのも、また彼なのだ。

「しいうことで、王宮の書庫の使用権が欲しいんです」

その衝撃が、ギルドへ被害を与えるどころか有益を齎《もたら》すのだから尚の事。

国との決裂しようのない交渉。友好を示す絶好の好機。しかし過干渉には至らず、そのお陰で多額の情報提供料を支払わずに済むというオマケ付き。遠い目をするしかない。

「お前は意外と容赦ねぇんだよなぁ……」

「さっき優しいって言われたばっかりなんですが」

失礼なと心外そうなリゼルに、職員は頭を抱えるようにスキンヘッドを撫でた。

何と言うか、リゼルの与える配慮には容赦がないのだ。与えた好機も生かせて当たり前だという前提があり、彼を優しいと称する者がいるのならば、それは試すように与えられたそれを容易に活用してみせる者達なのだろう。

ぽんっと用意される好機を素直に喜べないのは贅沢なのだろうか。いや、これから上から下まで大騒ぎになるギルドを思えば正当な権利だと主張したい。

「じゃあ宜しくお願いしますね。報酬、楽しみにしてます」

にこりと笑う顔は、断られるとは微塵も思っていないのだろう。

事実、ギルドとしてみれば断らないのではなく断れないのだから当然か。既に当の第二王子に了承を得ているのだから拒否しようがない。するつもりもないのだが。

だが迷惑だとは思わない。もしギルドがそう思うならばリゼルは最初から話を持ってきていないだろう。冒険者らしくない冒険者が色々やらかす度に、何だかんだ楽しんでいるのは職員なのだから。

当初抱いていた苦手意識など、とっくの昔に消えていた。彼はやれやれと腕を組み、待たせていた黒い背と共に去って行く男に声を張り上げる。

「せめて何かすんなら前もって言えよ。フォローもしてやれねぇだろうが！」

振り向いて嬉しそうに笑い、扉の向こう側に消えていった男を見送る。

そして職員は、さて直ぐにでもギルド長に話を通さなければと近くの職員にその場を任せてギルドの奥へと歩を進めるのだった。


「ジル、これからの予定は？」

「買うもん買おうと思ってた」

「ついて行っても良いですか？」

「ああ」

冒険者はとにかく、色々な物を買ったり売ったりするものだ。

リゼル達はあまり物が不足しないほうだが、それでも必要となる消耗品はある。全員が空間魔法付きのポーチを持つ三人はかなりの例外ではあるのだが、パーティを組んでいるならば一人一人違った道具を準備して助け合えるだろう。リゼルは消耗品を冒険者歴の長いジル達に任せて、エレメント水を採取する為の瓶などの状況に合わせた道具を用意する事が多い。

「最近また少し暑いですよね」

「着てるもんが暑そうだからな」

「黒いジルに言われたくありません。これ、生地は薄めなんですよ」

あまり露出を好まない、というより慣れていないリゼルは半袖すら着ない。

よって温暖なアスタルニアでは望んだ服は手に入りにくく、今着ている私服も王都で手に入れたものだ。シルエットはゆったりとしているが露出は首元と手首が増えた程度。それでも暑そうに見えないのはリゼルの持つ雰囲気の所為か。

「装備みたいに着心地の良い服が……あ、素材を持ち込んで作って貰うのも有りですね」

「止めとけ」

最上級の素材で作られる普通のシャツ。

確かに軽くて暑さ寒さに強いだろうが、それはもはや装備と何が違うのか。職人も最上級素材を任せられたと喜べばよいのか、普段着を作れと言われたことに対して怒ればいいのか分からなくなりそうだ。

「ジルも涼しくなって良いかと思ったんですけど」

リゼルが残念そうに言い、そして不自然さを感じさせないまま瞬きを一つ。

直後、二人が歩いていた通りをザァッと風が通り抜けていった。細かい飛沫《しぶき》を孕んだそれは日差しに焼かれた体を冷ますように心地よく、道を歩く人々が何だ何だと歓声を上げる。

一瞬の出来事に楽しげに言葉を交わす彼らとすれ違いながら、ジルは呆れたように口を開いた。

「変な魔法の使い方すんな」

「そうですか？　すごく有意義な使い方だと思います」

リゼルが可笑しげに目を細めれば、ジルの片手が翳される。

目の前に現れたそれに額をペシリとやられるだろうかと目を伏せれば、予想していた攻撃の代わりに前髪が掬われた。額をなぞる爪の感触がくすぐったくて目を瞬かせていると、飛沫に少しだけ張りついた前髪が視界の外へと消えていく。

暑さが紛れた礼なのだろう。離れていく手に礼を告げ、リゼルは問いかけた。

「何処の店に行くか決まってるんですか？」

「目についた店に入りゃ良いだろ」

「なら、行きたい店があるんですけど」

好きにしろと頷いたジルを確認し、記憶にある道順を辿り始める。

一度港に出て、海沿いをしばらく歩いて再び街中へ。ジルも覚えがあるだろう。以前インサイがアスタルニアを訪れた際に、リゼル達の自重しない要求を爺心《じじごころ》全開で叶えてくれた彼と足を運んだ界隈だ。

木造の開放感あふれる家が大半を占めるアスタルニアで、石造りの重厚感ある建物が並ぶ場所。王都の中心街のような敷居の高さはないが、活気のある商会通りだ。

「前に、商人さんから此処にも冒険者向けの店があるって聞いたんです。品揃えは良いけど消耗品はうちのが安いから行くなって言ってました」

「来てんじゃねぇか」

「俺の本命はその店じゃないので」

ジルの買い物が終わればそちらへ、という事だ。

ジルとしても買う物が買えれば店など何処でも構わない。賑わっている様々な店を眺めながら、二人並んで歩く。

「前にインサイさんと来た時は凄かったですね。次々に店の代表者の方が出てきて接待してくれました」

「腐っても貿易主だからな」

商業国きっての貿易業トップの名は伊達ではない。

最後には、そんな彼に案内をさせる程の貴族という肩書がリゼルに与えられていた。またインサイが三人にねだられるままに色々買い与えるものだから余計に誤解され、その誤解は数日間続いていたのだが本人達は知らない。

「あ、多分ここです」

店先に下げられた看板を見つけ、リゼルは足を止めた。

港から直ぐの場所にあるその店は繁盛していた。良いものが揃っているという事は値段も高めだということ。訪れる冒険者は上位が多いかと思いきや、意外とそうでもないようだ。

良い道具はそのまま自らの安全へと直結する。これだけは良い物を、と求める冒険者も少なくないのだろう。

「お前は何も買わねぇの」

「気になる物があれば、ですね」

店に入れば、客として訪れていた冒険者達の視線が集まる。

何しに来たのか、いや冒険者か、そんな視線を気にせずにリゼルは近くの棚へと近付いた。用途不明の仮面を眺め、ふと店内を見回しているジルを振り返る。

「そういえば、何を買いに来たんですか？」

「魔物避け」

冒険者が使う魔物避けは、使っても確実に魔物と出くわさない保証はない。

しかし近寄りたくないと思わせる程度の効果はある。動き回っている時ならばともかく、休憩時や野営時ならば重宝するものだ。時には夜も迷宮に潜りっぱなしのジルも、仮眠ぐらいはゆっくり取りたいと魔物避けを使用する事が多かった。

当然、野営でも使っていたのでリゼルも見た事がある。近くの棚には見当たらないので、リゼルもさて何処にあるのかと探し始めた。

「ジルが使ってるのってキャンドルみたいなやつですよね」

「その女々しい言い方止めろ」

顔を顰めるジルに可笑しそうに笑い、立って商品を眺める冒険者を避けながら棚の前を移動する。

ジルが使っているのは、瓶に魔物避けの芳香を放つ蝋《ろう》が流し込まれたもの。火をつけると香りを放ちながら溶けていくので、リゼルの言うキャンドルも決して間違いではない。

「イレヴンは変わったのを使ってますよね。木を編んだボールに草を詰めて、火種を入れて煙を出すような……あ、でも彼の実家にそれの大きいのがぶら下がってましたっけ」

「よく覚えてんな」

二人は魔物避けが並ぶ棚を見つけて立ち止まった。

魔物避けと一言で言えど種類は様々。ジルの使う蠟燭《ろうそく》タイプ、お香タイプ、魔力や音で魔物を遠ざける魔道具。基本的には魔道具のほうが性能は良いのだが、高価な上に魔力的なコストが高いので使う冒険者は少ない。

「あ、ジルのはコレですね」

「ああ」

ジルが普段使っているものは、棚に一番多く並んでいる極々典型的な魔物避けだ。

他にも色々な種類があるというのに、彼は迷う事なくそれを三つとって会計へと向かってしまう。

恐らく色々試した結果というよりは、定番にハズレがないと考えるタイプだ。

たまには違う物を使ってみるのも良いのにと思いながら、リゼルは髪を耳にかけて他の魔物避けを見下ろした。ジル達がいない時に魔物に襲われる危険のある場所で休もうとは思わないが、一つぐらい買っておいても良いかもしれない。

「(これは……何の匂いなのかな)」

お香に似た細い棒状の魔物避けを手にとり、スンと匂いを嗅いでみる。

燃やしていないからか人の感じられる香りではないからか、ほんの微かに薬っぽい匂いがするのみ。好みの香りを、という選び方をするものではないようだ。

「ん?」

ふと、壁に掛けられた魔物避けが目に入った。

見覚えがあったからだ。網目を作るように細い木が編まれた丸い器、その中に何かの香草か薬草かを乾燥させたものが詰められている。器に結ばれた紐でフックに吊り下げられていた。

手に取り、見下ろす。やはりイレヴンが使っているものに似ている。

「(アスタルニア独自の魔物避け……にしては、他の店で見たこと)」

「おい、行くぞ」

「あ、はい」

戻って来たジルの声に思考を中断する。

後で詳しそうなイレヴンにでも聞いてみれば良いだろう。そう思いながら踵を返そうとすれば、新たな客人が店を訪れたらしい。扉が開かれる音に、何となくそちらを見たリゼルは、現れた人物に目を瞬いた。

「久々に来ると賑やかで良いわね。年甲斐もなく色々欲しくなっちゃって……あら？」

冒険者御用達の店に来るには珍しい妙齢の女性。

明るい栗色の髪に、少し釣り上がり気味の勝気な瞳。年頃は二十代か、可愛いというよりは美人だろう彼女はアスタルニアの女性らしく溌剌《はつらつ》としていた。だが唯一見た目にそぐわぬ、年を重ねた女性の落ち着きが彼女をより魅力的に見せている。

上機嫌でざわついた冒険者が、声でもかけてみようかとニヤニヤと話している前で彼女は汗を拭った。耳元のピアスが揺れ、額の鱗が鈍く光る。

そんな彼女とリゼルの視線がぶつかった。

「あらあらあらなぁに？　久しぶりじゃない、元気にしてた？　ちゃんと食べてるのかしら。貴方って身長の割に軽そうなんだもの、前の時もほとんどうちの子が食べちゃってあまり食べてなかったでしょう？　心配しちゃったわ」

驚きに口を開き、そして怒濤の勢いで詰めよってきた彼女へとリゼルは目元を緩めて唇を開いた。

「お久しぶりです、イレヴンのお母様」

「うちの子が迷惑をかけてないかしら」

「元気にしていますよ。とても良い子です」

周囲の冒険者達が絶句する。

リゼルへとガンガン話しかけた事に。またリゼルの口から出た母という言葉に。その場にいたほぼ全員がとある蛇の獣人を思い浮かべ、脳内で目の前の女性と並べてみるもどう見ても姉弟でしかない。声をかけようとしていた若い冒険者らは世の無情さに崩れ落ちた。

そんな中、リゼル達は至ってほのほのと会話を交わす。

「最近なんだか体格について言われがちですね」

「お前ちょっと痩せたからな」

「え？」

「余所からアスタルニアに来た人に多いみたいね。心配しなくてもちゃんと三食食べてれば自然に戻っていくわよ！　ちゃんとお肉食べてる？　お魚だけじゃ駄目よ？　おばさんが何か作ってあげましょうか？」

そうなのか、とリゼルは自らの腹を撫でた。

確かに温暖な気候に食欲も少々落ちていたかもしれない。食べる時はそれなりの量は食べていたし、事実体調を崩した事もなければ体力が落ちたと感じる事もなかったので気付かなかった。

アスタルニアに来て、イレヴンの母親の言う通り肉より魚を食べていたというのもあるのだろう。森で獲れる獲物の肉も美味いが、新鮮な海の幸は他所では食べられないからとつい手が伸びていた。

「それならジルも」

言いかけ、すぐに発言を撤回する。

「君は何処にいても肉料理ばかりだし、変わりませんね」

「暑ぃんだから食わなきゃ動けねぇだろ」

「男の子はそれで良いのよ」

イレヴンの母親は快活に笑い、よいしょと肩にかけた大きな荷物を床に置いた。

「すみません、荷物を持たせたままで……」

「良いのよ、大したものは入ってないんだから」

謝罪したリゼルに、彼女は何て事なさそうに布の鞄を開いてみせた。

しっかりと中身の入った鞄を余裕で持ちながら半日かけて歩いてこられる辺り、流石は蛇の獣人だろう。

「ほら、これを持ってきたの」

鞄の中には、先ほど壁にかけられていた魔物避けが詰まっていた。

「作った魔物避けをこの店に卸《おろ》してるのよ。有難いことにそこそこ売れてるみたいだし、遊びにきがてら小遣い稼ぎって所かしら。趣味みたいなものね」

成程、と頷いてリゼルは同時に納得する。

以前イレヴンがリゼル達を実家へ案内する際、彼は魔物避けの香りを辿ったようだが、それが他者の使用しているものだという可能性を完全に除外していた。頻繁に迷子になる夫の為というのもあるのだろう、一点物の香りを持った魔物避け。

「これって、やっぱりどんな材料が使われてるかは秘密ですよね」

「あら、ネルヴが知ってる筈だから聞いてごらんなさい。あの子が家を出る時に教えたもの、忘れてなければね」

忘れてないでしょうね全く、と唇を尖らせる彼女は知らないのだろう。

イレヴンは今も同じものを使っているのだ。消耗品であるそれを使い続けていられるのは、つまりはそういう事で。微笑んだリゼルとは裏腹に、「こういう所で良い子ぶるよな」というのはジルの談。日頃の行いが悪いとこうなる。

「そういえば以前、イレヴンのお父様に会ったんです。その時はご本人だって確証がなくて御挨拶し損ねてしまって」

「やだ、気にしないで良いのよ」

イレヴンの母はひらひらと手を振って、ふと何かを思い出したかのように腰に手を当てた。

「そういえば前、あの人も〝品の良い子に道を教えて貰った〟って言ってたわね。こっちがお礼を言うくらいだわ」

失礼がなかったなら良かったと、リゼルも微笑む。

そうしている内に彼女が店長に呼ばれたので、長話も何だろうと互いに話を切り上げた。よいしょ、とやはり声を零してイレヴンの母が荷物を肩に掛け直す。

「宿の場所をお伝えしておきますね。イレヴンが今日宿にいるかは分かりませんが、良ければ寄ってください」

「あら、帰りにでもぜひ寄らせて貰うわね。有難う」

やはり特別息子の顔を見にきたという訳ではないようだが、会えれば嬉しいのだろう。綻《ほころ》んだ笑みは優しく、年若さを忘れてしまうような母親の顔をしていた。

ジルの買い物が済み、今度はリゼルの目的地へ。

辿り着いたそこは一軒の店だった。以前、酒場で席を共にした作業員が言っていた〝毒を除いた毒魚が食べられる店〟だ。

二人は席に着いて運ばれてきた魚に舌鼓を打つ。特別美味しい訳でもないが、普通に美味しい。

「肉も頼んだほうが良いんでしょうか」

「食いたいもん食えば良いだろうが」

ジルは呆れたように魚に噛りついた。

イレヴンの母親の手前は流していたが、やはり微妙に気にしているのだろう。リゼルは冒険者らしさを手に入れたいのだろうが、ジルとしては死にそうな程に貧弱でなければ良いのではないかと思ってしまう。

まぁ、男として分からないでもないが。とはいえこの顔で筋骨隆々でも違和感がありすぎると、唐揚げにされた毒魚を口に放り込みながらリゼルを眺めた。

その視線に気付いたのだろう。リゼルがふとジルの空になったグラスに目を向け、テーブルの上に置かれた地酒の瓶を持つ。辛い酒は魚料理とよく合った。

「ジル」

「ん」

手酌で充分だが、ジルは何も言わずグラスを差し出した。

人に尽くす事など知らない筈の男が、何処からかこんな知識を手に入れてきたのか。初めて酌を受けたのは王都の宿でのこと。飲めないが時々晩酌に付き合うリゼルに、いかにも慣れない手付きで酒を注がれた。

その時は思わず固まったジルだが、本人がやりたいならと好きにさせている内に慣れた。今でも心底似合わない真似だとは思うが。しかし嫌ではない。

「しかしお前は本の為によくやるな」

「書庫の事ですか？　あれだけ魅力的な場所は滅多にないですよ」

「お前んとこにも有んだろうが」

「あそこの本は、もうほとんど読んじゃってるので」

元の世界にある、〝大図書館〟の異名を持つ公爵家の書庫。

美しい塔のような姿で存在しているそれは外観だけでも圧巻だが、更には地下にも膨大な数の書架が並んでいる。蔵書数は計り知れない。

ジルも何度か話を聞いたが、幼い頃からどれだけ読み続ければ読み尽くせるのか。ちなみにリゼルが本気を出した時の読書スピードはかなり早い。

「アスタルニアの本って物語が多いんですけど、王宮の書庫は群島から入ってくる本もあって面白いんです」

「そうか」

「ほら、前にも言ったでしょう？　古代言語が使われていた時代から存在する戦闘を主流とした民族の本なんですけど、口伝《くでん》で残されていた話が本にされたのか比較的新しくて」

グラスの中で揺れる透き通った酒。一口飲み、ジルは相槌を打つように頷いた。

こうなったリゼルは止めようとしない限りは止まらない。とはいえ楽しげに話す姿を見れば中断させようとは思わず、ジルは笑みを浮かべながらリゼルの穏やかな声に同意を返してやった。


ちなみにその頃。

イレヴンは運が良いのか悪いのか、宿で母親の急襲を受けていた。

「何で母さんいんの？　あー、行商？」

「ネルヴ！　ほら、アンタ宿の人にお世話になってるんでしょう？　お土産買ってきてあげたから渡しておくわね。全くあんたはたくさん食べるんだから、きっと用意が大変でしょうに……あら貴方が宿の人ね、手間のかかる子でご迷惑をかけているでしょう？」

「え、何、これ何？　あ、どうも。じゃなくて何⁉　誰⁉」

「今日は母さんが夕食作ってあげるからね。アンタの好きな料理の材料を買い込んだんだから。あ、アンタのリーダーさんにもちゃんと食べさせてあげなさい！　たくさん作り置きしておくからね、一度に食べちゃ駄目よ」

「あ、リーダー会ったんだ」

「ごめんなさいね、ちょっと台所を借りるわね」

「あ、はい、そっち台所です………………母さん⁉　姉さんじゃなくて⁉」

103.

リゼルは世界を渡るまで、自ら爪を整えた事などなかった。

なにせ身支度は全て周りに任せるような身分だ。読書の片手間に爪を磨かれる事はあれど、伸びてきたなと爪やすりを探した事はない。

よって此方に来てから初めてその必要性を感じた時など、果たして爪やすりを買えばいいのか他に何か方法があるのかとジルに聞きに行ったものだ。当初、二人が結んだ契約内容にそういった知識の伝授が含まれていた事もあり、ジルは呆れながらも色々と教えてくれた。

彼は引き受けた仕事はきっちりこなすが、時々面白がったり面倒臭がったりした結果が今のリゼルでもある。

『ジル、良いですか？』

『何だよ』

そして聞きに行った先で見たものが、まさにジルが爪を整えている光景だった。

椅子に座り、床の上に両足で挟むように木製のゴミ箱を置いていた。その上に無造作に投げ出されていた片手、そしてもう片方の手に握られていたのは小さなナイフ。それは手元を見ずとも滑らかな動きで爪を削り続けている。

リゼルは成程と頷いて、用意していた質問の内容を変えた。

『そういう小さいナイフって何処に売ってますか？』

『待て』

一瞬にして全てを悟ったジルのお陰で、リゼルは無事に爪やすりを手に入れた。まだまだ貴族らしさが抜けきらなかった頃だ。向かった先の店で跪かんばかりの勢いで差し出されたガラスの爪やすりをリゼルは今も愛用している。今も貴族らしさがなくなったかは別として。

使い始めの頃はガリガリと削って爪が欠けたり削りすぎたりもしたが、今では立派に整える事ができるようになった。元の世界では削る前やら後やらにも色々な工程があったが、自分ではそこまでやろうとは思わない。


「ん」

整え終わった爪を見下ろし、リゼルは達成感と共に頷いた。

最近はイレヴンがやりたがるので任せる事も多かったが、腕は衰えていないようだ。手先が器用な彼は完璧な形に仕上げてくれるので、それに合わせて削るだけで済む。

何故やりたがるのかは分からないが、楽なのでリゼルも特に拒否した事はない。

「後は……」

爪やすりを机の上に置いて、広げていた本へと視線を向けた。

〝超初心者の為の料理読本～カレーを失敗しようと思うと難しい～〟を真剣な顔で読み込む。今は一ページ目にある料理を始める前の準備から進めている最中だ。

〝爪は短く切っておきましょう〟。達成したその項目から次へと進んでいく。

「〝髪は結んでおきましょう〟」

ふむ、とリゼルはポーチを漁って一本の紐を取り出した。

項《うなじ》を覆う髪を掬い、慣れた手付きで一つに纏める。こうすると首元が涼しいので、アスタルニアでは度々している髪型だ。

「よし」

一通り読み終えてはいるが、確認の為にと開いていた本を閉じる。

爪やすりと一緒にポーチへと仕舞い、立ち上がってそれを腰に巻きつけた。後は実際に料理に必要なものを揃えるのみ。何せ食材など一つも持っていない。

そして何より、料理をする上で一番大切なものが準備できていなかった。

「(エプロンって何処で売ってるのかな)」

形から入りたがるリゼルだった。


その店は港からほど近い場所にある。

店の前を通れば独特の香りが鼻をつき、人々を空腹に誘うこともあればクシャミを誘うこともある。通りがかったのが主婦ならば、すぐに夕食のメニューが決まるかもしれない。

そんな数々のスパイスを扱う店。アスタルニアでも数少ない其処へと、リゼルは足を踏み入れた。

「ナハスさん」

「ん？」

直後、見知った顔を見つけて意外そうに眼を瞬かせる。

来そうにない、とは思わないがこんな所で会うとは思わなかった。ナハスも同じように思ったのだろう、怪訝そうな顔を向けてくる。私服なので今日は非番のようだ。

「御客人か、奇遇だな」

「こんにちは。買い物ですか？」

「ああ、必要なものがあってな」

微笑みながら近付くリゼルに、ナハスが手にした花を持ち上げてみせる。

すぐ横には花屋のように壺へと飾られている同じ花。装飾ではなく、これも店の立派な売り物なのだろう。リゼルが壺を見下ろしてみれば紐で値札がぶら下げられていた。

スパイスを扱う店としか聞いていなかったリゼルには意外なもので、しかし記憶を辿れば何処かで見たことがあるような気がした。口元に手を当て、少し考える。

「何でしたっけ、以前本で……あ、月下花《げっかばな》？」

「よく知ってるな、この国でも珍しいほうだと思うが」

感心したように言いながら、ナハスは一本二本と更に壺の中から花を引き抜いた。

彼の言葉どおり、珍しいのは確かなのだろう。値札に書かれた金額は、普通の花と比べれば格段に高価だった。月の下で花開き、花弁に魔力を溜めこむという珍しい性質を持っている事を思えば順当なのかもしれないが。

「初めて見ました」

アスタルニア特有の花だというが、初めて見た。

リゼルは珍しそうにナハスの持つ花を覗き込み、触れてみる。花弁は肉厚で、摘めば微かに指が沈み込んだ。

「あ、本当に魔力が宿ってますね。ほんの少しですけど」

「む、やはり魔法使いなら分かるか。俺には全く分からん」

名乗った訳でもないのに魔法使いだと思っているナハスに、しかし冒険者の役柄に当《あ》て嵌《は》めると魔法使いと言うしかないのだからと否定はしない。肯定もしないが。

「観賞用なんですよね」

本には〝蕾《つぼみ》になると内部に溜め込んだ魔力が光る。観賞用〟と書かれていた。

しかしそうなると、ナハスがこれを買う理由がピンと来ない。花を愛でる趣味もなさそうだし、少しだけカマをかけてみようかと揶揄うように目を細めて問いかける。

「プレゼントですか？」

「ああ、愛しい我が相棒にな。あいつはコレが好きだからな！」

インサイが最愛の孫へ向けるような溺愛《できあい》の表情をナハスは浮かべた。

予想はしていたけれどと、リゼルも苦笑する。その花を魔鳥が好む理由が分からないので確証は持てなかったが、最も納得がいく回答だ。

「もしかして、食用ですか？」

「その通りだ。魔力が含まれるからかは知らんが、他の花は見向きもしないのにコレだけは食う」

「へぇ」

「俺たちは食えないからな、試すんじゃないぞ」

感心したように花をつつくリゼルにすかさず忠告を挟むナハスは、よく分かっているとしか言い様がないだろう。隠し味に、とすでに思考が飛びかけていたのだから。

そして「会計を済ませてくる」と奥へと向かうナハスを見送り、さてとリゼルも周りを見渡した。

月下花のように様々な効果を持つ植物が、壺に飾られ籠で吊るされ瓶詰にされ。リゼルも見た事のないものが多く、眺めているだけで楽しめる。

「（あ）」

気になるが、今回の目的は料理に使うスパイス。店があまり広くないという事もあり、少し探せば直ぐに発見できた。

「（えっと）」

様々なスパイスが詰められた瓶が棚に並べられている。

原料の原型を留めているもの、細かく擦りつぶされたもの、たくさんの種類がある。実は頻繁に料理に使用されるスパイスなどは、この店のような専門店でなくとも揃うのだがリゼルは知る由もない。

「（あ、カレー用がある）」

木に記載されていた種類を思い出していれば、〝カレースパイス〟の札をかけられた大きめの瓶を見つけた。必要なスパイスが全て配合されているのだろう、まるで地層のようなグラデーションが美しい。

リゼルはそれに手を伸ばしかけ、ふと止める。悩むこと暫く、支払いを終えたナハスが花束を片手に歩み寄ってくる。

「どうした、何か分からない事でもあったか？」

「いえ、今からカレーを作ってみようと思ってるんですけど」

ナハスがピクリと片眉を上げた。

彼は王都からアスタルニアまでの旅順で、リゼルの料理シーンなど一度も見ていない。そしてイメージからして全くできないどころか、やった事すらなさそうだと思っている。

友人である宿主は何と言っていたかと考えるも、宿で客が料理をする機会などない筈だ。いや今まさに目の前のリゼルが挑もうとしているが。とはいえ好き嫌いが激しいから毎日レシピで悩むという話は聞いた事があっても、料理の腕に関しては全くの未知だった。

「……何を悩んでるんだ？」

「カレー用のスパイスを見つけたんです」

「ああ、これか」

ナハスは棚から一つの瓶を手に取った。

アスタルニアの主婦ご用達のそれ。一体何を悩んでいるのだと不思議に思っていれば、あっさりと答えが齎された。

「折角作るんだから、自分でスパイスを混ぜたほうが手作りらしさが出ると思って」

「よし分かった、これを買え」

完全に料理をしない者の言い分だ。

料理に手間暇かけようとするなど、よほど料理にこだわりのある上級者か、手間暇かければ美味くなると根拠もなく信じている素人のみ。ナハスは既に配合済みのカレースパイスを力強くリゼルへと握らせた。

「でも」

「プロが配分を計算して作ってるんだ、絶対に美味い」

真剣な顔で言い聞かせるナハスに、それもそうかとリゼルは素直に頷いた。

「そうします、今回は他にも色々やることがあるし」

「色々……」

心なしか楽しそうに支払いに向かうリゼルを眺め、ナハスは難しい顔をして腕を組む。

言い分からしてド素人。そんな彼がカレーを作ると一人で買い物に来ている。もしや、と考えて満足げに戻ってきたリゼルへと慎重に問いかけた。

「お前一人で作るのか？」

「え？　はい。今日は宿主さんが夕方までいないそうなので、事後承諾になりますがキッチンを貸して貰おうと思ってます」

事後承諾とか言っているあたり完全に思い付きの行動だった。

「一刀達はどうしてる？」

「ジルは朝から出掛けてて、イレヴンは昨晩から見てないです」

しかも完全に一人だ。

ナハスは内心で呟き、湧きあがる何だかよく分からない衝動を抑え込んだ。だが一人でやろうと言うからには自信があるのかもしれない。見えずとも冒険者なのだし野営で経験があるのだろう。切って焼く程度の力量さえあればカレーなど充分完成する。

そう心を落ち着かせ、柔らかな笑みを浮かべた。

「そうか、頑張れよ。他に必要なものがあるなら良い店を教えてやるが」

「そうですか？　良かった」

安心したように微笑むリゼルに、ナハスも何事も練習あるのみだろうと頷く。

何事も挑戦するのは良い事だ。心配だからと止めてしまっては成長する機会を逃してしまう。今は料理の腕を上げようと努力する男を応援すべきだろう。

そう結論付け、ゴソゴソとポーチに手を入れてレシピ本を取り出すリゼルを見守った。

「エプロンが必要って書いてあるんですけど、何処に売ってますか？」

「うちの宿舎にあるやつを貸してやるしキッチンも貸してやるから来い」

応援している場合じゃなかった。


エプロンを持っていない事がそれほど衝撃だったのだろうか。

リゼルはそう思いながら、隣を歩くナハスを窺う。だが見ていてくれる相手がいるのは安心なので、休日のナハスには悪いが遠慮なく頼ってしまう事にした。むしろ遠慮しようとしたら拒否された。

「宿舎というと、騎兵団のですよね」

「ああ、そうだ」

王宮への道を並んで歩きながら、二人で雑談に興じる。

「俺が入っても大丈夫なんですか？」

「ただの生活スペースだしな。前に紹介した訓練場の隣にある建物なんだが」

「確かに塔みたいなのが有りましたね」

「それだ。よく覚えているな」

感心するナハスの瞳に少しの警戒が浮かぶ。

気付いたリゼルは特に何も思いはしない。国を守る騎兵団が抱くべき当然の反応で、それが不信感へと繋がらない事も知っていた。

代わりに、以前ちらりとだけ見えた宿舎を思い出す。王宮と同じく白亜の、円柱型をした小さな塔だった筈だ。

「騎兵団の方しか居ないんですか？」

「歩兵団と海兵団には、それぞれ別の宿舎があるからな」

その特異性から、騎兵団は他の兵団に比べて規模が小さい。

それにも拘らず他と同じ宿舎が一つ与えられているのは、アスタルニアを象徴する魔鳥騎兵団に所属している栄誉の一つなのだろう。階級による差別化は大事、と頷きながらリゼルは通りがかった屋台に目を付ける。

「ナハスさん、リンゴがありますよ。入れたら美味しくなるって書いてありました」

「お前にアレンジは早い、我慢しろ」

素人のアレンジなど嫌な予感しかしないとばかりに却下された。

本に書いてあるなら大丈夫なんじゃ、とリンゴに未練を残していれば背に触れた掌が歩みを促してくる。確かに基本は大事かと納得して諦めれば、ナハスも笑って手を離した。

「まぁ、非番の奴らは大抵出掛けるからな。気にせず台所を使うと良い」

「皆さん自炊なんですか？」

「いや、王宮に広い食堂があるから其処に行く」

ちなみに食堂は基本的には王宮仕えの者達の為の場所なのだが、時折平然と王族が登場する事もあるという。普通に入ってきて普通に食べて普通に出ていくだけなので誰も気にしないようだ。

そんな食堂も夜中や早朝は閉まるので、見回り明けや長引いた訓練後などの中途半端な時間に何かが食べたくなると宿舎のキッチンが使われる。よって最低限の道具は置かれているらしい。

「ナハスさんは料理が上手そうですね」

「そうか？　普通だと思うが」

ナハスは否定するが、リゼルは半ば確信を持っていた。

何せこれまでの道中、必要な材料を買い込む時は必ずアドバイスをくれる。この野菜は何処を見ろだの、こちらのが良いだのあちらの店が安いだのと、的確すぎる助言は非常に勉強になる。

リゼルも一応は食材の見分け方を勉強してきたが、実践はやはり違う。ナハスが両手で一つずつ持って「こっちのが重いな……」と言っていたのを真似しても分からなかった。

「一緒にカレーを作って、食べ比べとかも面白いかもしれません」

「カレーばかりそんなに作ってどうする……」

楽しそうなリゼルに、ナハスは仕方なさそうに笑って花束を抱え直していた。


非番である筈のナハスと共に王宮を訪れたリゼルは、食材を抱えていた事で門番に二度見され、縁のない訓練場を突っ切って騎兵達に二度見され、宿舎内にいる兵達に物凄く不思議そうな顔で二度見されながらもキッチンへと辿りついた。

リハスによって手渡されたエプロンを身に着け、さてと調理台へと向き合う。

台の上には来る途中で買い込んだ材料が並べられ、包丁や鍋なども準備済み。ちなみに後ろではナハスが少し離れたところで見守っていた。一人でエプロンをつけられた段階で既に安堵している彼は何かが間違っている。

「まずは」

リゼルは、もはや完全に覚えてしまっている料理本を取り出した。

内容は覚えていても、細かい図説はそうはいかない。超初心者の為と銘打っているだけあって、分かりやすい絵が大きく載せられているのだ。見ながら進めない手はなかった。

その本を見たナハスが何か言いたげにしていたが、気付かないまま作業を進める。

「〝手を綺麗に洗いましょう〟」

「(そこからか……!)」

念入りに手を洗うリゼルに、もはやナハスは不安しかない。

切って焼くぐらいはできる、というのは希望的観測が過ぎたのだろう。かなり低く見積もっていたリゼルの料理の腕は、もはや存在するかしないかの所まで来ている。

そんな完全に目を離せなくなったナハスを余所に、リゼルは気合を入れるように袖を捲った。爪は整えた、髪は結んだ、エプロンもつけたし手も洗った。いよいよ料理開始だ。

「タマネギの皮を剝く……あ、先を切り落としてから」

タマネギの剝き方から載っている料理本、リゼルは理想の本を手に入れていた。

大玉のタマネギを手に取り、まな板の上に置く。用意された包丁を握りしめ、ジッとそれを見下ろした。丸いタマネギは猫の手では太刀打ちできない、慎重に握りしめて狙った部分に包丁を押し当てる。

「(辛うじて切れてはいる……が、ひたすら怖い)」

キコキコとまるで鋸《のこぎり》のようにタマネギの頭を切り落としていくリゼルに、ナハスがやや近付いて手元を凝視する。一人で作ろうとしていたからには初めてではないだろうが、果たしてこれは何度目の料理なのかと顔を引き攣らせていた。

まさか二度目とも、しかも一度目は芋を二個切っただけなのだとも知らない彼は幸運なのか不運なのか。もし知っていたら確実にカレー作りは阻止されていた。

「これで、皮を剝く」

先程よりも剝きやすくなったタマネギの皮を、リゼルは順調に剝いていく。

茶色の表皮を剝き、次の一枚も剝き、そしてどこまでが皮なのか分からないままに剝いていく。本には茶色い皮を全てと書いてあるが、果たして一部分だけ薄ら茶色いのは皮なのか身なのか。

ひとまず念には念を入れて多めに剝いているリゼルに、一人でできる所までは見守ろうと心に決めているナハスは開きかけた口を無理矢理閉じる。完全に身まで剝いていた。

「剝き終わったら半分に切って、千切り」

リゼルが以前、芋を相手にした時もイレヴンが〝丸いまま切るな〟とやけに念を押していた。確かに半分に切ってからのほうが固定しやすかったものだ。

何でも知っているパーティメンバーを誇らしく思いながら、リゼルは本に倣《なら》ってタマネギを半分に切る。平らな面を伏せて、おもむろに左手を持ち上げて見つめ始めた。

一体何をしているのかと怪訝そうなナハスの視線を受けながらその手を握り、緩め、指を折り畳んで理想の形へ。そのままポスリとタマネギを固定すればこれぞ猫の手。完璧だ。

「にゃー」

「⁉」

リゼルは成りきれと言われたら成りきる。

そして背後で固まったナハスには気付かず、ゆっくりと包丁を動かして暫く。

「……、あれ？」

テンポ良くとはいかないものの、それなりに綺麗にタマネギは切れていた。

しかしリゼルは知らなかった。タマネギを切るにあたって最大の障害が存在する事を。それは防ぎようがなく誰にも平等に訪れ、それゆえに誰もが常識としてそれを語らない事を。

そして、ついにその時が来た。鼻の奥が痛むような感覚と同時に瞳が熱を帯びる。滲む視界に、リゼルは自身が涙を零しそうになっているのだとようやく気が付いた。

「ナハスさん、これって」

包丁を置き、振り返る。一度だけ瞬いた瞳から、留まっていた涙が一筋頬を伝った。

色々と衝撃を引き摺っていたナハスが急いで足を踏み出しかけ、それを目の当たりにした瞬間にぎくりと動きを止める。だが、リゼルが手を持ち上げて目元を拭おうとするのに咄嗟に駆け寄った。

「おい、目を擦《こす》るな！」

「凄く目が痛いです」

リゼルの手を掴んで止めたナハスは、向けられた瞳に叱咤《しった》しかけた口を閉じた。

目元に近付いた指先から漂う残滓が未だにその瞳を攻撃しているのだろう。ゆっくりと満ちていく涙に目を瞠る。何とかしてやらなければという思いと、見てはいけないものを見てしまった動揺がせめぎ合って動けなかった。

「ッ」

スン、とリゼルが鼻を鳴らすと同時にそれは零れ落ちる。

細められたアメジストが静かに閉じられ、目の縁に滲んだ涙の名残《なごり》が色素の薄い睫毛を濡らした。

しかし、もはや零れる事はない。

「……ちょっと楽になってきました」

ぱちりとしっかり開かれた瞳に、ナハスはようやく我に返った。

リゼルの腕を押さえていた手を離し、急いでタオルを濡らして目の前の穏やかな顔へと押しつけた。むぐむぐと呻くリゼルに構わず、不思議な安堵を胸にグリグリと拭ってやる。

勢いの割にその手付きは優しい。暫くすると、最後にはされるがままになっていたリゼルの顔からようやくタオルが離れていった。

「ん、もう痛くないです」

「……良かったな」

少し目が赤くなっているものの、涙の名残を見せない顔にナハスは疲れたように肩を落とした。

「タマネギって凄いですね。主婦の方達がこんな痛みを抱えて料理をしてるなんて知りませんでした」

「まぁ、慣れればそれ程は気にならんが。切る前に冷水につけておくと沁みにくいらしいぞ」

「あ、じゃあやってみますね」

そしてリゼルはタマネギの調理を再開した。

もはや後ろで見守る事を止め、すぐ横でじっとその手元を監視するナハスがやや気になる。そうしている内に再び瞳に涙が浮かび始めるも、原因さえ分かってしまえば我慢すれば良いだけだ。

「ほら、一度包丁を洗え」

「切ったものが邪魔ならザルにでも入れておくと良い」

「袖が下がってきてるぞ。貸してみろ」

どんどんと挟まれるナハスの助言に素直に従い、リゼルは無事にタマネギを切り終える事ができた。

タマネギのつんとした香りが染みついた手を綺麗に洗い、差し出された濡れタオルを酷使しきった目に当てようとした時だ。大丈夫かと気遣うナハスに頷きながら開きっぱなしの扉を何となしに見てみれば、通りがかりの騎兵と目が合う。

ふんふんと鼻歌を歌っていた騎兵は、あちらも何となしに此方を見て、直後もの凄い顔をしながらも足を止めずに通り過ぎていった。

「……明日、ナハスさんに〝冒険者を苛める魔鳥騎兵〟って噂がたつかもしれません」

「何だと⁉」

何故だと愕然とするナハスに眉を落としながら笑い、リゼルは次の工程を確認する。

本の中では芋の調理が始まり、図解が事細かく皮を剝く手順を紹介してくれていた。以前は皮ごと切ってしまったが、料理とは手間をかけようと思えばどれだけでもかけられるものなのだろう。

リゼルも食事を出された際には感謝を忘れないようにしていたが、今改めてそれを実感した。

「皮むきは……こう、包丁を」

王都の宿の女将が、目の前で果物を剝いてくれた時の事を思い出す。

慣れた手つきで、スルスルと剝かれた皮が伸びていた。上手くやるとああなるのだろう。リゼルもイメージトレーニングは既に済ませていたので、良し、と気合いを入れて指先に力を込めた。

「皮剝きはまだお前には難しいからな。ほら、剝いたやつだ」

ひょいと手に持つ芋が取り上げられ、既に剝かれたものを差し出される。

いつの間に、とリゼルは無言でそれを眺め、やがて少しばかり拗ねるようにナハスを見た。

「できます」

「無理だ」

「やりたいです」

「まだ早い」

しかしナハスも厳しい目をして譲らない。

その手元では、手早くニンジンの皮が剝かれていた。リゼルが目指す理想の手付きだ。素晴らしい。リゼルは諦めずにじっと見続ける。

やがて彼は押されるようにグッと口元を引き絞り、渋々と剝きかけのニンジンを差し出してくれた。

「……少しだけだぞ」

リゼルの勝利だ。

そして付きっきりの指導を受けながらの皮むきは、イメージトレーニング上のスムーズさが発揮される事なくひたすらグググ……となった。ナハスの手元を見る限り簡単そうだったというのにと、リゼルはいっそ感心しながらなんとか一本だけニンジンの皮を剝ききったのだった。

「(本のとおりに進めてるお陰か何とかなってるな)」

うん、とナハスは一つ頷いた。

技術が必要な部分は色々不安もあったが、カレーなどそれさえ過ぎれば後は鍋で煮込むだけでどうにでもなる。変なものも入れようとしないし、多少は手間取っても手早さが必要な料理でもない。

なにせ何があろうと慌てないのだから、いっそ手元を見なければ料理に慣れているようにさえ見えた。現実は灰汁《あく》をとるのに煮汁も一緒に掬いすぎて中身を激減させているのだが。

「スパイスを入れる時は一旦火を止めるんだぞ」

「はい」

多少とろみが強くなるだけだろう、と注意はせずに口を挟む。

リゼルが火を消して、躊躇いなく瓶をひっくり返して豪快にスパイスを投入した。ナハスはそれに口を引き攣らせながらも、間違ってはいないしと見守り続ける。

後は煮込むのみ。かき混ぜすぎるのも良くないからと、途中で鍋を放ってのんびりと話をしながら待つこと暫く。

「そろそろでしょうか」

「ああ、良いんじゃないか。火傷《やけど》するなよ」

立ち上がったリゼルが、そっと鍋の蓋を開けた。良い香りがキッチンに広がる。

「これで完成、ですか？　もう少し煮込んだほうが良いでしょうか」

「いや、宿に帰って温め直すんだろう。煮崩れするしそのくらいで良いと思うぞ」

リゼルは鍋の縁にかけてあったお玉を手に取り、カレーを掬った。

料理といえば味見だ。口元へ運び、熱いだろうと慎重に一口含んでみれば、それなりに美味しいカレーに仕上がっている。

「美味しいです」

「そうか」

嬉しそうに告げれば、無事に完成したなら何よりだとナハスが笑った。

「どうする、鍋ごと持って行くか？」

「良いんですか？」

「ああ、鍋も幾つかあるしな。気が向いた時に返してくれれば良い」

そして、何か袋があった筈だとキッチンを離れたナハスを見送ったリゼルは、ぐるりと一度だけ鍋の中身をかき混ぜた。ジル達も夕食時に帰っているだろうか、帰ってこないなら宿主に差し入れても良いかもしれない。

「(一晩おくと美味しくなるって書いてあるけど)」

料理本を手に近くの椅子に腰かける。

すると誰かがキッチンへと入ってきた。だるそうに頭を掻きながらやってきた騎兵は、リゼルの姿を見つけて「⁉」と固まっている。

「こんにちは、お邪魔しています」

「ど、え、あぁ、どもッス……え⁉」

騎兵は動揺しながらも水の入った瓶を手に取り、自らを落ち着ける為にそれを飲み干し、そして二度見を繰り返しながらペコリと頭を下げて去っていった。

やはり普段は騎兵以外出入りしないのだろうと扉の向こうに消える姿を眺めていると、入れ替わるようにナハスが戻ってくる。

「待たせたな、耐熱の魔力布があるからこれで……どうした？」

「いえ、今日は本当に助かりました。有難うございます」

「俺から言い出したことだ。気にするな」

リゼルは布にくるまれて持ちやすくなった鍋を受け取り、もう一度礼を告げた。

恐らく自分一人でも料理は完成しただろう。しかしもっと時間がかかっただろうし、本に書いていない部分もたくさん教えて貰った。むしろタマネギの謎《なぞ》の攻撃に負けていたかもしれない。

何より、アドバイスをくれる相手が近くに居るというのは非常に心強かった。

「今度、何かお礼をさせてくださいね」

「気にするなと言ってるだろうに……まぁ良い、楽しみにしてるぞ」

そしてリゼルは途中で通りがかった魔鳥に鍋をふんふんされながら、宿へと戻っていった。


カレーを作ったと聞いて何故か真顔になった宿主に鍋を預け、部屋で読書に励む。

そして空も水平線に僅かな橙《だいだい》が残るだけになった頃、そろそろ夕食の時間かとリゼルは開いていた本を閉じた。背筋を伸ばしながら窓の外を見れば、点々と星も見える。

微笑んで、部屋を出た。そして帰還を確認している隣人の扉をノックする。

「ジル、良いですか？」

「どうした」

声をかけて数秒、部屋の扉が開いた。

つい先程に何処ぞの迷宮から帰ってきた彼は、シャワーも済んですっかり部屋着へと変わっていた。

「夕食、一緒に食べましょう」

ぴくりとジルの片眉が上がる。

普段は特に声をかけずとも、誰かが食堂に行ったなと思えば全員下りていく。わざわざ声をかける事はないのだが、勿論例外もあった。

それは夕食をとりながら翌日の依頼について相談する時。最近ではリゼルが初釣りの成果を披露した時。よって覗いたギルドで気になる依頼でも見つけてきたかと考えたジルは、次の瞬間それが間違っていた事を知る。

「今日、俺の作ったカレーが出ますよ」

「はァ!?」

バンッと反対隣の扉が勢い良く開いてイレヴンが飛び出して来た。

そしてジルは取り敢えずリゼルの指が全て揃っているかを確認した。

「それ何ッ……一人で!?」

「いえ。最初はその予定だったんですけど、ナハスさんが手伝ってくれました」

「何でそんな予定立てんの!?　前に俺らがいないトコで料理すんなっつったじゃん！」

「了承はしてないです」

リゼルは冷静に自身のできることできないことを把握する。

そして〝もしかしたらできるかも〟と思えば、自身に危険が及ばない範囲で実行する事が多い。

今回のタマネギのように不測の事態に陥る事も度々あるが、元の世界ではその程度のリスクを負う事さえも許されなかったのだ。

その反動か、とジルは呆れ半分にため息をついた。少しも欠けていない爪を見れば、異様に面倒見の良い男の頑張りが分かる。

「カレーって事は、リーダー皮むきできた？」

「少しだけ。ほとんどナハスさんがやっちゃったので」

イレヴンによる尋問という名の雑談をしながら階段を下りて食堂へ。

そこに待ち受けていたカレーは普通に美味しそうで、味も普通のカレーであり、ジル達はやはり基本的には器用な男なのだと再認識しながら残さず食べきった。

そしてリゼルは今度こそ一人で料理をしないように約束させられる事となる。


ちなみに、その頃のナハスはというと。

「ナハス、先生を泣かせたって、聞いたんだけど、ね」

「いえ、殿下、それは誤解で……」

「なに」

「(何故あいつがタマネギを切っただけで俺が脅されるんだ……！)」

布の塊によってホラーでしかない壁ドンをされていた。

104.

リゼルは最近、ようやく満員の馬車の乗り方が分かってきた。

最初の頃は〝もう乗れないだろうから次の馬車を待とう〟と思った矢先、まだ乗れると後ろに並ぶ冒険者に促されたり(実際にリゼル達三人が乗れた上に、その冒険者達まで乗れた)、乗ったら乗ったで身体が微妙に傾いたまま起こせなくなったり(ジルがずっと支えてくれた)、他の冒険者の武器が腹にぐいぐいと当たったりもした(気付いたイレヴンがどかしてくれた)。

しかし最近は違う。足さえ入れば何とかなると学んだし、端に立てば外に半身を逃がせるのが楽だと気付いたし、武器があたらない角度というのも分かってきた。

そもそも五人前後で組まれたパーティが多いなか、三人であるリゼル達は融通が利きやすい。最後部に立つ事も多く、そうなると過ぎ去る景色を眺められるので楽だった。

「この前、一人で馬車に乗ってみたんです」

そして今日も、三人並んで轍《わだち》を眺めながら馬車に揺られている。

時折大きく揺れる馬車の振動が、身体を預けている後部扉から骨盤へと伝わって地味に痛い。

「は？　迷宮一人で行ったんスか」

「いえ、降りずに馬車でぐるっと森を一周しました」

「時々訳分かんねぇことするよな」

ジルの言葉に、イレヴンもケラケラと笑う。

迷宮に行く為の馬車に、迷宮目的でもなく乗って最初の乗り場まで戻ってくる冒険者など史上初と言えるだろう。乗るのを見た冒険者も、まさかのリゼル一人という事態に〝止めなくて良いのか〟とそわそわしていたし、降りるのを見た冒険者など見間違いだと結論付けた程だ。

「最後になると貸し切りみたいで面白かったですよ。御者さんとも話せたんですけど、やっぱり馬車には強めの魔物避けが使われてるみたいです」

「まぁリーダーが楽しいなら良いけど。つか魔物避けっつっても時々襲われんじゃん」

「喧しいのが大量に乗ってるからだろ」

「御者さんもそう言ってました。一人で帰る時に襲われた事はほとんどないって」

という事は、襲われた事もあるのだろう。戦う術を持たないだろうに御者も大変だ。

とはいえ人の乗っていない馬車ならば全速力で走ればまず逃げ切れるし、いざとなれば馬車を置いて馬で帰ってしまえばいい。リゼルが話した御者も、ギルド所属の御者歴二十年だけあって慣れたようにそう笑っていた。

「混んでる時は突っ立ってるだけだろ」

「そうですね。皆、これから潜る迷宮の話とかで忙しくて話す相手もいないですし」

何が面白いのかと言いたげなジルに、リゼルもそれは確かにと頷く。

「あ、でも外側を譲って貰えたので、ずっと森を見てました」

「そりゃ良かった」

威勢の良いアスタルニアの男達が甲斐甲斐しい事だ、とジルは皮肉げに笑った。

周囲の冒険者からしてみれば三人相手に露骨にぎゅうぎゅう行ける訳もなく、しかし同じ冒険者なのだからと普段は変に遠慮する事もない。しかしジル達と共にいない時のリゼルは四割増しでいつもより冒険者に見えないのだ。

流石に場所を譲ったのは互いに面白半分だろうが、しかし。

「迷宮に向かうパーティに手を振ったら、半分以上振り返してくれました」

「ノリの良さが王都と違ぇなァ」

ジルは嬉しそうに話すリゼルを見ながら思う。

ただ珍しいだけの存在をアスタルニアの冒険者達は受け入れない。一刀についていける実力と冒険者としての矜持《きょうじ》、そして良い子に収まらない自由な冒険者らしさを持つからこそ冒険者と認められている。

それに気付いているからこそリゼルも嬉しそうなのだろう。冒険者らしくなろうと本人は今でも努力しているのだから。

「(王族に認められるよか嬉しそうな所がらしいよな)」

とある布の塊を思い出しながらジルとイレヴンは内心同時に呟いて、本人が良いなら良いかと再び代わり映えしない景色を眺め始めた。

決まった停車場所がないので、御者に声をかけて馬を止めさせる。

同じ迷宮に行くパーティはいないのか、下りたのはリゼル達だけだった。それなりに整備された道から、冒険者達によって踏み固められた獣道へ。歩きにくいが多少はマシだ。

リゼルは地面から張り出した樹の根を跨ぎ、注意深く地面へと視線を落としながら歩く。

「こういう森の中に新しい迷宮ができたら大変ですよね」

「あー、大侵攻？」

「見つかりにくいとこに有んのは猶予《ゆうよ》長いらしいな」

「そうなんですか？」

「噂」

「や、俺も聞いた事ある。つっても、そういうの何とかすんのがギルドだし」

そんな認識で良いのか、と意外に思う。

下手をすれば国の危機に関係する事だろうに、随分と軽く言うものだ。国から国へと渡り歩く冒険者ならばそんなものなのだろうか。

「アスタルニアが大侵攻にあったのは記録上では一回だけだし、上手く見つけてるんでしょうね」

「森族《もりぞく》いっから。リーダーそこ穴」

先を行くイレヴンの忠告に、木の根に隠れるようにあった穴を避けた。

恐らく森ネズミの巣穴だ。ちなみに草原ネズミも森ネズミも同じ魔物で、そのまま草原に住んでいるか森に住んでいるかで呼び名が変わる。

なら何故巨大ネズミにでもしなかったのかとリゼルは常々疑問に思っていた。

「森族……森に住んでる民族の事ですよね」

「そ。民族ってほど立派なモンでもねぇけど」

アスタルニアの民には、森の中に集落を築いて暮らす者達がいる。

それはアスタルニアができる前から其処にいた者達であったり、森の恵みをより受けやすい場所に拠点を築いた者達であったり、もしくは定住せずに移動しながら暮らしている者達であったりもする。

そんな彼らは総称して〝森族〟と呼ばれ、国内の面々とは良い隣人としての付き合いがあった。

「まぁ森に住んでりゃ何でも森族じゃん？」

「てめぇ森族じゃねぇか」

「マジだ、元森族だ」

イレヴンの反応からして、特に意味のある括《くく》りではないのだろう。

今の今まで自覚のなかったらしいイレヴンに、ジルが呆れたように突っ込みながら頭上の蔓《つる》を避けた。

「まぁ森のこと知り尽くしてる奴らばっかだから、何かありゃすぐ気付くんスよ。俺の父さんも崖のど真ん中にある迷宮見つけてたし」

行き辛そうだな、とリゼルも獣道にはみ出した枝を潜る。後ろを歩くジルへと枝を持ち上げてみせれば、微かに眉を寄せながらも素直に潜っていた。

しかしお手柄ではあったのだろうが、何故イレヴンの父は崖を上り下りしていたのか。

「森族の方は、それをギルドに報告してくれるんですね」

「当たり。大侵攻になりゃ本人達も危ないし、謝礼目当てっつうのもあるかも」

同じアスタルニアの民同士、協力するのは良い事だ。

そうリゼルが頷いていると、前を歩いていたイレヴンがやや足を速めた。どうやら小さく開けた空間に出たようで、真ん中には迷宮の扉が鎮座している。迷宮の扉が出現する際、こういった空間を作る事が多いようなので森族も発見しやすいのだろう。

着いた着いた、と三人は扉の前に立って開かれるのを待つ。

「ニィサン何処まで行ってんだっけ」

「あー……二日潜って三十五、いや、四十で帰ったか」

「じゃあ四十階からですね。今日の目的はボスなので、さくさく進みましょう」

ジルが攻略途中の迷宮があると聞き、折角だからと関連する依頼を受けて訪れた。

攻略する迷宮を事細かく調べるのはリゼルの好みではないのだが、噂は耳にするようにしている。

この迷宮は随分と王道の迷宮らしいので、変わった仕掛けは少なそうだ。

少しだけ残念、と思いながらリゼルは開いた扉へと足を踏み入れる。

「そういえば今日、宿主さん夜出掛けるそうです」

「食って帰るか」

「あ、俺良い感じの店見つけたから行こ」

今まさに迷宮に潜らんとする冒険者としては気の抜けた会話をしながら、三人は閉じた扉の向こうへと消えていった。


酷く騒がしい空間に、グラスのぶつかり合う音が響く。

そんな周囲の喧騒に煽られ、彼らは自分達も続こうと運ばれてきたエールのグラスを握りしめた。

そして勢い良く前へと突き出す。

「ハイ今日もお疲れーぃ！」

「うぇーい！」

ガツンガツンとグラス同士がぶつかる感触が手に心地良い。

全員でそれを呷った。冷えたエールが喉を通り過ぎる感覚は頭が痺れる程の快感だ。喉を鳴らす音しか聞こえなくなった一瞬の沈黙は、直ぐに大きく息を吐く声に掻き消される。

自然と湧き上がる笑いに誰もが気分を良くして、早速次だと近くを通りがかった店員へと注文を重ねる者もいた。

「船上祭が終わって今日が初の外飲みだとか、忙しいねぇ宿業は」

「いやいや正直そんな忙しくもねぇんだよマジで。今の客は貴族なお客さん達だけだし、長期滞在ってなると短期連発よか手間かかんねぇしね」

宿主は不敵に笑い、手に持ったグラスを呷る。仲間たちからの盛大なイッキコールに残ったエール全てを飲み干し、空になったグラスを机に叩きつけた。

「おら次持って来いやぁぁぁ！」

「うるっせぇー！」

喧しく響く笑い声。だが酒場の中でそれを気にする者など居ない。

宿主がテーブルを囲む友人らと酒を飲み交わすのは船上祭以来だ。一人二人ならば時々会っては話したり飲んだりしていたが、誰も彼もが働いている身なのでなかなか全員では揃わない。

時折訪れるチャンスを、見事モノにできたのが今日。彼らのテンションはまだ酔ってもいないにも拘らず非常に高かった。たとえ男だらけだとしても高かった。ちなみに既に全員半裸でもある。

「つーかあの人ら以外の客いねぇのかよ。寂ッしー……くねぇな」

「いやもうマジで全ッ然な。何つーの？　存在が華やかっつうか派手っつうか存在感でかすぎて空き部屋全然気になんねぇわ」

「気にしろっつの商売人。ニィちゃん串焼き二本ずつ適当に！」

「はいはーい」

友人の一人が店員へと呼びかけるのを何となしに眺めながら、宿主はわざとらしく口元をひしゃげてみせた。気にしろと言われても、本当に気にならないのだから仕方ない。

リゼル達が来た当初は他に一組の客がいたが、とっくに宿を去っている。最近はまさにリゼル達専用の宿になりかけているが、今ばかりはこれで良いかと思ってしまうのだ。

宿業務として客不足は由々しき問題ではあるのだが、何せ金銭面に関して全く心配がいらないのだから。

「個室なんざ割高じゃん？　三つフルで埋まってっから黒字で商売人としてはホックホクなんですザンネーン」

「ウッゼ！　こいつウッゼ！」

「蹴れ！　すっげぇ蹴れ！」

「痛ッて！　おい何人蹴ってんだ手ぇ挙げろ全員かよ知ってた！」

テーブルに隠れた足元で、容赦のない総攻撃を受ける。

宿主は胡坐をかくように行儀悪く足を椅子の上へと避難させ、しかしふと美しい姿勢で腰かけるリゼルを思い出して元に戻した。何となく感じてしまう後ろめたさ。

「あー、でも長期で個室は美味いよねぇ。世話する客が少なくて済むし、あんまり騒がしくないでしょ？」

運ばれてきた串焼きを頬張りながら、同じく宿を経営している男が言う。

彼が経営しているのは宿主の宿より規模が大きく、そして値段が格安の宿だ。一階は二段ベッドが所狭しと詰め込まれた大部屋が三つ、二階は二段ベッドがゆとりを持って並べられた中部屋が四つあり、値段の安さから客は冒険者が大半を占める。

「うちは大変だよぉ、冒険者ばっかりだから喧しい喧しい。喧嘩とかも始まっちゃうしねぇ」

「あ、じゃあお前んトコにあの三人を何日か泊めてみろよ！　多分解決すんぞ！」

「それだ！」

「それだ、じゃねぇよ！　貴族なお客さん達はずっと俺の宿にいるんですぅー！　そんな食事も朝しか出ねぇ粗末な宿に泊められませんー！」

「おいこら今粗末っつったな。表出ろオイ」

確かにリゼル達を投入したら冒険者達の行儀は良くなりそうだ。

しかし色々な意味で許されない。ぎゃあぎゃあと宿業同士でテーブル越しに取っ組みあっていると、流石に店員に怒られたので全員すぐさま謝った。元々、提案など冗談でしかないのだから。

そして誠意の籠った謝罪の後、彼らは何事もなかったのように盛り上がる。

「いやでも俺んトコ元々部屋少ないし高めだし、本当なら冒険者が泊まるようなトコじゃねぇじゃん？　平然と長期とか凄ぇとか思わなきゃ駄目なのに当然だと思う俺がいる」

「そりゃお前、あれで金持ってねぇとか詐欺だろ……」

全員でリゼル達を思い浮かべた。

船上祭で目撃した限りなく貴種の装い。真っ先に思い出すのはそれだが、そうでなくとも活動範囲を共有していれば度々すれ違ったり目撃したりもする。とにかく目を引く三人なのだから、普段の姿を思い出す事も容易だ。

リゼルは言わずもがな。歴戦の雰囲気を醸すジルは容易に大金を手に入れられるだろう実力者だと分かるし、余裕も癖もあり他人を嘲るのが似合うイレヴンが金に困る姿も想像がつかない。

「あっ、でも俺この前、あの貴族っぽい人が屋台で値切ってんの見たぞ！」

「貴族なお客さんってそんなんできんの!?」

「すっげぇ下手だった」

「だよな」

「そうだよねぇ」

「金持ってんのに何で値切ってみたんだろうな」

訳が分からんとばかりに呟いた男の肩が、ふいに後ろから叩かれた。

振り返れば、一人の冒険者がしっかりと肩に手を置いている。いかん絡まれた怖い、と口元を引き攣らせた男の前で、冒険者はくっと唇の端を引き上げてニヒルな笑みを浮かべた。

「決まってんだろ……やってみたかったから、だ」

そして最高のドヤ顔を披露して去っていった。

どうやらたまたま後ろを通りがかっただけだったようだ。奥のテーブルに彼の仲間だろう冒険者達の姿も見える。

「誰？」

「知らん」

立ち去っていく広い背中を見送りながら、宿主達はそれだけを口にした。

彼らは絡まれなかったなら良いかと流し、大声で追加の注文を呼びかける。忙しなく働く店員から怒鳴り返すような了承の返事が叫ばれた。

店が大繁盛していて何よりだ。宿主は取り敢えずとばかりに先に運ばれてきた三杯目のエールに口をつけ、気分が良くなり大きく息を吐いた。

メンバーは全員、特別酒に強くも弱くもない。アスタルニアの男の標準だ。しかし基本的に簡単にハメを外す奴しかいないので飲むペースを考えたりはしない。酔っ払ったら酔っ払った時だ。

「いやでも良いねぇ、宿代ケチらないって最高。羨ましいなぁ」

エールから地酒に移った友人に、宿主は苦労しているようだとニヤニヤ笑う。

下位の冒険者が多いと、どうしても支払いが滞りがちだ。中には安い宿代から更に譲歩を求めようと脅迫紛《まが》いの交渉に出る者もいる。

とはいえ、それだけならば何処にでもある話なのだが。アスタルニアでの値引き交渉は冒険者側も店側もとにかく激しい。何なら冒険者に限らず激しい。

「あの人らが支払い渋ったりはしねぇわな」

「部屋も綺麗に使ってくれそうだし、静かそうだし。あ、煮つけ来た」

「いぇーい俺いちばーん。まぁ一刀なお客さんは物動かさねぇし、獣人なお客さんは寝る時しか部屋いねぇから散らかしようがねぇしね。でも貴族なお客さんはちょい片付け苦手」

「マジか」

「マジなんだよコレが」

意外だ、と言わんばかりの友人達に宿主は真顔で頷いてみせる。

正直、客の事をホイホイ言いふらすのは良い真似ではないが、リゼル達に関しては言いふらすというより噂話に近い。周りが際限なく喧しい酒場では大声でもなければ隣のテーブルにも聞こえないだろう、身内に話す分には口も軽くなる。

「散らかってんのは本ぐらいなもんだから楽っちゃ楽だけど意外じゃん？　いやそうでもないか、他の奴にやらせりゃ良いんだから」

「お前……前あの人のこと冒険者って俺らにめっちゃ言ったじゃねぇか……」

「はっ、一瞬忘れた……！」

リゼルは宿主にも冒険者である事をちょいちょい忘れられる。

「いやだっておかしいじゃん!?　何で貴族じゃねぇの!?　っつうさ!?」

「それ何回も聞いた」

「どうどう」

「まぁ言いたい事は分かる」

翻弄《ほんろう》されまくっている宿主を、友人達は指をさして爆笑していた。

直接関わった事のない彼らにとっては所詮他人事だ。ただ、関わりたくないのかと聞かれると肯定はできない。非日常を日々目の当たりにしている宿主を、羨ましいと感じない訳ではないのだから。

「でも片付けられないのが貴族なお客さんでマジ良かったっつうね。他の二人の部屋掃除してる時とか俺必死で終わらせるからね。帰ってきた時に居合わせたら滅茶苦茶怖ぇじゃん」

「あー……黒い人はなぁ。でもあの人って有名な冒険者なんじゃん？　どんくらい強ぇの？」

「一時期話題になったでっかい鮫……鎧王鮫《オリハルコンシャーク》？　だっけ？　あれに勝てんなら相当だろ」

「あれでマジの生き物ってのが怖い」

「冒険者やべぇってなるよな」

港で行われた鎧王鮫《オリハルコンシャーク》の解体を見物した者は多い。

見上げる程の巨体と凶悪な姿。己の顔以上に大きな牙がびっしりと生えた口内は、大の大人を簡単に噛み千切るだろうと容易に想像させる。動かないと分かっても近寄りがたい存在に水中で襲いかかられる恐怖など、もはや現実離れしすぎていて彼らには想像すらできない。

「つっても貴族な人が戦ってるとこは想像できねぇんだよなぁ」

「あの人って魔法使いなんだろ？　そんなら俺ギリギリ想像できる」

「あー……一度魔法使ってるとこ見てみたいよねぇ」

元々、魔法使いの少ないアスタルニアだ。

他所の冒険者でさえ魔法使いが実際に戦っている所を見たことのない者もいるので、冒険者でない彼らは出会った事もない。いや、知らない間に顔は合わせているかもしれないが区別はつかないし、ついても〝魔法使って〟とは頼めない。

そもそも、今までは冒険者の攻撃手段など気になった事がなかったのだ。

「お前が頼めば見せてくれんじゃねぇの？」

「いや俺一介の宿主だからね。そんな図々しいこと頼める筈がないとか今言おうとしたけど使ってんの見たことあるわ俺」

「はァ!?　何処でだよ！」

「庭で!!」

それは宿主が鼻歌交じりに裏手の庭で洗濯物を干していた時のこと。

真っ白なシーツを干すのは気持ちが良い。その浮かれた気持ちが手元に出たのか、見事にシーツが風に攫《さら》われた。

前日が雨だったので地面は泥。落ちたら洗い直し確実。その必死な気持ちが口から出たのか思わず叫べば、ふいに巻き起こった風が落ちる瞬間のシーツを巻き上げた。

手元へと戻ってきたシミ一つないそれに、何があったのか分からず呆然としていた時だ。ふいに二階から穏やかな、少し可笑しそうな声が聞こえた。

『凄い声でしたね』

その時、ようやく宿主はリゼルが魔法を使ってシーツを救ってくれたのだと理解した。

「こんな感じだった」

「魔法ってそんな日常的にぽんぽん使うようなもん？」

「えー、どうなんだろうねぇ。ていうか、魔法ってそんな臨機応変な使い方ができるんだ」

彼らの想像する魔法使いは、決まった詠唱で決まった攻撃魔法を使うもの。

それも間違ってはいない。大爆発を起こしたり、あるいは水の矢を飛ばしたり。しかしリゼルが使った魔法は、実はそれらよりもよほど複雑な魔力構築が必要な風魔法であった。

だが宿主達は知る由もない。意外と地味だなぁと思っている。

「そういや一刀な人って時々、外で煙草吸ってんじゃん。凄ぇモン吸ってんぞ、あれ金貨何枚かすんじゃねぇの？」

「マジで、そういうの吸ってる奴って成金《なりきん》くせぇイメージあんのに」

「嫌味なく似合っちゃうから凄いよねぇ。一回どっかに凭れて吸ってるの見た事あるけど、男として素直に負けを認めるしかないっていうか、足長ぇよっていうか」

宿主は自慢げにニヤつき、少しぬるくなってしまったエールを飲み干した。

汚れた皿を何枚も積み重ねて忙しなく横を通り過ぎようとする店員を呼び止め、今度は地酒を注文する。するとそれに便乗するように友人達からもつまみの注文が飛んだ。

その時、ふいに少し離れたテーブルから一際大きい歓声が上がる。先程ドヤ顔していった冒険者の一行が飲み比べを始めたようで、宿主達も周りと一緒になってイッキコールで囃《はや》し立《た》てた。

「しっかし冒険者はよく食うよなぁ！　動いてんだから当たり前っちゃ当たり前か」

「仕入れも仕込みも家族総出だからねぇ。うちは朝食だけだけど、人数もいるし朝から量も食べるし用意は大変だよぉ」

「そんなん言うならうちだって大変だっつうの獣人なお客さん凄ぇ食うし。あの人どこにあんなに入んの？」

宿主の言葉にも、友人らはあまりピンと来ないようだ。

確かに実態を知らなければ、イレヴンに大食いのイメージはなかなか持たないだろう。鍛えられてはいるが細身であるし、むしろ食べるのが面倒だと不健康な生活を送っているイメージすらある。

宿主も最初はそう思っていた。初めての食事の時の連続おかわりの衝撃は今でも忘れられない。

「量だけ食べるなら楽だけど味が悪いと食べねぇし偏食すぎて大ッ変！　好き嫌い激しい！　野菜とか磨《す》り下《お》ろして混ぜても食べないからねあの人！」

「おい変なスイッチ入ってんぞ」

「客の好き嫌いなんて放っておけば良いのにねぇ」

「一刀なお客さんは肉さえあれば良いし！　何でも食べてくれるけどあの人絶対肉がありゃそれで良いし！　栄養バランス俺一生懸命考えてんのに！」

「おい肉食ってりゃあの体が手に入るらしいぞ！」

「よっしゃ、おい兄ちゃんステーキ持って来いステーキ！」

「俺の味方はもう貴族なお客さんだけ！　バランス良く綺麗に美しく優雅に食べてくれるし味わってくれるし味の感想も言ってくれるし！」

酔っ払ってテンションが極まり始めたのか、宿主は勢い良く告げながら地酒の入ったグラスを鷲掴んだ。煽られながら一口で半分ほど飲み干し、中身の減ったグラスをテーブルに叩きつける。

「それに好き嫌いもねぇし！」

「へぇ、あの人好き嫌いねぇのか。意外っつうか納得っつうか」

「な……ッ」

ない、と言いかけ宿主はピタリとその動きを止めた。

確かに今はない。リゼルは何を出そうと何でも食べる。

恐らく中には苦手なものもあるだろう、しかし食べられない程に嫌いというものはない筈だ。文句を言ったこともなければ、食事を残したこともない。複雑そうな顔で食べている所も見た事がない。素晴らしい。

しかし、宿主は知ってしまった。リゼルにも昔、苦手な食べ物があった事を。

『……やだ、やどぬしさん』

宿主は崩れ落ちた。

「お客たんは食べられないぃぃぃいいい‼」

「ぶっ壊れた！」

「水かけろ水！」

容赦なく水を浴びせられた宿主は少し落ち着いた。

そして水はやり過ぎだろうと摑みかかろうとしたら店員に怒られたので、再び全員でやけに冷静を気取って謝った。

「いやさぁ最近ちっさい子供を相手にする事があってさぁ」

そのまま何事もなく会話を再開させる彼らに反省の文字はない。

「それ貴族な人の事だろ、俺見たぞ！」

「何かちっさくなったって話は聞いたけど、マジで子供になってんの？　冒険者凄ぇなぁ」

平然と出歩いていたので当然だが、小さくなっている時のリゼルを見た者も多いのだろう。知っているなら話は早いと、宿主はポリポリ漬物を齧りながら酔って赤くなった顔をでれでれと崩す。

かつての奴隷時代に彼がリゼルへ見せていた顔だ。

「いやぁ良いよなぁ貴族なお客たん滅茶苦茶可愛かったからねマジで。ふわふわにこにこしててさぁ、デザート作ってあげるとちょっとほっぺた染めて『ありがとうございます、やどぬしさん』って嬉しそうに言ってさぁ」

「ようやく子供の可愛さが分かったかこの野郎！　子供は可愛いんだよ！」

このテーブル内で唯一の子持ち（一人娘／二歳）である男が全力で同意する。

普段から娘を溺愛しており、事あるごとに娘が可愛いと真顔で告げる彼を宿主は心底鬱陶しく思っていたが、その気持ちが今ならば分かる。可愛いものは可愛いしどこまでも自慢したい。

それはもう、緩み切った顔がうざいと顔面に手拭きを投げつけられても笑顔で受け入れられる程に。六個目あたりで若干キレて投げ返したが。

「絶対さぁ一刀なお客さんか獣人なお客さんの部屋にいんだよね！　お昼寝してる間に一刀なお客さんが部屋からちょっと出た時なんてさぁ、途中で一回起きた時にそれに気付いてさぁ、きょろきょろした後に黒い上着見つけて握ってまた寝始めたからね！」

「あざとい！」

「あざとい！」

「お風呂出た後とかどうしても眠くなるみたいでさぁ、大抵どっちかに抱っこされてるけど眠くてぐずっておデコ抱っこしている相手に擦りつけるんだよねコレね！　獣人なお客さんがその時のお客たんに『おやすみのちゅーは？』って言ったら、うとうとしながらおデコ上げてちゅー待ちしたからねマジで！」

「あざとい！」

「あざとい！」

「そして語るに落ちたお前がキモイ！」

取り敢えず宿主はキモイ発言した人間を一発殴った。

もはやテンションが止《と》まる所を知らない彼らを止めるものはなく、爆笑しながら殴り合っていたらついに三度目の説教を店員から食らう。粛々《しゅくしゅく》と椅子の上で土下座しようとするも完全に酔っ払っていたので何人か転がり落ちた。

次に何かやらかしたら追い出す、と魔物の形相を浮かべた店員の忠告にしっかりと頷き、宿主達は説教からの解放に無駄に歓声を上げて誰のものかも分からない酒へと口をつける。何人かはこの時点で既にパンイチだった。

「つか何で俺らあの人らの事ばっか話してんだっつうの！」

「ネタ尽きねぇもん！　ネタ尽きねぇもん！」

「何つうの⁉　知ってるだけで優越感っつうの⁉」

「どんだけだよなぁ！」

本日何度目かの乾杯を行い、全員もはや覚束《おぼつか》ない手元でグラスを呷った。

宿主は楽しくて仕方がない。気の合う仲間と酒を交わし、共通の話題で盛り上がれているのだから。

ナハスから冒険者を宿泊させたいと言われた時は正直嫌な予感がした。しかし現れた三人に驚きすぎて予感などすぐにぶっ飛んだ。だが後悔した事など一度もなく、もし今後去っていったリゼル達が再び泊まりたいと言うのなら喜んで迎え入れる自信がある。

変わり映えしない日常を非日常の知らない世界に変えてくれた三人を、宿主はたとえ冒険者に見えずとも怖くとも好き嫌いがあろうとも好んでいるのだから。

「よっしゃそろそろ二軒目行くか！」

「うぇーい！」

「俺すっげぇ漬物食べたいとにかく漬物食べたいしょっぱいの食べたい」

「お前さっきから漬物ばっかポリポリポリポリ食ってんだろうが！」

店員を呼んで全員同じ枚数の銀貨を渡し、釣りはいらないと言い逃げる。

格好つけた訳ではない、銅貨を出すのが面倒だというのが少し。そして大部分は迷惑料だ。魔物の形相をした店員の姿が地味に忘れられない。釣りの件で満面の笑顔になってくれたので良しとする。

外は暗いがまだまだ真夜中には届かない。恐らく三軒目、四軒目と今日は飲み歩くことになるだろう。騒がしい場所にいた所為か、夜の静寂に耳鳴りがしそうだ。

遠くで魔鳥の声がした。アスタルニア国民ならば聞き間違う事はない声に、四人は同じく昔からの付き合いである一人の男を思い出す。

「そういや凄ぇ今更だけどナハスいねぇな」

「誘ったけど来ねぇって。あの魔鳥馬鹿曰く〝週に一度の全身ブラッシングの日〟らしいぞ」

「あいつは本当に気持ち悪いねぇ」

「貴族なお客さんも思わずノーコメントになりそう」

星空の下、大きな声で笑いながら宿主達は次の店を求めて歩き出した。


その後。

「ふぇーい三軒目行くぞてめぇらー！」

「ふぇーい！　まだまだ飲むんだぞこらー！」

「あ、宿主さん。偶然ですね」

「ちょっと待って心の準備とか色々足りないんで。俺なんで上着てないんだっけ何処に置いて来た⁉　ちょい誰か俺の為に犠牲になっ……ほらオール土下座祭り再来してるしね！　今日のお客さんちゃんと冒険者仕様じゃん！　一応冒険者仕様じゃん何で拝んでんの⁉　分かるけど！」

■IF：もしリゼルが王都で小さくなっていたら？

こんこん、と控えめなノックの音にジャッジは首を傾げた。

店なのだから入るのにノックなど必要ないだろうに、そう思いながら鑑定台の椅子から立ち上がる。時折訪れる郵便ギルドの職員などは外から声をかけてくれるので、そういった買い物目的ではない客人なのかもしれない。

返事をしながらドアノブに手をかけて開ける。誰も居ない。

「悪戯……？」

きょろ、と周りを見回して少しだけ落ち込んだ。まさかのコンコンダッシュ。

敷居は高くないものの少しばかり良い立地に店があるだけあって、今までに一度もこういった悪戯はなかった。だが、馴染みやすい店になっているならば良い。

ジャッジは眉を落として笑みを零し、最近良い天気が続くなぁと空を見上げながら店内に引き返す。

「あ」

「え？」

その時だ。そんなジャッジを呼び止めるようにその声は聞こえた。

幼い子供の声。それにしては穏やかさを孕んだ声は、確かに足元から聞こえてきた。誰が見ても長身のジャッジにとっては足元は完全な死角、滅多に来る事のない子供が買い物に来てくれたのかと慌てて下を向いた。

「いたずらじゃないです」

「……、……、…………!?!?」

物凄く見覚えのある顔立ちをした幼子に、声も出ないほど驚いた。


固まったまま微動だにしないジャッジと、不思議そうにそれを見上げる幼いリゼルの光景は、隠れてそれを見ていたイレヴンの爆笑によって幕を閉じた。彼によって仕掛けられたドッキリだったが大成功と言えるだろう。

何故仕掛けようと思ったのか小一時間ほど問いかけたいジャッジだったが、できる筈もない。向かい合って座るイレヴンの膝の上に、良い子で座っているリゼルをちらりと見る。

ふわふわと笑い掛けられ、思わずふにゃふにゃと顔が緩んだ。ちなみに店は休業中の札を出している。

「つうことで、ちょっとリーダー預かっといて」

「事情は分かったけど……」

うりうりと頬を触られているリゼルを見て、流石迷宮だと感心すらしてしまう。

体も思考も子供、把握できる範囲の記憶はそのまま。ジャッジも冒険者に深く関わる仕事だけあって〝迷宮だから仕方ない〟と納得はできるが、やはり変な影響がないか少しばかり心配になってしまう。

「〝茸草原《きのこ》〟の噂は聞いた事あるけど、凄いんだね」

「リーダー好きそうだよなァ。だから行ったんだけど」

リゼル達が訪れた迷宮、〝茸草原〟。

一言でいえばめっちゃ茸が生えてる。そしてその茸を踏むと様々な効果が現れる。効果は完全にランダムで、深層へ進むにつれて踏まないほうが難しい程の茸が生えているのが特徴だ。

流石に一発で命の危機になるようなものはなく、放っておいても数日で元に戻るのだが、ボスの体に生えている茸を食べると直ぐに効果を消せるという。

「だからイレヴン金髪なんだ」

「ちっさくなったリーダーに気ィ取られた時に踏んだ」

物凄く似合わないような似合いすぎているような。

ちなみにジャッジは爆笑しながら姿を現したイレヴンを見た時、リゼルを抱えて即座に店に閉じこもった。何故だか異様に怖かったからだ。

「ちなみにニィサンは角生《つの》えてる。何つうの？　ヤギっぽい角」

「こ、怖そう……ジルさんは、まだ迷宮？」

「そ。ボスとやんなら流石にリーダー危ないからお留守番させに来た。その間にニィサンが階層進めててくれっから、俺がこの後合流する予定」

〝茸草原〟は面倒臭いという理由でジルが踏破していなかった迷宮だ。

とにかく突き進む彼と床に敷き詰められた茸とは相性が悪い。今日はリゼルが道順を示し、イレヴンが罠をノータッチで全回避したので非常に順調に進んでいたが、いい加減踏めとばかりの迷宮による茸ラッシュに敗北した。

恐らくイレヴンが迷宮に戻る頃には、ジルも次かその次ぐらいの魔法陣に辿り着いているだろう。角が四本くらい増えていなければ良いのだが。

「その、留守番って僕の所で良いの……？」

「だって俺らの隣の次くらいに安全じゃん、ここ」

ジャッジが本気で殺意を持てばジルと互角なのでは、というのがリゼルの予想。

勿論店内に限るのだが、それ程に〝王座〟という木の守りは強固だ。王座は住人しか守らない。しかしその住人であるジャッジが、何をしてもリゼルを守ろうとする事をジルもイレヴンも当然のように知っている。だからこそ選んだのだから。

「それに此処なら尽くしてくれる奴いるし」

正直、こちらのほうが本音なのだが。

美味しいお茶も美味しい菓子も、恐らく幼くなったリゼルが望むような本も全てがここには揃っている。更にはそれらをこれ以上ないタイミングで喜んで提供する存在がいるのだから即決であった。

当のジャッジが〝何を当たり前の事を〟とキョトンとしているのが何よりの証拠だろう。

「っし、そろそろ迷宮戻っかなァ。リーダー寂しい？」

「えっと」

問いかけに、リゼルはふるふると首を振った。

咎めるようにイレヴンに頬を摘まれるも、全然痛くはない。くすぐったそうに笑って、背中を預けていた体と向き合うように膝の上でごそごそと動く。

一旦離された手が、再び頬へと伸ばされた。それを受け入れ、小さな手できゅっと目の前の服を握ったリゼルは、自らを見下ろすイレヴンを見上げて酷く幸せそうに笑った。

「すごく、うれしい」

自分の為に頑張ってくれるのが嬉しいと、全身でそう伝える幼子にイレヴンはぱしんっと片手で口を覆った。そのまま椅子に背を押しつけるように、リゼルの瞳から逃れるように唸りながら真上を向く。

「（凄い、イレヴンを悶絶《もんぜつ》させてる……流石リゼルさん）」

珍しい光景に、ジャッジは目を瞬かせながらそれを眺めていた。

店を出るイレヴンに行ってらっしゃいと手を振ったリゼルが、閉まった扉をじっと見ている。その姿にジャッジが声をかけようとすると、くるりと旋毛《つむじ》が振り返った。

見上げるにも届かないだろうと、ジャッジは腰を折る。

「ジャッジくん」

「はい、どうしたのかな？」

しゃがんでも全く届かない身長差に、小さいなぁとふにゃふにゃと笑った。

品があって育ちの良さを感じるが、普段は見つけられる高貴な色は未だ大きな瞳には宿らない。代わりにあるのは思わず手を差し伸ばしたくなるような幼い甘さで、今ならば普段甘やかして貰っている分も甘やかせるような気がした。

自然ゆっくりになる口調は、しかし子供相手だからという訳ではない。何より丁寧に扱わなければならない存在に対するもの。

「あの」

少しだけ俯きながら、瞳だけで此方を窺う姿は視覚的な威力が物凄い。ジャッジは逸らしそうになる瞳を無理矢理固定し、微笑んでみせた。

「おみせの、じゃまじゃないですか？」

「リゼルさんが居てくれると、僕は凄く嬉しいです」

その言葉に、リゼルはパッと笑みを浮かべた。

一歩分だけ空いていた距離をとことこと詰めて、きゅっと袖を握った小さな手にジャッジは腕の中へと顔を埋めて悶絶した。先程のイレヴンの気持ちが非常によく分かった。

「ジャッジくん？」

「い、いえ、その……あ、リゼルさん装備だし、お着替えしましょうか」

「します」

こくりと頷くリゼルに、自身のお古が何処かにあった筈だと記憶を漁る。

本当ならば、今すぐにでも中心街の店に連絡をとって仕立てさせたいぐらいだ。だが恐らく、驚異的な踏破スピードを見せたジル達によって事態は今日中に解決するのだろう。間に合わない。

次があるかは分からないが、用意しておくべきか。真剣に考えながら、ジャッジはしゃがんだ体勢のまま手を伸ばす。リゼルの脇に両手を差し込み、反応を窺って嫌がられないのを確認してから丁寧に抱き上げた。

「わ、小さい……可愛いなぁ」

特に長身のジャッジから見れば、幼いリゼルは殊更小さく思えた。

体を支える両手は今にも互いの指が触れ合いそうな程。抵抗もなく持ち上がる体は非常に軽い。背中に片手を添えれば温かい体温が伝わってくるし、掌一つで容易に抱きかかえられる。

此方を見上げる瞳に緩みきった笑みを向ければ、ふわふわと微笑む姿が返ってくるのが庇護欲をそそって堪《たま》らない。

「何が良いかなぁ。リゼルさんに似合うような服……爺様が買ってくれたやつとか似合いそうかも」

「インサイさん？」

「自分はそういうの着ない癖に、僕には行儀の良い服ばっかり買って来るんです」

ほのぼのと会話を交わしながら、ジャッジは店の奥へと歩を進めた。

向かったのは、いざという時に客室にもなる居心地の良い空間。リゼルが以前、のんびりと読書を楽しんだ場所だ。大人のリゼルが気に入ったのだから子供のリゼルも気に入るだろうと、そう思いながら扉を開く。

直後、ジャッジはびくりと肩を揺らした。誰もいない筈の部屋に誰かがいる。

「びっ……くりしたぁ」

「お邪魔しています」

「いつ来たの、スタッド」

「つい先ほど」

店を通った姿など一度も見ていない筈のスタッドが部屋の真ん中に立っていた。そんな彼の視線はリゼルから一切外れない。

「冒険者達から馬鹿があの方に似た子供を連れているという話を聞いたので」

「そっか。スタッドは何処に行ったか知ってるもんね」

リゼルが依頼を受ける際、スタッドがそれを担当するのは定番の光景となっている。

今日も〝茸草原〟に関する依頼を受けた事は知っているし、その迷宮がどんな特徴を持つ迷宮なのかもギルド職員として知っている。茸一つ一つの効果まで把握している訳ではないが、子供とは無縁のイレヴンが大切に大切にリゼル似の子供を抱いていたとあれば容易に想像がついたのだろう。

そして即来た。元々本来は休みの日なのだから問題はない。

「スタッドくん」

「はい」

ジャッジの腕の中からリゼルが呼びかければ、スタッドは心なしか思慮深く頷いた。

真っ先に近付いてきて直ぐに取り上げるかと思ったのに、とジャッジは不思議に思いながらも一歩スタッドへと近付く。しかし相手は逆に一歩下がってしまった。

「……スタッド？」

「何ですか愚図《ぐず》」

子供嫌いだっただろうか、と首を傾げる。

もしそうならば此処にいないだろうし、未だにじっとリゼルを見てもいないだろう。まぁ良いか、とジャッジは長身を折り畳んで膝をつき、これでもかと言う程に丁寧な手つきでリゼルを絨毯の上に下ろした。

服を整え、乱れた髪を優しく梳く。そして満足げに頷き、立ち上がった。

「服を用意してくるので、ちょっとだけスタッドと待っててくださいね」

「はい」

「これ、良ければどうぞ」

素直に頷くリゼルに良い子良い子とふにゃふにゃ笑い、ジャッジは鑑定台の上からさりげなく回収していたものを差し出した。今日来る予定だった専門業者の為に、ちょうど鑑定して買い取った迷宮品の本をまとめてあったのだ。

何故か迷宮品として出てしまった絵本も数冊あり、持ち込んだ冒険者は皆一様にハズレだと言っていたのだが、非常に有意義な役立ち方をしたのだから良いのではないか。嬉しそうに受け取ったリゼルを見て、ジャッジは確信した。

「じゃあスタッド、お願いね」

そう言い残し、「奥に仕舞っちゃったかな……」なんて呟きながらジャッジが階段の上へと消えていく。そして部屋には、絵本を抱きしめたリゼルと、ひたすらにそんなリゼルを見つめるスタッドが残された。

「……」

「……」

スタッドは馴染み深いアメジストをじっと見下ろした。

彼は今、経験したことがない程に何をして良いのか分からなくなっていた。人はその状態を混乱と呼ぶ。

子供嫌いではない。興味がないのでもない。昔から大人に囲まれ、そして冒険者ギルドに子供が訪れる訳もなく、つまりは今までは興味以前の問題だったのだ。目の前にいる子供がリゼルでなければ、意識を割く事もなかったのは確かだが。

「……スタッドくん？」

「はい」

呼びかけられ、頷く。

視線の先で同じくじっとスタッドを見上げていたリゼルが、小さく首を傾げて近くの二人掛けのソファへと行ってしまう。そのままよいしょとソファに腰かけ、膝の上で絵本を開いて読み始めた。

スタッドは暫くそれを眺めていたが、おもむろにソファへと近付いた。少しばかりの距離を開けて隣に座り、絵本を読むリゼルの幼気な横顔をただ眺める。

それに気付いたのか、リゼルがふっと視線を合わせて目を瞬かせる。ぱたりと絵本を閉じて、ソファの上をずりずりと移動して、そしてもぞもぞとスタッドの膝を乗り越え、その間に腰を落ち着けた。

「…………」

満足げに読書を再開する姿を見下ろし、スタッドはやり場のない両手をうろうろと彷徨わせる。結局その手は、何もできないままに自身の体の両側へと下ろされた。

そもそも可愛いの意味さえよく分からないスタッドだ。今まで一度たりとも思った事も言った事もない。当然のように子供の可愛がり方など知る由もなかった。

かといって小さな体を下ろそうと思わなければ、下りてほしいとも断じて思わない。どうすれば良いのか分からず身動きのとれない彼は、ジャッジが戻って来るまでぴくりとも動かずに膝の間のリゼルを見下ろし続けていた。

ジャッジは無事に小さな頃の服を発見する事ができた。

「んぅ」

「はい、手を下ろして大丈夫ですよ。良かった、ピッタリだ」

あらぬ方向へと跳ねてしまった髪を直しながら、向かい合ってしゃがんだジャッジはふにゃふにゃと笑う。探し出した服は迷宮品の保存袋に入れっぱなしだったので綺麗なままで、サイズも問題がない。

でもやっぱり新しく買いたかったと内心で零しながら、立っていたリゼルを優しく持ち上げて直ぐ後ろのソファへと座らせる。

ズボンを穿かせる際に脱がせた為に、裸足のままの小さな足を持ち上げた。相変わらずリゼルを凝視し続けているスタッドが微妙に怖い、そんな事を思いながら靴下と靴を履かせてやれば終了で、ちょこんとソファに座るリゼルに可愛い可愛いと相好《そうごう》を崩す。

そして一通りでれでれした後、お茶でも用意しようかと立ち上がった。

「リゼルさん、クッキーとロールケーキ、どっちが良いかな」

「ん、と。クッキーがいいです」

「はい、分かりました」

にこりと笑って、部屋の片隅にある小さなキッチンへ。

壁に埋め込まれるようにある棚から取り出したクッキーは貰い物だ。付き合いのある中心街の店の店主から贈られただけあって、箱の細工も美しい。

それを皿に盛りつけていく。ついでに紅茶も入れようかと思ったが、真剣に考え抜いた末にココアに変更した。

「――――、――――」

「？」

ふいに聞こえた小さな声に、準備の手を止めて振り返る。

いつの間にかスタッドの膝の上に戻っていたリゼルは、変わらず絵本を見下ろしていた。スタッドに話しかけている様子もなく、気の所為かと湯気を吐き出し始めたケトルの火を止める。

だが、そうする事ではっきりと聞こえた。

「（ちっちゃく歌ってる……！）」

んーんーと、ふわふわ機嫌の良さそうな声。

ジャッジは思わず訳も分からない声を出しそうになった口を押さえ、その場にずるずるとしゃがみ込んだ。幸い、カウンターのお陰でリゼルからは見えていないだろう。腰が抜けるかと思った、と壁に手をついて立ち上がろうとした時、ふとリゼルを見下ろしている無表情が目に入る。

「（よく平常心でいられるなぁ……でもあれ平常心っていうか……）」

ジャッジの優れた観察眼は、透き通るガラス玉のような瞳が感情の有無を超越した〝無〟になっているのだと結論づけた。スタッドは今、全身全霊をかけてリゼルの椅子になっている。

スタッドが良いなら良いけどと頷き、クッキーを並べた皿とココア、そしてスタッドと自身の紅茶を乗せたトレーを運ぶ。絵本に集中しきっているリゼルに口元を綻ばせながら、トレーをテーブルへと置いた時だった。

「おぉい、休みか？」

「あ」

そういえば、迷宮品を引き取りに来る予定だったとジャッジは眉を下げた。

迷宮品の本や魔物フィギュアなど、何処でどう売り捌くのか一見ハズレの迷宮品を買い取る商人がいる。ジャッジもそれぞれ伝手《つて》を持っているのだが、今日は本と絵画の買い取りだ。

準備は済んでいるし、パッと渡すだけ渡してこようと店へ向かおうとした時だ。スタッドの膝の上、じっと此方を見ているリゼルに気付いた。

「リゼルさん？」

ソファを下りて、歩み寄って来る姿にどうしたのかと問いかける。

「みてたいです」

「え？」

「おきゃくさまと、ジャッジくん」

とことこと足元に近寄ってきたリゼルに、商売をしている所が見たいのかなと考える。

今回は同じ商人とのやりとりなので、リゼルが想像するような〝お店〟ではないのだが、それでも良いならと頷いた。

「じゃあ、扉は開けておきますね。ここからどうぞ」

少し緊張するなぁと笑いかければ、リゼルも嬉しそうに絵本を抱きしめた。

そしてジャッジは店に繋がる扉を開いたまま店内へと出る。どうぞ、と外にいる客人へと声をかけながら振り返ってみれば、ジャッジの邪魔はすまいと隠れているのだろう。ひょこりと扉の陰から顔を覗かせているリゼルが可愛らしかった。

その後ろで隠れる気もなく堂々と立っているスタッドはどうかと思うが。直立不動の左半身だけが扉からはみ出していて怖い。

「よう。どうした、休業なんて珍しいな」

「えっと、急な用事が入ったので」

「へぇ、じゃあさっさと終わらせたほうが良いな」

「迷宮品はいつもの場所にあります」

昔ながらに付き合いのある商人だ。

彼は慣れたように鑑定台へ近付き、用意していた本と絵画をじっくりと眺める。そして一緒に置いてある鑑定金額の一覧を手に取って眺めては、金額と迷宮品とを見比べて頷いていた。

納得しているだろう様子に、ジャッジは問題ないようだと安堵の息を吐く。

「お前んとこの鑑定は相変わらず正確だよなぁ、金額盛ったりしないから俺も楽だ」

「一応、それが売りなので」

照れたように視線を彷徨わせれば、自然とリゼルが視界に入る。

そこで見たものは、自分が褒められた訳でもないのに自慢げににこにこするリゼルだった。死ぬかと思った。

「じゃあこれの料金に……うぉっ、お前顔赤ッ、具合悪いのか」

「いえ、大丈夫です、だいじょ……ちょっと大丈夫じゃないかもしれません」

顔を押さえ、鑑定台に手をついて辛うじて体を支えているジャッジに、商人は本当に体調が悪いんじゃないかと疑いの目を向けていた。彼には背後のリゼルは見えない。

「あの、本当に大丈夫なので」

「いやどう見てもな……じゃあさっさと終わらせるから、ちゃんと休みとれよ」

息も絶え絶えにジャッジが先を促せば、商人としても商談を進めるしかない。

彼とて他の店も回らなければならないのだ。ならば直ぐに終わらせてしまおうと、一覧をめくる。

「じゃあ全部貰ってくぞ。金額が……ん？　本が三冊足りないようだが」

「あ」

そうだ、とジャッジはようやく赤みの引いてきた顔を上げた。

絵本を三冊、抜いていたのだった。何となしにリゼルを窺えば、きょとんとした目で此方を見ている。しかし年の割に敏いリゼルは、自分が持っている本の事だと分かったのだろう。

抱きしめるように抱えた絵本を見下ろし、鑑定台の上に積み上がる本を見て、再び絵本へと視線を戻す。そして大きな瞳が寂しげに揺れ、しゅんとしながらも両手を精一杯伸ばして絵本が差し出された。ジャッジは今度こそ崩れ落ちた。

「おいっ、やっぱ調子悪いん……白！　顔白いぞお前！」

「す、すみません、ちょっと罪悪感とか色々なものが振りきっちゃって……その、此処にない三冊は除外してください」

「そうか、いや、別に大丈夫なら良いんだけどな……あー、むしろ俺も寒気してきた気がする」

寒気の原因は言わずもがな。リゼルの後ろに立つスタッドだ。

ぶるりと肩を震わせて服の合わせ目をしっかりと閉じる商人に、寒気で済んでいるならば随分とマシなほうだろうなと考えながらジャッジは用意された書類にサインする。話の流れで本が取られないと分かったらしく、嬉しそうなリゼルのお陰で商人は無事で済んだ。原因もリゼルなのだが。

「じゃあ貰ってくな。まいど」

「お願いします」

普段よりテキパキと進んだ商談は、商売的には何のトラブルもなく終わった。

買い取った迷宮品を馬車に詰め込んで去っていく商人を見送り、ジャッジはふぅと小さく息を吐いて肩の力を抜く。小さな足音がしたので振り返れば、リゼルが少し駆け足でジャッジへ駆け寄ってきた。

幼い体をしゃがんで迎え入れれば、ぎゅうと首元に抱き着かれる。

「ジャッジくん、ありがとう」

「はい、どういたしまして」

頬を染めて微笑み、絵本を抱きしめたリゼルに、ジャッジはふにゃふにゃと笑い返しながら優しく小さな頭を撫でた。

そして暫くたった頃。

「これは、ウロコ。えっと……りゅうです」

「そう、正解です。じゃあ、これは？」

「つの」

リゼルはスタッドの膝の上に座り、テーブルの上に並べられた魔物の素材を眺めていた。ジャッジによる鑑定体験だ。

この頃になるとスタッドも大分慣れてきたようで、膝の間に座って前のめりになるリゼルの腰を支えられるようになっていた。普通ならば腰に腕を回す所を、両手で鷲掴んでいるあたりに彼の対子供スキルのなさが窺える。しかもそのまま微動だにしない。

「獣の魔物は、角に横向きに線が入ってるんです。ほら、触ってみると分かるかな」

「ちょっと、でこぼこしてます」

「尖ってる所は触らないようにね。それと」

説明の途中で、ふいに扉をノックする音が響く。

休業中の札は出してあるのに、とジャッジは少しばかり不満を覚えながら立ち上がった。その姿を追う様に見上げるリゼルに「ちょっと待っててね」と謝り、店へと向かう。

リゼルは頷いて見送り、テーブルの上に転がる球体を手にとって眺め始めた。

「…………」

「スタッドくん？」

ふいに、スタッドの腰を鷲掴む手に力が籠る。

ちょっとくすぐったい、と思いながらリゼルが振り返れば、無表情な顔が何処となく不穏な空気を醸し出していた。感情のない瞳と、言葉もなく視線を合わせること十数秒。

ふいに目を擦ったリゼルが、手を離してほしいというように体を反転させた。向き合って、冒険者ギルドの制服に顔を埋める。

「んー……」

「どうしましたか」

行き場のなくなった手をそのままに、スタッドは様子の変わったリゼルに問いかけた。

膝の間にすっぽりと収まっている幼子。いつもならば優しく解答をくれる相手は、ぐずるように額を押し付けてくる。

具合が悪いのだろうか。機嫌を損ねたのだろうか。こういう時に限って何処かに行ってしまうなんて役に立たないなあの愚図。そう思いながら固まるスタッドは、直後開いた扉に気付きながらもそれどころではないとリゼルを見続けた。

「おや、運が悪い。お昼寝の時間かな？」

普段の快活さは鳴りを潜め、笑みを含んだ低い囁き声。

スタッドは何も反応を返さない、ジャッジが部屋を出ていく時には既に、来訪者の正体に気付いていたからだ。

「随分と可愛らしい姿になっているね」

伸ばされた両腕が、優しくスタッドからリゼルを引き離す。

スタッドは離れて行くリゼルを目で追った。引き止めようにも、容易に触れる事もできないのだから。小さな体が包み込むように抱き上げられるのを、見送る事しかできなかった。

来訪者が腕の中の幼子を慈しむように覗き込み、柔らかな目元を親指でなぞる。そして向けられた視線と含みを感じさせない笑みは、面白いものを見たと告げるようだった。

「睨むぐらいなら、あやしてあげれば良いものを。見るからに手探りの君が見られるなんて随分と珍しい事だ」

「どうして追い返さないんですか愚図」

「だ、だってリゼルさんの知り合いだし……拒否するとか、無理だし……」

おろおろと部屋に戻ってきたジャッジには荷が重いだろう。

何せ相手は王都に名だたる貴族の一人。幼子を抱き上げて背中をぽんぽんして寝かしつけていようが、正真正銘の貴族なのだ。追い返せる筈がない。

「レイ、ししゃく」

「うん？　眠いね。このまま寝てしまうと良い」

自らを包み込む体温と、一定のリズムで優しく背中を叩く掌。

リゼルの瞼がとろりと落ちた。向けられた声は低く落ち着いていて、目を擦ろうと持ち上げかけた手は大きな掌に完全に包み込まれてしまう。

「君の瞳が隠れてしまうのは惜しいけれどね」

安心感を抱かせるようなレイの微笑みが近付き、祝福を与えるように額に唇を落とされる。それが何故か酷く懐かしくて、リゼルは耐え切れずに重たい瞼を閉じた。

そして数秒、完全に寝息を立て始める。

「ライナは活発でなかなか寝ない子だったからね。リゼル殿は随分と大人しいようだ」

欲求に素直とも言えるがと笑い、彼はリゼルを起こさないようスタッドの隣に座った。

「えっと……僕、お茶淹《い》れて来ますね」

「何、長居はするつもりはないとも。突然押し掛けてすまないね」

「い、いえ」

そわそわと落ち着かない様子のジャッジに笑い、レイは寝ながらもぞもぞと動くリゼルの体勢を整えてやる。しっくり来る体勢に落ち着いたのか、ぐっすりと寝入ってしまったリゼルをじっと見ながらスタッドが口を開いた。

「何処で知ったんですか」

「今日は憲兵団の詰め所に顔を出していてね。とある憲兵長がとある光景を目撃して、深刻な顔で誘拐じゃないかと話していたものだから気になってしまった」

やはり誰が見てもイレヴンが幼い子供を抱いているのは酷く違和感があるのだろう。

とある憲兵長が誘拐疑惑を持ったまま詰め所へ戻り、顔を出していた憲兵総長へ相談していた所をレイが目撃して今に至る。彼も迷宮品マニア、リゼルに似ているという幼子の正体を看破して、すぐさまその憲兵長を連れてこの店を訪れた。

ちなみにその憲兵長は外に立って待っている。ジャッジは店の変な噂が流れそうなのでちょっと止めてほしい。

「シャドウにも見せてやりたいものだ。奴はきっと甘やかすぞ」

「私は貴方に見せるのも不本意なんですが」

「そう言うなら、しっかりと世話をしてあげるといい」

レイは金の瞳を細め、立ち上がった。

長居はできないと言ったとおり、店の前で待たせている真面目すぎる男は待たせすぎると店に乗り込んで来るだろう。煩くしてリゼルが起きてしまったら可哀そうだと、抱き上げていた小さな体を、ちょうど毛布を持って戻ってきたジャッジへと差し出した。

そしてジャッジが慌てて毛布を腕にかけ、起こさないようにと慎重にリゼルを抱き上げるのを見て満足げに頷く。

「あまり、虐《いじ》めて貰っては困る」

レイは起きる様子のないリゼルの額に触れながら、悪戯っぽくスタッドへと視線を送った。

「伸ばした手が握られないと、幼い子はとても不安になるものだからね」

スタッドは思わず言葉を返すのを忘れ、唇を引き結んだ。

自身を不思議そうに見る瞳、平然と膝の上に乗り、じっと見上げてきたリゼルの姿を思い出す。

あれはもしや、不安に思っていたのだろうか。いや凄く平然としていたし、まさかリゼルに限って。

もしや嫌われただろうかと、スタッドの背後にピシャンと雷が落ちたのをジャッジは確かに見た。

「ス、スタッド、大丈夫だよ。リゼルさん、全然気にしてなかったし」

「本人がそう言った訳でもないのに何でそう言い切れるんですか愚図」

荒んでるなぁ、とジャッジは苦笑した。

「まぁ、私も心配はいらないと思うけれどね」

レイは鷹揚《おうよう》に笑い、最後にそっと丸い額に掌を滑らせて手を離す。

表情はない癖に、何故か負の感情は露骨に伝えてくるスタッド。その恨めしげな空気を気にする素振りもなく、むしろ珍しいものを見たとばかりに楽しそうに悠々と扉へ向かう。

ドアノブに手をかけ、去り際に振り返った彼は片目を瞑ってみせた。

「手の届く範囲に自分のものを置きたがるのも、幼い子供というものだよ」

幼くなっているとはいえ、リゼルが誰かれ構わず擦り寄るイメージはない。

そんな彼が自分から触れにいくのなら、そういう事なのだろう。その言葉に微かに目を見開いたスタッドに、去っていくレイも慌てて見送りに出たジャッジも気付くことはなかった。


日も落ち始め、街が夕日色に染まる頃。

昼寝を終え、相変わらずスタッドの膝の上で読書を続けていたリゼルがパタンと本を閉じた。読み終わったようだとスタッドはそれを受け取り、テーブルの上に置いてやる。

これで絵本は全て読みきってしまった。ぽすり、と凭れるように背中を預けてくる姿を見下ろし、スタッドは相変わらず腰を鷲掴んでいた手をゆっくりと離す。

「くすぐったいです」

「すみません」

小さく笑いながら自身の手を捕まえようとする小さな掌に、スタッドは思わず避けようとしてしまった動きを無理矢理止める。

自分から、その指先を掴まえた。短い指をやんわりと握り、掌全体を包み込む。一つ一つ、確かめるように行ったそれに応えるように、包みこんでいたリゼルの手が握り返すように動いた。

掌をくすぐるようなそれを、じっと堪能しながら問いかける。

「私は貴方のものでしょうか」

意味がよく分からない、と言うように首を傾げられる。

しかしスタッドに、子供に分かりやすいよう言葉を変えるような配慮はない。ただ返答を待っていた。

リゼルは暫く考えていたようだった。しかしスタッドが手を離そうとすれば、気付いてそれを追ってくる。細く、しかし確かに節のある人差し指と中指が小さな手に握りしめられた。

「スタッドくんは」

ふっとアメジストがスタッドを映す。

ふわふわとした微笑み、甘い瞳は幸せそうに細められていた。それを目の当たりにして、リゼルが子供になってからずっと力の籠っていたスタッドの体からようやく力が抜けていく。

「すき」

スタッドはその瞬間、〝可愛い〟という言葉の意味を確かに理解した。

リゼルは夕食もジャッジの店でご馳走になった。

食後に相変わらずスタッドに凝視され、ジャッジの膝の上でお腹を撫でられ、そろそろシャワーでも浴びようかというタイミングで店の扉が開かれる音。

休業中の札も関係がないとばかりのそれに、少しうとうとしていたリゼルの目がパチリと開いた。

「あ、ジルさん達帰ってきましたね。おかえりって言いに行きましょうか」

「いきます」

こくりと頷いたリゼルを膝から下ろし、ジャッジは歩みを合わせてゆっくりと店へと歩いた。手を繋いでやりたくとも、身長差がありすぎて難しい。

そして店へと続く扉を開けば、当然のように怪我一つないもののダルそうに話している二人の姿があった
「あー……つっかれた。リーダーいねぇと新規の迷宮凄ぇ面倒くせぇ」

「楽覚えてんじゃやねぇよ」

「ニィサンだってちょいちょい舌打ちしてたじゃん」

「ジル、イレヴン」

「あ、リーダーただいまー。良い子してた？」

「してました」

そこで自信満々に頷くのがリゼルだろう。

駆け寄ったリゼルを抱き上げたイレヴンの髪は元の艶めく赤色に、ジルの頭にも話に聞いていた角はなかった。ならば目的の茸は手に入れられたのだろうとジャッジはホッと息を吐く。

もはや一日で迷宮を踏破した事には驚かない。ジャッジはジル達をそういうものだと思っている

し、無言でついてきたスタッドも驚くほどに彼らに興味はない。

「あ？　氷人間いんじゃん」

「貴方が馬鹿みたいに何も考えず街中を歩いて来たので知る事ができました。馬鹿は馬鹿なりに役に立つんですね」

「やっぱ見せびらかしてぇじゃん、お・れ・の・リーダーがちっさくなってんだし。感謝すんなら相応の姿勢見せろよ」

そして始まるリゼルの死角での応酬はいつもより激しかった。

イレヴンに抱き上げられたまま、何も気付かず何も気にしないリゼルをひょいと横からジルが持ち上げる。彼は少しうろついて、ジャッジに勧められるままにリゼルを近くの鑑定台へと座らせた。

そしてポーチを漁って取り出したのは、真紅のグラデーションを持つ茸。

「おら」

渡されたリゼルはじっとその茸を見下ろしていた。

「あかいです」

「毒見は済んでるから食え」

「あかいです」

「分からねぇでもねぇが、味はほとんどねぇから一気に行け」

ちなみにジルは自分で食べる前にイレヴンに食べさせた。

「ジル」

「諦めろ」

往生際の悪いリゼルの手から茸を取り、ジルはその口元へと押し当ててやる。

諦めたように口を開いたリゼルが、茸のカサを一口齧りとった。特に茸は嫌いでもないので、もぐもぐと咀嚼してごくりと飲み込む。

直後、その体はポンッという音と共に白い煙とキラキラした何かに包まれた。

「リゼルさん⁉」

「戻るだけだ」

声を上げたジャッジに、ジルが一瞥を向けながら答える。

大丈夫かな水とかいるかな、とおろおろしているジャッジの後ろ。先程まで殺意の籠った応酬を繰り返していた二人が、店の天井やら壁やらから無数に生えた柵に囲まれて檻に収容された罪人のようになっていた。

どうしてそうなった、とジルが無言で眺めている間にも煙が晴れていく。そこには鑑定台の上に腰かけるいつもどおりのリゼルがいて、ジャッジは思わず駆け寄った。

「リ、リゼルさん、良かった……！」

「あれ、俺は確か迷宮に……茸を踏んで小さくでもなってたんでしょうか」

「お前覚えてねぇんだよな」

不思議そうにしながら何故かピンポイントで言い当てたリゼルは、呆れたように溜息をついたジルや水を運んで来てくれたジャッジに礼を告げた。

そしてふと収監されたイレヴンとスタッドを見つけ、仕方なさそうに微笑む。

「あまり暴れちゃ駄目ですよ、イレヴン、スタッド君」

優しく咎めるような声に、ジャッジとスタッドはいつものリゼルに戻ったのだと安堵して事態の収拾を悟った。


これは後日の出来事。

ある日、ジャッジが照れくさそうにそれを口にした。

「リゼルさん、その……少しだけ、リゼルさんのこと撫でても、良いですか……？」

リゼルは微笑んで「どうぞ」と告げた。もの凄く幸せそうに撫でられた。

そして、スタッドは雑談の延長でそれを口にした。

「言い忘れていました。貴方の事をとても可愛らしいと思いました」

リゼルは不思議に思いながらも礼を述べた。スタッドの隣に座るギルド職員が水を噴き出していた。

数日間、やはり微妙に尾を引いたジャッジとスタッドなのだった。

某副隊長が某冒険者を泣かせたという噂

魔鳥騎兵団に入団して早数年。それでも俺が一番の新人だ。

なにせ正式入団の前には長い下積み時代がある。騎兵団の雑用として働く準見習いがおよそ五年、そして自身のパートナーと運命の出会いを果たしてからの本格見習いが更に五年。これで平均の範疇っていうんだから長い道のりだろう。


雑用は本当に雑用。まだパートナーの姿など影も形もない。

意外と騎兵団の先輩らの使いっ走りなんかは自分から「やっときましょうか？」って言うぐらいで全くなくて、ひたすらに魔鳥の世話をする。とはいえ餌の準備は重労働、寝藁《ねわら》を運んで整えて、厩舎《きゅうしゃ》の掃除と整理整頓。魔鳥抜きの訓練には勿論参加して、体力作りに槍の扱い。慣れてきたら非番の先輩らの魔鳥の世話。

非番の日も自分で世話する人がほとんどだけど、外せない用事だったり、外に家庭がある人だったり、「喧嘩したらヘソ曲げられた……多分三日ぐらいで落ち着くからそれまで代わって……」と死にそうな顔で頼まれたりした時には見習いが世話をする事がある。

実はこの時、パートナー以外の世話を嫌がらないような魔鳥にも世話を拒否される見習いがいる。内面に問題のある奴は間違いなく拒否されるらしい。見習いになる前にもそういう適性みたいのは見られるし、その段階で発覚ってのはほとんどないらしいけど。

極まれに滅茶苦茶良い奴なのに何故か合わないって奴もいて、何年か前にも騎兵総出で三日三晩かけて慰めた事があった。そいつは大泣きしながら歩兵団へと編入して、今は生き生きと職務に励んでいる。会えば楽しく話す仲だ。

俺も品行方正とは言えないけど、そういう奴や自分のパートナーに恥じない奴でいたい。

そうして雑用や訓練に追われていると突然、隊長からパートナーを持つ許可が出る。

その時はもう、喜びのあまり気が狂う勢いだ。つい最近、雑用から見習いに昇格した奴が歓喜の声を上げながら王宮中を走り回っていた。若干騎兵団に苦情が来た。

俺？　国王を国王だって気付かないままウザ絡みして落ち着いた頃に土下座した。いやでもそうなるのも仕方ないと思う。証拠に騎兵団の誰にも怒られなかったし。仕方ないなぁって目で見られた。王宮守備兵には滅茶苦茶怒られたけど。

パートナーを持つ許可が出たら、騎兵団しか場所を知らない〝宿りの岩山〟という島へ連れていかれる。船ではたどり着けず、魔鳥しか向かう手段がないそこを俺たちはただ〝巣〟とだけ呼んでいる。

その名のとおり魔鳥らの巣。居るのは引退した魔鳥、魔鳥のヒナ、卵、そして現役を引退して世話係となった数人の魔鳥騎兵のみ。魔鳥の鳴き声と波の音しかしない静かな島だ。

そこでヒナに選ばれて、世話役に色々と教わりながらパートナーと絆を育み、成鳥になった魔鳥に乗ってアスタルニアへと帰れば正式入団。懐かしの訓練場にパートナーと一緒に降り立った時の誇らしさは何とも言えず、思い出す度にパートナーに会いたくなる。

今も会いたい。凄く会いたい。

俺はそんな事を思いながら現在、滅茶苦茶に動揺していた。本当なら非番で自分のパートナーとのんびり過ごしてた筈なのに、何でこうなったのか。

騎兵団の宿舎の中を歩く。いや、自然と歩調は速くなって今はもう速足だ。額に脂汗が滲むのにも気付かないままに跳ねる心臓を抑え込む。とにかく早く誰かにこの動揺を吐き出さなければと外へ。

直ぐ近くにある訓練場には大抵誰かしらいる。気ばかり逸ってもはや完全に走っていた。宿舎の扉をぶち破る勢いで開けて、外に飛び出して見つけた人影へと突っ込む。

「お、どうした」

「魔鳥にぶつかんなよ」

流石は先輩らと言うべきか。あまりの動揺を発散したくてラリアットを食らわせに行ったら簡単に避けられた。殺しきれない勢いに地面に突っ込みそうになりながらも何とか耐える。

しゃがみ込みながら振り返れば、槍を背負って何やら話し合ってる先輩ら。邪魔してすんません。

「キッチンに御客人いたんだけど」

「お、今回はどいつの母ちゃんだ」

「いつの間にか居んだよな」

「門番仕事しろ」

誰かの母親が時々宿舎に来て色々と料理作り置きしていく謎。

うちのババァも来た事あるけど。地味にキツイんだアレ。他の奴の母親だと食堂で出ないような美味いもん食えるから素直に喜ぶけど自分の親だとキツイ。じゃなくて。

「違ぇって！　あの貴族でしかねぇ御客人！　一刀とかの！」

一瞬、空気が固まったように思えたのは間違いじゃない筈だ。

上空を飛び回る魔鳥の影が地面を走る。訓練が終わったのか、こちらを気にもかけず自らの相棒を連れ立って横を通り過ぎていく同僚がいる。微妙な間。

俺もしゃがんだまま先輩らの魔鳥が腹を見せて寝てる姿を目撃したような顔（つまり現実と虚構の区別がついていないような顔）を見上げ、そして項垂《うなだ》れた。両手で顔を覆い、あらん限りの慟哭《どうこく》を吐き出す。

「しかも何かさぁ!!　泣いてんだよなぁ!!」

「……は？」

「何……、は？」

「は？」

先輩らの語彙《ごい》が死んだ。

俺も目の当たりにした時は死んだけど。思考力とか色々。記憶力も死んでほしかった。

「ちょ、落ち着……何って？」

「そうだ、詳細だ詳細」

「事によっちゃ死ぬ」

大袈裟《おおげさ》だけど大袈裟じゃないと思えてしまうのが御客人の凄いところ。

一刀怖ぇし。獣人も多分やべぇし。あの二人が大事に大事にしてんの知ってるし。でも流石に貴族さんがストップかけるだろうし。だから大袈裟だけど大袈裟じゃない。

いや、貴族さんが泣くってんならむしろ原因はあの二人しかいないんじゃ……な訳ないか。でも……や、ないか。うん、ないわ。ない。多分。

「おら、報告！」

「痛って蹴んなよ！」

足先でつつかれ、尻を払いながら立ち上がる。

ちなみに魔鳥騎兵団の中には基本的に上下関係がない。俺らの中に上下関係を作ると魔鳥らにもそれを強いる事になるから、新入りだろうが古株だろうが隊長と副隊長以外の区別は全くなかったりする。

隊長と副隊長、というか隊長の魔鳥と副隊長の魔鳥は群れの長《おさ》とナンバーツー。だからあそこだけは役職がある。人にも魔鳥にも集団行動には頭が必要なのは変わらないんだよな。

「詳細っつってもただ通りがかっただけだし、部屋入ってもねぇし……」

「捻り出せ」

「御客人は一人だったか？」

泣いてんのが衝撃的すぎて全然思い出せん。

泣き顔はまぁ、うん、滅茶苦茶思い出せるけど。俺が泣かせた訳でもねぇのに見たこっちが罪悪感すごい。はいとくかん？　ってやつ？　申し訳なさ半端ない。申し訳なさすぎて関係ねぇのに何かしてやらなきゃって思うくらい半端ない。

御客人、女だったら涙一つで金貨何百枚貢がせんじゃねぇの。怖。話がずれた。

「……や、居た」

「居たか⁉　誰だ！」

「一刀か！　獣人か！」

「その人ら勢揃いで宿舎のキッチン居るとか怖すぎるけどな！」

「ナハスさん」

全員黙った。沈痛な面持ちで各々項垂れる。

俺も悟ったかのように遠い目になっていた。少し離れた場所でほっこりと日向ぼっこしていた魔鳥が大きく船をこいで、ガクンッてなって自分でびっくりしてるのが可愛い。現実逃避。

「つまり……ナハスは死ぬ……？」

「待て……いや、うん……」

ナハスさんも十分に強い人ではあるけど、一刀が桁違いすぎるから無理。

「でもナハスさんが御客人泣かせたとは決まってねぇし‼」

はっと我に返って叫ぶ。大声過ぎて通りがかった守備兵に二度見された。

そう、ナハスさんが原因とは限らない。何せナハスさんは何だかんだ御客人らの世話を焼く。あの人、俺らに対しては割とすぐ拳骨《げんこつ》落としてくるのに、御客人らには説教で済ませるし。

その分説教は長いけど。貴族っぽい御客人が最後まで真面目に聞いてるのとか時々見たし。一刀と獣人は早々に流し始めるかどっか行く。

「そりゃそうか……あいつすっげぇ面倒見るし」

「何であぁなったんだろうな、ナハス」

「御客人が魔鳥のヒナに見えてんのかって思うよな、時々」

あ、分かる。

元々ナハスさんは頼りがいのある人だったけど、自分から積極的に誰かの世話焼くタイプじゃなかった。悩んでる時に真摯《しんし》に相談に乗ってくれるし、魔鳥との連携がとれない時とかアドバイスもくれるし、それだけで大雑把な奴らが多い兵団の中では面倒見が良いほうではあったけど。

大雑把の癖に魔鳥の世話は焼く？　それは騎兵団全員のデフォルトだから除外。

「まぁ、御客人のこと本当に魔鳥のヒナに見えてるとして」

先輩らの頭が狂い始めた。

そして真面目な顔して頷く俺の頭も大概狂い始めてる。話が進むなら良いけど。

「それこそ泣かせんのはねぇだろ」

「ナハスだもんなぁ」

「俺らから見ても結構な魔鳥馬鹿だしな」

「あいつ生涯独身だろ、絶対」

実はそんなナハスさんが街中で女の子から菓子を貰ってたのを目撃した事があるのはここだけの話。おでこの広い可愛い子だった。俺もそんな子に菓子貰いたい。

きっと渡された菓子の包装から何とも言えない焦げ臭さが漂ってたのは気のせいだと思う。気の所為じゃなくても良い。ちょっと料理下手な子とか可愛いから良い。

ちなみに騎兵団には女もいるけど、そいつらは大抵入団の切っ掛けを「隊長とパートナーの凛々しい姿に憧れて」ってうっとりしながら言うし、入団したらしたで自分の魔鳥に愛情の全てを注ぎ始めるし、好みのタイプとか聞くと間髪入れずに「隊長」って返ってくるから全く俺らに勝ち目がない。

「むしろナハスが何すれば御客人が泣くのかっつうさ」

「…………殴る」

「できる訳ねぇだろ！　喧嘩売ってんのか！」

「俺も言いたくて言ったんじゃねぇよ！」

やっぱりナハスさんが泣かせた説は信憑性《しんぴょうせい》皆無。

騒ぎ出した先輩らを放置して、もっと詳細を思い出そうと記憶を掘り起こす。泣いてる御客人がいて、その前にナハスさんが居て手首を掴んでて。

「ん？」

「どうした」

「なんか思い出しかけた」

そう、御客人の手首が出ていた。

この温暖なアスタルニアでも一切服を着崩す事のない御客人が。王都からアスタルニアまでの道中でも、一刀らが半袖やら何やらになってもあの人だけは変わらなかった。

シャツのボタンはしっかりと。襟元のボタンも手首のボタンも留めているものだから息苦しくないのだろうかと思った覚えがある。いや似合うけど。けどさっきは、それを捲り上げていたような。

「……!?」

気付いた事実に愕然とした。

驚愕のあまりに言葉が出てこない。わなわなと震えていれば、気付いた先輩らがどうかしたのかと此方を見た。

「どうした、何か思い出したか！」

「エプロン……」

「は？」

「御客人、エプロンしてた……！」

一瞬の間。

「いや何で？」

「平民の服に馴染みなさすぎて間違えて着てんの？」

「それナハスに指摘されて泣いてたっつう事？」

キッチンかつエプロンという条件が揃っても料理に結びつかない御客人は流石としか言い様がない。いや俺もそれだけ聞けば結びつかなかった。けどエプロンを切っ掛けに色々と思い出してきた。

そう、御客人の奥にまな板があった。包丁もあった気がする。ならどれ程信じ難くとも結論は出る訳で。

「多分、料理してた……？」

いや、やっぱり微妙に自信はなかった。

「それはねぇーだろ！」

「ねぇよなぁ！　ねぇよ……」

「ねぇって言ってくれ……」

笑いが巻き起こったのち、全員真顔になって消沈《しょうちん》していく。

いや気持ちは分かる。俺もあの時見たものは幻じゃないかと思い始めてきた。けどそうすると色々と説明がつく事も間違いない。

ナハスさんがわざわざ御客人を連れ込んで料理させるのは有り得ない。つまり。

「何故か料理したがってた御客人を見つけて放っておけずに宿舎につれてきて」

「あー、ナハスやりそう」

「御客人、謎なとこあるしな……」

「包丁とか使ってる時に指切って泣いた？」

「いや、それは弱ぇな」

「お前あの人一応冒険者だぞ」

「じゃあ……はっ」

閃いた。

「タマネギ……？」

「「それだ!!」」

恐る恐る呟けば、一斉に同意を受けた。

辿り着いた結論に不思議な清々しさを感じる。全員で肘をぶつけ合い、拳を打ち合わせて達成感と一体感を共有していれば、通り過ぎて行った女騎兵に「何やってんだこいつら」という目で見られた。

「タマネギかぁ、タマネギは仕方ねぇな！」

「俺も泣くしな、タマネギ！」

「タマネギが原因なら仕方ねぇな！」

主に一刀と獣人的な意味で。誰の命も脅かされないようで何よりだ。

「で、何であの人料理してんの？」

「知らん」

それから俺らは何故か爆笑しながら槍を握り、そのまま訓練を開始してガンッガンに戦《や》り合う事となる。非番なのをすっかり忘れたのはテンションが上がりすぎたとしか言いようがない。

その後、パートナーにうざ絡みして嫌がられたのは自業自得なので深く反省する所存だ。


さて、アスタルニア軍歩兵団の中でもエリート中のエリートと名高い王宮守備兵。

その中でも中堅にあたる私が、王宮内の見回りをしていた時のこと。騎兵団の訓練場沿いの廊下を歩いている時に、それは離れた所でたむろしている騎兵達から聞こえました。

「でもナハス……御客人泣かせ……決まって……‼」

二度見するしかない。

途切れ途切れながら、かなりインパクトのある噂話。思わず彼らを凝視すれば、何やら沈痛な面持ちで話し合っています。つまりは事実なのでは。

かし言ってわざわざ詰め寄って詳細を聞きにいく事かというと微妙です。騎兵の一人が一介の冒険者を泣かせたところで、守備兵としても個人としても首を突っ込む理由はありません。たとえ一介の冒険者が一介の冒険者どころかあらゆる冒険者に見えなくとも、それはただの野次馬です。

「〈御客人、というと〉」

とある冒険者達を騎兵団がそう呼んでいるのは知っています。

思い浮かべるのは三人の冒険者。それぞれ簡単に誰かに泣かされるようには見えません。というか冒険者が騎兵に泣かされるっていうのがシュールすぎてどういう意味かと。

仮に泣かされたのが一刀だとして……いえもう字面からして酷いですね。止めます。なら獣人だとして……いえもう酷いですねこれ。見るからに人を泣かせるのが得意そうな顔してますよ彼。泣かされるなんて事があれば魔鳥も空から落ちる事でしょう。

そうなるともう、おっとりさんとしか。

「…………」

いやそんなまさか。

彼も大概でしょう。話に聞く限り大概です。どっちかというと彼も泣かせる側のほうがまだ想像できます。なんだあのパーティ、ドエスの集団か。いやしかしおっとりさん泣いたとか想像するだけど罪悪感半端ないですし。己の罪深さを勝手に反省する事になりませんか、今の私の事ですが。

いや、落ち着きましょう。

「（……一応、兵長に言っておくか）」

我らが守備兵のトップ、守備兵長に丸投げする事にしました。

一応、冒険者ギルドからお預かりしてる冒険者なので。何かあって関係悪化とかになったら嫌ですので。いえ、考えに考えれば可能性としてはあるというだけの事ですが、自分一人の胸に留めておくには衝撃が大きすぎたので誰かと情報を共有したいというのが最大の理由です。

報告自体は「ナハスもやるじゃねぇか」と兵長が大笑いするだけで済みました。

ですがその後、兵長から雑談として国王へと伝わり、そこからアリム殿下に伝わって件《くだん》の副隊長が呼び出しを受けたそうです。誤解は平和的に解消したようですが、少しばかり申し訳ない事をしたと思わずにはいられません。

王宮の食堂でシチューをつつきながら、そんな事を考えていた時でした。

「はぁ……」

溜息と共に向かいの椅子が引かれました。

それなりに混んでる時間なので特に気にはしません。顔を上げながら挨拶をしようとして。

「よう、お疲れ……あ」

「ああ、お疲れ」

目の前にいたのは今まさに申し訳なさを覚えていた副隊長でした。

「でかい溜息だな」

「いや、すまん。ちょっとな」

副隊長は湯気の立ち上るシチューをよそに、黙々と肉と野菜と米が混ざった料理をかき込んでいました。この食堂、利用するのは兵が多いからと腹持ち重視のメニューが多いです。

「御客人か？」

「ああ、まぁただの誤解だったんだが。何処からか俺が彼を泣かせたという噂が出てな」

私です。申し訳ない。

「それがアリム殿下に届いたらしく、問い詰められたんだ」

「殿下はおっとりさんがお気に入りだからな」

「まぁ、そうだな。全く、何で料理だけで殿下まで巻き込むんだ……」

しかもそれ、国王まで知ってますからね。

目の前の副隊長は恐らくそこまでは知らないでしょう。いつか知るかもしれませんが、彼の心の平穏の為にも今は黙っておく事にしました。

いえ、それよりも。

「料理？」

「ああ、カレーを作りたかったらしくてな」

「泣いたのは」

「タマネギだ」

重ね重ね誤解して申し訳ない。

いや、そもそもの発端は訓練場であらぬ事を叫んでいた騎兵では。そう思う事にしましょう。私はただ耳にしたまま兵長に報告しただけですので。

ですよね。おっとりさんも大の男ですし、そんな軽々しく泣く訳ないですよね。異様に安堵しました。何でしょう、何かしらの危機感を抱いてそわそわと浮足立っていた心が落ち着いた感じに近いでしょうか。

「ところで何でカレーなんだ？」

「俺が聞きたいぐらいだ。どうせ、本か何かに影響されたんだろうが」

仕方なさそうに言いながら米を頬張る副隊長は、もう御客人の事をよく分かってるなとしか。

「……完成したのか？」

「ははっ、流石にな」

信じがたい、と思ってしまうのはおっとりさんに失礼でしょうか。

料理をするイメージが全くない方なので、腕は全くの未知数。幾らカレーとはいえ何かしら失敗するだろうと……いえ、むしろその前段階といいますか。包丁の存在とか知ってるんですかね、一刀のあの物凄い武器とか借りて切り出しそうなイメージもあります。

「あいつも冒険者だし、野営で手伝う事もあるんだろう………多分。流石にあれが初めてではないと思いたい」

そういえば冒険者でした。時々忘れます。

「味はどうだった」

「まぁ良いんじゃないか？　普通のカレーだったぞ」

「ある意味、意外性があるな」

「料理にまで突拍子のなさを出されてたまるか」

御客人達も傍《はた》から見ている分には面白いんですけどね。

流石に王宮内で最も彼らと関わりのある人は言う事が違います。そうは言っても、目の前で米料理の皿を空にした副隊長には相変わらず嫌そうな様子は見えないんですが。

「おっとりさんも不器用そうには見えないからな」

「最後には最低限でも成果を出すあたり、奴らしいとは思うが」

そうして雑談を交わしながら食事を進め、私は副隊長がシチューに手をつけ始めた頃に食べ終わって席を立ちました。軽く挨拶を交わし、食堂を出ます。

今日は夜間の見回りに当たっているので、向かうのは王宮内にある待機所です。空も薄暗くなり、廊下を魔道具の明かりが照らす中、歩を進めること少し。ふいに立ち止まり、来た道を振り返りました。

「（バレずに済んだか）」

かの副隊長が王族の呼び出しを受けた原因の一端が私であると、当たり障りのない会話で無事に隠し通せた事への安堵の一息。最初に目の前に座られた時はバレているのかと警戒しましたが、どうやらそうではなかった様子。

そして私は心なしか軽くなった足取りで待機所へ向かいました。

内心では謝罪したので問題はないでしょう。多分。

あとがき

子供と大人の組み合わせが好きなのにリゼル達はどいつもこいつも大して子供が好きじゃない……。そんな悩みを解消しようと生み出された存在こそがチビリゼル、愛称〝リゼルたん〟でした。この愛称を初めて読者さんから頂けた時は天才かと思った。

そして一度小さくしてしまうと二度目からは一切の抵抗がなくなり、更には次々と書きたくなり、そのまま本能と性癖に忠実に従った結果が今巻です。およそ半分がリゼルたん。まさにリゼルたん祭。流石にアレかな、と一瞬思いましたがいっそ全力で振り切れてみました。

ネット上では一話一話で間が空くのであまり気にした事はありませんでしたが、これを一気に読まされる書籍派読者さんはどう思われるんだろうと今まさに戦々恐々としている岬です。

お世話になっております。


さて、リゼル達がアスタルニアを訪れてから今巻で三巻目です。

王都でも大概リゼルは休暇を満喫しているなと思っておりましたが、国を移ってからは更に休暇気分が加速しているように感じますね。リゼル達が変わった感じはしないので、アスタルニアという国の持つ力なんでしょうか。

私もさんど先生に描いていただいたカバーを見る度、アスタルニアの日差しは眩しいなと感動したり、色が鮮やかで美しいなと堪能したり、そんな景色の中でも意外と黒一色のジルが浮かないなと安堵したりしています。そしてイレヴンの映えること映えること！

そんな国の王族を布の塊にした事に後悔はありませんが、シュールだなとは思います。二足歩行する布の塊、時々腕が生える布の塊、しゃがみ込んでいると布が床に積み重なっているようにしか見えない布の塊……。今の所は存在が若干ホラー寄りな気がしますが、お付き合い頂く内に愛着を持って頂けたなら幸いです。

ただ先に宣言させて頂くならば、奴の顔を皆様へとお見せする日は来ません！（性癖）

今巻もたくさんの方に支えて頂いて、この本を皆様へお届けする事ができました。

お目目パッチリで愛らしい幼子を描いてくださるさんど先生。リゼルと小説家の兄妹《きょうだい》感に大興奮して申し訳ございませんでした。そしてグッズでも公式ガイドブックでもセンスを爆発してくださる、欠点が一切見当たらない編集様。休暇を何処まで連れて行ってくださるのかＴＯブックス様。

そして、本書を手に取ってくださった読者様。本当に有難うございます！

二〇二〇年三月　岬

著 岬
ill. さんど
TVアニメ化決定！
穏やか貴族の
休暇のすすめ。
A MILD NOBLE'S
VACATION SUGGESTION

2025年1月から
テレ東・BSフジほかにて
TVアニメ放送開始!!
U-NEXT・アニメ放題で最速配信決定!
没落予定の貴族だけど、暇だったから魔法を極めてみた
©三木なずな・TOブックス／没落貴族製作委員会

COMICS

【漫画】秋咲りお

最新話はコチラ！→

コミックス⑨巻
今冬発売予定！

NOVEL

【イラスト】かぼちゃ

原作小説⑨巻
10月19日発売予定！

SPIN-OFF

【漫画】戸瀬大輝

最新話はコチラ！→

「クリスはご主人様が大好き！」
コミックス
今冬発売予定！

ANIMATION

STAFF

原作：三木なずな『没落予定の貴族だけど、暇だったから魔法を極めてみた』（TOブックス刊）
原作イラスト：かぼちゃ
漫画：秋咲りお
監督：石倉賢一
シリーズ構成：髙橋龍也
キャラクターデザイン：大塚美登理
音楽：桶狭間ありさ
アニメーション制作：スタジオディーン×マーヴィージャック

CAST

リアム：村瀬 歩
ラードーン：杉田智和
アスナ：戸松 遥
ジョディ：早見沙織
スカーレット：伊藤 静
レイモンド：子安武人
謎の少女：釘宮理恵

詳しくはアニメ公式HPへ！
botsurakukizoku-anime.com

シリーズ累計 80万部突破!!（紙＋電子）

本がなければ作ればいい——
原作小説
（本編通巻全33巻）
第一部 兵士の娘 （全3巻）
第二部 神殿の巫女見習い （全4巻）
第三部 領主の養女 （全5巻）
第四部 貴族院の自称図書委員 （全9巻）
第五部 女神の化身 （全12巻）
ハンネローレの貴族院五年生1
好評発売中！
決定！
ありがとう、本好き！
シリーズ累計
1100万部突破！
（電子書籍を含む）
アニメーション制作：WIT STUDIO
TOジュニア文庫
コミックス
第一部 本がないなら作ればいい！ （漫画：鈴華）
第二部 本のためなら巫女になる！ （漫画：鈴華）
第三部 領地に本を広げよう！ （漫画：波野 涼）
第四部 貴族院の図書館を救いたい！ （漫画：勝木 光）

夢物語では終わらせない
ビブリア・ファンタジー
ふぁんぶっく
1～8巻
ドラマCD
1～10
ミニマイングッズ
椎名優描き下ろし
第三部「領主の養女」
アニメ化
Story
とある女子大生が転生したのは、識字率が低くて本が少ない世界の兵士の娘。いくら読みたくても周りに本なんてあるはずない。本がないならどうする？　作ってしまえばいいじゃない！
兵士の娘、神殿の巫女、領主の養女、王の養女——次第に立場が変わっても彼女の想いは変わらない。
本好きのための、本好きに捧ぐ、ビブリア・ファンタジー！
本好きの
下剋上
司書になるためには
手段を選んでいられません
香月美夜
miya kazuki
イラスト：椎名 優
you shiina
詳しくは原作公式HPへ
https://www.tobooks.jp/booklove

穏やか貴族の休暇のすすめ。8

2020年　4月1日　第1刷発行
2024年10月1日　第2刷発行

著　者　岬

編集協力　株式会社MARCOT

発行者　本田武市

発行所　TOブックス
〒150-0002
東京都渋谷区渋谷三丁目1番1号　PMO渋谷Ⅱ　11階
TEL 0120-933-772（営業フリーダイヤル）
FAX 050-3156-0508

印刷・製本　中央精版印刷株式会社

ISBN978-4-86472-937-6

Printed in Japan